弹指一挥

韩长江 著

中 华 书 局

图书在版编目（CIP）数据

弹指一挥/韩长江著. —北京：中华书局,2019.8
ISBN 978-7-101-13875-7

Ⅰ.见⋯　Ⅱ.韩⋯　Ⅲ.新闻工作-文集　Ⅳ.C21-53

中国版本图书馆 CIP 数据核字（2019）第 081075 号

书　　名	弹指一挥
著　　者	韩长江
责任编辑	罗华彤　潘素雅
出版发行	中华书局
	（北京市丰台区太平桥西里 38 号　100073）
	http://www.zhbc.com.cn
	E-mail:zhbc@zhbc.com.cn
印　　刷	北京市白帆印务有限公司
版　　次	2019 年 8 月北京第 1 版
	2019 年 8 月北京第 1 次印刷
规　　格	开本/920×1250 毫米　1/32
	印张 9½　插页 3　字数 280 千字
印　　数	1-2000 册
国际书号	ISBN 978-7-101-13875-7
定　　价	48.00 元

韩长江，1958年2月生，河北藁城人，高级编辑。1980年1月毕业于北京大学中文系，同年分配到中央人民广播电台从事新闻采编工作，曾经办《新闻和报纸摘要》《全国新闻联播》等名牌节目。历任新闻编辑部主任、记者部主任、对台湾广播中心主任、对港澳节目中心主任。2005年入选全国宣传文化系统"四个一批"人才，2006年享受国务院颁发的政府特殊津贴。

主创作品《中国农村的希望》《香港百年》《建设中的国家重点工程》《台湾风云》《历史的回响》《中华文化探源》等分别获得中国新闻奖、中国广播影视大奖，主编出版《中华英模》《路行千里》《业精于思》等书籍。从业30年，发表业务论文50余篇。

文稿手迹

目　录

上编　散文札记

长歌向天越海峡

　　——对台湾广播节目改革纪实 ……………………… 　3

以业务带队伍，靠管理上水平

　　——华夏之声改革纪实 …………………… 25

英国、法国、意大利媒体考察的报告 ………… 38

怀念父亲 ……………………………………… 50

永远的父亲 …………………………………… 54

台北情思 ……………………………………… 58

叶对根的记忆 ………………………………… 61

日出、日落 …………………………………… 63

陈京和他收藏的鸡血石 ……………………… 66

台北的出租车 ………………………………… 69

野　柳 ………………………………………… 72

"月落"辨析 ………………………………… 75

木棉树的启示 ………………………………… 77

精神赞 ………………………………………… 79

勇与谋 ………………………………………… 81

变革与人心 …………………………………… 83

虚荣与无奈 …………………………………… 85

科学的魅力和忧虑 ……………………………… 88

闲话体育 …………………………………………… 90

说圆缺 ……………………………………………… 93

五十感怀 …………………………………………… 95

文化与垃圾 ………………………………………… 97

城市的孩子 ………………………………………… 99

中编　诗作

草原情 ……………………………………………… 103

追忆李白 …………………………………………… 105

中　秋 ……………………………………………… 107

远　思 ……………………………………………… 109

无　题 ……………………………………………… 111

夏　吟 ……………………………………………… 112

郊游偶拾 …………………………………………… 114

下编　业务探讨

加快广播改革与发展的思考 ……………………… 119

广播的发展趋向 …………………………………… 129

探索广播规律　促进广播改革 …………………… 136

新闻定义刍议 ……………………………………… 144

论重点报道的策划 ………………………………… 151

管理与效益 ………………………………………… 157

研究新情况　增强针对性
　　——浅谈回归之后的对港澳广播 …………… 164

以创新求发展　做好对港澳广播工作 …………… 168

对台湾广播系统优化的思考 ………………… 173

新时期加强对台湾广播的思考 ……………… 185

对台湾广播评论三原则 ……………………… 197

深化经济报道断想 …………………………… 201

经济板块节目特征与经营艺术 ……………… 207

从事件性新闻的把握看我国社会主义新闻报道的规律 … 213

几起事件性新闻的追述 ……………………… 218

热点问题报道的辩证法 ……………………… 223

信息传播要坚持有用有效原则 ……………… 230

信息量是新闻竞争的核心 …………………… 234

从宏观的角度写典型 ………………………… 237

通讯写作中的几个问题 ……………………… 242

把握听众心理　办好广播节目 ……………… 251

关于主持人和主持人节目几个问题的思考 … 254

录音报道面临的问题及对策 ………………… 259

用"三个代表"重要思想指导广播创新 ……… 266

落实科学发展观不断增强对港澳广播的针对性和有效性 … 272

论外交和对外传播 …………………………… 278

新闻作品的著作权问题 ……………………… 283

五四时期报刊宣传对思想解放发挥重要作用的原因 …… 287

台湾广播状况及特点 ………………………… 291

上编　散文札记

长歌向天越海峡

——对台湾广播节目改革纪实

2003年12月29日，中央人民广播电台对台湾广播推出两套全新的节目——中华之声、神州之声，在海峡两岸引起强烈反响，开播十天，就收到听众来信、来电1043封（次），其中台湾听众的来信、来电占70%以上。来自祖国大陆以及台湾岛内的30多家媒体分别以"中华之声响彻台湾""大陆对台湾广播增加'闽南语'、'客家语'节目意在促统"为题对中华之声和神州之声的开播进行了充分的报道。

时任中共中央总书记胡锦涛、中央政治局常委李长春对中央人民广播电台对台湾广播成功改版表示祝贺，要求继续加大对台传播力度，增强针对性、实效性和说服力、感染力。把传统的无线电广播和互联网在线广播相结合，更好地为祖国统一大业服务。

时任中宣部副部长、广电总局局长徐光春，中央人民广播电台台长杨波分别提出要求：按照"三贴近"的原则，增强实效性和感染力，同时要进一步加强互联网广播，提升网络传播效果。

对台湾广播的改革得到中央领导、总局领导和电台领导的关怀和称赞，得到了听众的认可，这对对台湾广播的编播人员是莫大的鼓舞，这是一份极其珍贵的礼物。在欢庆改革成功的时刻，我们回望改革历程，曾经为之奋斗的一幕幕往事再一次从眼前掠过。

一、思考

任何发展和改革都有它的历史背景和发生的必然，对台湾广播的改革也不例外。对台湾广播在五十年的发展历程中，曾经有过累累的硕果。1954年8月15日，对台湾广播创立。在朝鲜战争结束不久，中华人民共和国成立不到五周年的时候，解放台湾、实现祖国统一成为当时的重要任务，为实现这一任务必然要有舆论上的准备，中央人民广播电台对台湾广播应运而生。它成立于"一定要解放台湾"的背景之下，以新闻和时评节目为主，节目播出时间从最初的每天4个小时，发展到每天播音17小时，在两岸处于敌对状态的情况下，有力地配合了中央的对台斗争。

然而十年政治动乱期间，对台湾广播也受到了影响，空话套话连篇，最有人情味的家信节目，除了落款的人名不同以外，也都成了千篇一律的政治说教，对台湾广播蒙受了巨大损失。

党的十一届三中全会以后，特别是1979年元旦，全国人大常委会发表了具有历史意义的《告台湾同胞书》，开创了祖和平统一的新时期，对台湾广播面临着从宣传"解放台湾，实现祖国统一"到"和平统一、一国两制"的根本转变。中央对台湾政策的调整和大量的深入调查研究，以及台湾回祖国大陆人士的不断增多，催生了《空中之友》节目。1981年元旦创办的《空中之友》，开祖国大陆主持人节目之先河，用平实的语调，谈话的方式服务于台湾同胞。

在接下来的20年里，对台湾广播持续调整，但总的格局没有大的变化。而台湾的政治、社会生态却发生了根本性的改变。1993年，台湾开放媒体，光是注册登记的广播电台就有121家，另外还有几十家地下电台。20世纪90年代，李登辉主政台湾，不断"独"化台湾人民，公然抛出"两国论"。2000年，台湾实现政党轮替，坚持"台独"党纲的民进党上台执政，陈水扁极力推行"渐进式"台独""，不断制造新的"台独"议题，引发两岸关系的紧张。对台湾广播此时面临着巨大的考验，反独促统、争取台湾民心、争取国际舆论成为首要任务。而对台湾广播两套节目每天仅提供7小时新节目显然远远不能适应时代的要求，而且节目内容老旧，形式单一呆板。怎么办？这是许多有志于对台湾广播的同志不断发出的自问。

2002年10月10日，在中央台1308会议室，对台湾广播中心制作人以上的干部围坐在桌旁，商讨对台湾广播的改革大计：有人提出战线不用太长，集中力量精办节目；也有人提出精办节目是必须的，但战线不一定要短，重播不应太多，关键要突出"新、奇、特、需"；有人强调人性化、生活化、服务化，强调窄播的理念，提出要确定好每一个节目的定位；更有人进一步提出了改变现有机制的问题。

就是在这次会议上，对台湾广播中心的领导宣布成立节目改革领导小组和节目改革方案起草小组，同时强调：（1）改革势在必行，这是海峡两岸新形势的要求，是台湾听众的要求，是现代广播发展趋势的要求。中心所有同志都要全力投入，献计献策。（2）初步提出了对台湾广播两套节目的改革方向，但不预设前提，要求大家解放思想、大胆设想。（3）要求各部门领导召集本部门会议，广泛征求意见。（4）技术问题不要讨论，由中心协调。

这既是一次解放思想的讨论会，也是节目改革的动员会，还是进一步明确改革思路的务实会。从这一天起，对台湾广播节目改革正式起步。

思考在继续，思考在延伸。这些还得益于早些时候的几场讲座，我们请来了时任国务院台湾事务办公室新闻局局长张铭清，中国人民解放军总政治部联络部对台局局长常燕生以及台湾问题专家许世铨、杨毅周等，就台湾形势的最新变化、两岸关系的最新发展、两军军事实力的对比等问题进行了阐述，开启了对台湾广播中心所有工作人员思维的闸门。

二、依据

任何思考要想得出正确的结论，必须回到科学的层面，要以事实为根据，要有精细的调查研究。所幸的是，经过多方努力，我们成功地进行了入岛调查，这是对台湾广播开办五十年来的第一次。

2001年12月底，对台湾广播中心委托北京美兰德信息公司就我对台湾广播情况在台湾岛内做听众调查，该公司又透过台湾的有关调查机构，实施了这一计划。2002年3月底，北京美兰德公司分析整理出了我们最想知道的数据。

1. 对台湾广播听众规模

台湾有广播听众880万人，收听我对台湾广播的听众为23万。从听众规模上看，我对台湾广播排在台湾地区以外广播媒体的第二位，即美国之音（33.5万人）之后，英国BBC（14.5万人）之前，听众人数各差约10万人左右。

在包括台湾100多家注册的广播媒体的综合排名上，我对台湾广播列第12位。

2. 对台湾广播听众的构成

对台湾广播听众男女性别比大体相当，男性听众为52.6%，女性听众为47.4%。

从年龄上看，对台湾广播听众分布在20至60多岁的人群之间，以中老年人为主，占60%以上。

从文化程度看，对台湾广播的听众以中等文化者为多，占37.4%，初等文化和高等文化的听众分别接近30%。

从族群分布情况看，台湾本省籍闽南人最多，占60.4%，大陆各省籍和台湾本省籍客家人也占相当的比例，分别为19.6%和14.8%。

从党派倾向分析，具有亲民党党员身份的听众最多，占17.2%，其次是具有国民党党员身份的听众，具有民进党党员身份的听众也占一定的比例，为9.3%。

3. 对台湾广播节目评估

▲对台湾广播主要节目知名度排序（见下表）

排序	节目名称	知名度（%）
1	新闻广场	49.2
2	空中之友	39.9
3	闽南话广播	38.2
4	客家频道	30.3
5	体育天地	25.3
6	新闻	25.1
7	现代国防	14.6
8	九州艺苑	13.1

▲对台湾广播主要节目收听比例和到达的人数排序（见下表）

排序	主要节目	收听比例（%）	到达人数（万人）
1	新闻广场	44.0	10.1

续表

排序	主要节目	收听比例（%）	到达人数（万人）
2	闽南话广播	34.9	8.0
3	空中之友	34.2	7.9
4	新闻	23.4	5.4
5	客家频道	20.7	4.8
6	体育天地	20.2	4.7
7	现代国防	13.5	3.1
8	九州艺苑	5.8	1.3

4.台湾地区听众收听广播的习惯

台湾听众以收听调频广播为主，占听众总数的82.2%，收听中波广播的只占18.4%，收听短波广播的更少，仅占1.3%。

台湾听众收听广播的高峰时间是早上、下午和晚上，分别为41.6%、38.9%和36.9%，白天听广播的人数明显多于夜间。

台湾听众收听广播主要是在私家车上、家里和工作场所，所占比例分别为48.6%、42.5%和21.7%。

台湾听众以收听普通话和闽南话广播为多，收听普通话广播的听众占86.5%，收听闽南话广播的听众占34.8%，其他语种都不超过10%。

台湾听众收听比较多的广播节目是音乐、新闻和实用信息，分别占听众人数的52.3%、48.7%和32.9%，其他节目不超过15%。

与这一调查结果不谋而合的是我们每年举行的听众联谊会的调研，2002年和2003年，我们通过开听众座谈会与问卷调查相结合的方式，直接听取听众的意见，总结起来主要有以下几方面：

1. 新闻一定要讲究时效性，永远要在第一时间把台湾同胞想知道的事情告诉他们，不要等到台湾的电台都播了我们才播，那样竞争力就完全丧失了，只剩下想听听另一种报道观点的人，所占比例就非常小了。

2. 专题节目很受欢迎，台湾听众表示希望听到更多有独特性的节目。比如关于台湾人在上海的报道就非常重要。目前有33万台湾同胞常住上海，有数倍于33万的台湾同胞要经常往返于两岸，还有数倍于33万的人关心他们的亲朋在大陆的各方面情况。目前台湾媒体制作这类节目都相当肤浅，因为他们来去匆匆，无法做深入的挖掘。而大陆电台制作此类节目比台湾有优势，内容也更有深度，在岛内会很有市场。

3. 文艺节目对听众有很强的吸引力，如北京的酒吧文化、非主流音乐的创作，在世界上都很有名，这样的节目台湾听众很乐意收听。

4. 台湾的媒体非常多元，在激烈的竞争中，广播电台的类型化已经形成，听众也养成了这种收听习惯。而中央台对台湾广播三种不同语言在同一个频道中播出，播普通话节目的时候，闽南话和客家话的听众会走开，同样播闽南话节目时，另外两类听众也会流失。所以，我们要走类型化的道路，为主要的听众服务。

5. 对台湾广播应创办面向青年的节目，内容不必学台湾的肤浅，但一定要吸引人。台湾年青人接受了，我们对台湾广播的社会影响力也会增强。

听众还提出，要加强重大建设项目、地方建设、科技成就方面的报道，加强大陆法律法规方面的报道，加强教育文化方面的报道，增加旅游、医疗、保健等生活层面的报道等等。

通过对听众调查结果的过滤和消化，大家对节目改革的思路也越来越明晰。再通过几上几下广泛征求意见，对台湾广播节目改革的框架基本形成：

1．要根据台湾媒体竞争激烈的现实，充分发挥我对台湾广播的资源优势，彻底改变两套节目套播的现状，用更加丰富的内容吸引台湾听众。

2．根据听众调查的结果，提出"突出新闻、加强方言、整合专题、充实文艺、加强服务"五句话总方针，初步明确中央台第五套节目为新闻为主的频道，中央台第六套节目为方言、文艺为主的频道。

3．改变呆板的节目形态，以直播节目为主，与听众互动交流，增强节目的针对性和可听性。

三、深化

改革的步伐一经迈出就不能停滞。2002年10月28日到30日，在两天时间内，中心相继听取新闻部、专题部、方言部和文艺部的汇报，在大框架之下，主要确定若干方面的问题：一是每个部门都办什么节目，二是每一个节目的定位，三是人员的安排，四是节目的形态。我们称之为"上下碰撞，擦出火花"。确实像名人说的那样："一具体就深入"。

新闻不再是仅停留在"突出"两个字眼上，而是进一步明确了全天设置整点新闻，滚动播出，在改造原有《新闻广场》《体育天地》和《现代国防》的基础上，创办新闻评论性节目。

专题节目也经过大家集思广益，进一步明确不再使用《空中之友》的名字，将其拓展为四个板块节目，分别为青年类节目、老年类节目、经济类节目和旅游类节目。

方言部提出了更为大胆的设想，闽南话节目每天8—10小时，包括滚动新闻、连线直播、台湾人的故事、闽南文艺等，客家话节目每天4—8小时，包括新闻、客家乡亲、走马看神州、客家文艺等。

文艺部提出每天自办5个小时文艺节目，4个小时的购置节目。

初步碰撞既是进一步解放思想、统一认识的过程，也充分显示了大家对节目改革的信心。节目改革方案起草小组综合各部意见，按照中心的总体要求，在不到一个星期之内完成了节目改革方案第一稿，虽然有了一个成形的方案，然而这只是每个部门意见的大汇总，没有整体思考，显得比较粗糙，也缺乏可操作性。

为此，中心两次召集方案起草小组成员座谈，强调两个考虑，一是要从对台湾广播的整体考虑，二是要从对台湾广播的实际考虑，过低的改革指标不行，过高的改革指标也做不到，一定本着积极、稳妥的方针制订节目改革方案。

这是一个艰苦的过程，从科学的态度出发，频率改版即便是纸上谈兵也不容易，更需要智慧。一个较为可行的方案终于在11月初完成了，它是在不断解决矛盾的过程中产生的，也是对台湾广播中心集体智慧的结晶。

11月5日，对台湾广播中心的领导班子集体向分管的台领导做了汇报。在听取对台湾广播中心的汇报后，两位台领导充分肯定对台湾广播节目改革设想，评价是"文字不长，但内容丰富，思路清晰"。

台领导强调，对台湾广播新闻节目要有时效性，谈话类节目要有分量，专题节目专业化分工要论证。对台湾广播改革要站在台湾听众的角度，有针对性地加强服务，改革后的节目一定要更吸引人。台领导同时嘱咐，要加大节目推介的力度，有了好的节目还要让听众知道，去听你的节目。改革要考虑新闻和部分专题、文艺节目的直播，这样才能提高效率。

根据台领导的意见，对台湾广播中心进一步修改方案，同时着手制订节目运行表。11月26日，中心再次召集节目改革方案起草小组成员开会，就节目方案的修订和节目运行表的制订进行了研究，提出节目方案要和节目运行表相一致，体现节目运行的编辑思想，凸显几大板块，像葡萄一样，有主干，但每一颗葡萄都能有机地与主干形成整体。

经过无数次的论证和推敲，2003年1月初，对台湾广播改革方案终于浮出水面，上报台总编室，对台湾广播的改革从此进入了一个新的阶段。

四、启动

历史总是在曲折中前进。春节过后，大事不断，"两会"报道刚刚结束，伊拉克战争爆发。在伊拉克战争硝烟还没散尽的时候，非典来了，一晃半年就过去了。

即便是在这样特殊的时期，对台湾广播节目改革也没有停步，一股涓涓细流为日后的改革提供了实践经验。在新年钟声还在回响的时刻，台湾上空民歌悠扬，对台湾广播改革试验节目《中国民歌榜》闪亮登场。她带着春天的气息、温暖的气息、青春的气息，带给听众艺术的欣赏和审美的愉悦。她以全新的传播理念，精彩纷呈的民歌欣赏，立体的播出形式，丰富活泼的文艺活动吸引听众在欣赏体验中产生共鸣，增进情感和共识，成为新年伊始对台湾广播节目的亮点。

改革是中央台2003年的既定任务，对台湾广播改革也是其中的重要组成部分，时不我待，必须完成。非典过后的7月16日，经过再次修订的对台湾广播节目改革方案重新上报台里。节目方案第一次将对台湾广播的两套节目进行了各自不同的定位，每天新办节目比原来增加150%，三分之二以上的节目实行直播，以增强节目的时效性和贴近性。

9月4日，中央台召开编委会，讨论对台湾广播节目改革方案。会议认为，第五套节目、第六套节目改革方案的指导思想和总体原则体现了解放思想、实事求是、大胆创新、稳步推进的精神。改革方案既遵循了广播的传播规律，又体现了对台湾广播的特点。与过去相比，改革后的两套节目，各自的定位更加清晰、准确，节目设置和布局也更为科学合理，每档节目的定位和特色比较明确。在编委会上，杨波台长和后来继任的台长王求强调指出：对台湾广播节目改革应遵循"突出新闻、加强方言、整合专题、充实文艺、重在服务"的指导思想，最大限度地发挥争取台湾民心、争取国际舆论的作用，为实现祖国的完全统一做出贡献；两套节目突出各自的特色，第五套节目在现有设计的基础上进一步加强新闻，每个整点都要设计新闻栏目，在重大事件的报道中突显中央台节目的权威性，发挥对台湾宣传第一媒体的作用；第六套节目的特点是方言和文艺，要在亲和力上下功夫，唤起台湾听众的思乡之情，在台湾形成一套独具特色的频率。编委会成员在五、六套节目的呼号、重播比例以及节目名称方面也提出了修改意见。

对台湾广播中心认真研究了编委会提出的意见，对第五套、第六套节目的呼号提出四套方案，并在原有基础上增加2小时20分钟的首播节目，对有关节目的名称进行了修改。9月15日，中心将进一步修改的对台湾广播节目改革方案的请示上报台里。9月29日，中央台向广播电影电视总局汇报一、五、六、八套节目改革方案，徐光春局长充分肯定了几套节目改革的方案，并当场拍板决定对台湾广播第五套节目呼号为中华之声，第六套节目呼号为神州之声。

至此，中央人民广播电台对台湾广播的改革方案落定，这一凝聚着各级领导和对台湾广播全体同仁心血的节目改革方案也作为重要的一页，写入了对台湾广播的历史。

这次改革的主要目标是：

1.改变目前第五、第六两套节目套播和大量重播的状况,充分发挥频率资源优势,使两套节目各具特色。第五套定位为以新闻性节目为主的频率,使用"中央人民广播电台中华之声"的呼号,设置九次整点播报和早、中、晚三个新闻密集区;创办新闻评论节目,加强深度报道;普通话专题实现专业化、个性化服务。第六套定位为以方言、文艺节目为主的频率,使用"中央人民广播电台神州之声"的呼号,分别设置若干个方言广播和文艺广播板块。

2.改革后的对台湾广播每天新制作的节目增加到18小时48分钟。

3.实现新闻、专题和部分文艺节目的直播。

4.实现对台湾广播节目在《你好台湾》网站的即时播出,探索与台湾门户网站的资源共享。

这段不平常的历程,凡参与其中的同志都将铭记在心,这是历史赋予我们的任务,也是对台湾广播赶上了改革的好时代。然而就完成一次改革而言,这只是一个良好的开端,艰难的路还在后头。

五、实施

2003年的国庆长假,对台湾广播中心的同志没有休息。10月9日,对台湾广播中心在1308会议室再次召开会议,宣布节目改革进入实施阶段:1.全中心设十个节目制作室和办公室,公开竞聘节目制作人,从当天起开始报名。节目制作人产生以后,编播人员实行双向选择。2.公布各节目的时间和难度系数,据此给予节目经费。3.宣布节目改革倒计时时间表。

对台湾广播的改革酝酿了两年多,许多人可能并没有特别的感受,可是启动了人事的变动和经费的分配之后,一石激起千层浪,所有的人都动了起来。

10月17日，对台湾广播中心在1503会议室举行了节目制作人竞聘大会，20位同志参加演讲，占中心总人数的28.5%。通过竞聘，有十位同志走上节目制作人岗位，一位同志担任办公室主任。

10月21日，对台湾广播中心召开全体会议，宣布节目制作室制作人和办公室主任名单，从体制上保证了节目改革最前沿的正常运作。同时宣布，编播人员的双向选择从即日起正式开始。

时间很快进入到11月，要想把节目改革的意图从方案变为现实，只靠笼统的号召不行，从11月3日至10日，中心与所属各部门主任以及制作室制作人最终敲定节目出台的各个细节，以保证节目改革落到实处不走样。

关于新闻节目，中心强调：整点滚动新闻每条一般不超过200字，每次更新一半以上；《两岸论坛》必须办成评论性节目，选准话题，以理服人；《新闻广场》和《体育天地》要改造，而不是简单地移植；《现代国防》更名为《国防新干线》，信息量增大，新闻节奏加快，栏目设置焕然一新；整点新闻和《体育天地》节目直播。

关于专题节目，中心要求突出服务意识，加强与听众的互动，经济、青年、旅游和生活咨询四大板块的出现不是《空中之友》节目的终结，而是《空中之友》节目的延伸。四大板块都直播。

关于方言节目，中心决定，闽南话节目和客家话节目最终分别确定为每天新制作两小时节目，两小时时间完全打通，形成超强板块进行直播。

关于文艺节目，中心要求办好两个音乐节目和大板块《早安，台湾》《文化时空》和两个音乐节目直播，购置节目也要与整体协调。

上下沟通进一步明确了节目制作的思路。中心要求到11月制作出样板节目，12月初开始审听、修改。

任何改革都涉及利益的调整，制作人竞聘上岗，对每个人都是一次触动，双向选择是采编播人员的大调整，换岗、轮岗人员的安置一时成为中心的突出工作。中心提出，改革是核心，决不能因小失大，经过反复研究，中心以最大的诚意为每一位同志安排了工作。

改革的成功，需要方方面面的配套，而经费就是其中最为重要的部分。早在2003年1月16日，主管这项工作的台领导就召集有关负责同志开会，研究如何用对台专项资金保证对台湾广播改革事宜。就此，对台湾广播中心提出两个方案：一是台里发放职工工资，其余开支从对台专项中列支；二是成立对台湾广播节目制作公司，彻底转制，中央台与节目制作公司形成买卖关系。由于专款与增收款不同，加上操作层面的问题，虽然在之后的2月11日，中心再次进行了研究，但此事一直进展不大。

办法总是人想出来的，办法总比困难多。早在2002年年底，对台湾广播中心就与台财经办商议，根据财政部下达的专项资金的要求，对台湾广播专项资金完全可以用于节目的制作，这不仅符合政策，更有利于促进节目制作水平的提升。一条日常节目专项管理的思路渐渐明晰。之后，对台湾广播中心与财经办协商制订了《对台港澳广播专项资金管理办法》，以财经办的名义上报台里。2003年10月23日，中央台文件下发执行，这对对台湾广播改革来说意义非常重大。

12月4日，对台湾广播中心专门向国务院台湾事务办公室领导做了汇报，国台办领导对这次改革给予了高度评价，认为改革力度很大，节目内容丰富、形式新颖，一定会收到有效的宣传效果。

与此同时，对台湾广播中心全体同志都积极地投入到新节目的制作之中。中心领导利用五个半天的时间，审听了每一个新节目。在经历了艰苦地磨砺之后，新节目脱颖而出，令人耳目一新，真应了很多人常说的那句话:"改与不改大不一样。"

12月15日,中心召开制作人以上干部会议,郑重宣布:中华之声、神州之声12月29日开播,中华之声从8:55第一次播音开始,神州之声从11:55第二次播音开始。

为了祖国的统一大业,为了对台湾广播新节目的开播,有很多人付出了辛劳。技术中心为了开通两个直播机房,加班加点,直到开播的前两天,一切才准备就绪。

12月29日,对从事对台湾广播的同志来说,是个不平凡的日子。当中华之声、神州之声响彻祖国宝岛台湾的时候,我们心里有说不出的高兴,能够让我们为之奉献的事业不断发扬光大,过去付出的所有艰辛又算得了什么?

六、回赠

在这里不用"回馈",而用"回赠"这个词,表达了一种心情。有人说听众对节目是没有忠诚度的,而实际情况恰恰相反,听众在你做出努力的时候,会毫不吝啬地赞扬你、鼓励你,这不是最好的回赠吗?

开播仅仅10天,我们就收到听众来信、来电1043封(次),台湾工党主席郑昭明、金门县县长李炷烽等岛内知名人士也来电表示祝贺。

新节目播出半小时后,第一个打来电话的听众是台北市出租车司机李先生,他激动地说:"《正点播报》太'正点'了,资讯很丰富,节奏也很轻松流畅,收听节目使人了解到很多岛外发生的事情,真是开了眼界。"

闽南话节目《天风海涌》开播当天,台湾工党主席郑昭明先生称,延长为两小时的闽南话节目一定会成为两岸人民交流交往的"空中平台"。福建听众高清松先生打来电话称赞节目内容丰富多彩。

同日,《文化时空》开播后,台北吴先生打来电话,他说,从《文化时空》首期节目中,了解了它丰富的内容和风格不同的主持人,感觉这个节目不但有文化内涵,而且有可听性,信息量很大,能够了解到海峡两岸的文化资讯和文化交流信息。

《国防新干线》开播当天,收到台中听众的电话,称赞军事节目改得更好听了,更符合台湾听众的收听习惯了。

新闻节目:内容丰富,时效性强

台湾听众普遍认为,新闻节目内容丰富,时效性强,是台湾民众掌握海峡两岸动态、了解祖国大陆和世界的"难得的管道"。

高雄冯先生打来电话说,自己退休了,很喜欢《正点新闻》和《两岸论坛》,这两个节目包罗万象,消息都比较新,有时报道台湾的消息比本地传媒还快,是了解两岸和世界的难得管道,收听中央台的节目已经成了他退休生活的一部分。

台北听众吴先生发来传真对节目改为直播表示肯定:"听了你们改版后的节目,果然不同凡响,无论是制作、编辑还是音乐等都有耳目一新的感觉,而(《体育天地》)主持人曲小姐和任先生完全没有因为直播而乱了分寸,仍像往常一样有条不紊、抑扬顿挫、口齿清晰,真是训练有素。"

台南林先生在给《新闻广场》主持人小丽的贺卡中说,这个节目自己每天都准时收听,有时候半夜和早上也要收听,希望主持人可以带来更多的新闻。

专题节目:耳目一新,更吸引人

台南听众台商杜先生来电说:"我的婚纱店在北京、上海都有,我也时常在出差时去大陆各地走走,祝你们越来越红火,万水千山走透透。"

台中刘小姐来电话，表示非常关心我们节目的改版，认为新节目形式，较以前内容都有了很大变化，特别是主持人风格更加受欢迎了，她还建议多开热线，能让听众多参与节目。

正在厦门双十中学读书的台湾学生景胜，给主持人齐莺打来电话说："听到节目中播出采访我的录音，觉得好高兴。节目改版后，又活泼又好听，以后我会常常听的。"

台湾听众阿君认为，新节目确有新意，节目内容和节目节奏都有变化，特别是主持人的素养都很高、修养很好。阿君对《两岸有约》《万水千山走透透》节目内容很感兴趣，她在电话中说："你们介绍的北京风味食品涮羊肉，听着就想吃，以后有机会到北京一定去品尝。"

听到新节目后，台湾听众徐女士打来电话索要节目时间表。她在电话中说，12月31日听了《万水千山走透透》节目，播出的是2004年的"百姓生活游"，内容丰富，听了想去，特别是全年旅游节庆活动很好，希望能传真一份。

台中听众大学生黄姓同学在给专题节目的信中不无感慨地说："我感觉到不仅新栏目承继以往的制作精神，内容也丰富了许多。比如《两岸有约》《万水千山走透透》《财经大视野》《青春在线》等，光听名称就够吸引人的了，再加上活泼动感的开始曲，我想可能注定以后除了读书时间外，几乎都得泡在这醉人的广播时间里了。"

方言节目：特色浓厚，亲和力强

台南县听众李先生在来信中说："我对你们新节目很感兴趣，感觉和台湾节目比较相像，很亲和。"

台北市北投区听众廖先生在给主持人白鹭的信中说："听了你们新改版的节目，感觉变化很大，我为你们的努力深深感动。"

台湾云林的林先生也打来电话，连夸节目丰富多彩，闽南特色浓，很有可听性。

台湾苗栗听众德铭先生赞扬客家话节目改得好，多了时间，大陆越来越重视客家话了，国家电台水准高。他还对客家话节目主持人的名字一一进行了核对。

台南台军某部士官JIFFY来信说，听到闽南话近期的新节目，倍感亲切，虽说中国大陆离台湾如此遥远，但是借由广播，将距离拉近，就不会有如此疏离的感觉。希望多介绍旅游方面的信息，让台湾听众可以了解大陆风光。

台南一位林先生在给白鹭的信中这样写道："收听您的闽南话节目有年，您的节目内容精湛，我作为大学历史系教授都很爱听，但原先就是遗憾播出时间仅仅半小时，太短了，现在增加到两个小时，十分过瘾。"他还建议主持人白鹭把播出的节目内容集成文字出书，他想读一读。字里行间表露出这位听众对闽南话节目及主持人的喜爱之情。

台北市刘先生来信对闽南话新节目开播表示祝贺。他说："目前台湾民进党兴风作浪，真可悲。希望你们能多做出好的节目，让所有爱乡爱国的听众一饱耳福。"

文艺节目：仙乐飘飘　乡音袅袅

《华语流行音乐潮》的听众、来自台南归仁乡的陈先生寄来精美贺卡，除了祝贺新节目越办越好外，还说通过收听我们的节目，"虽两岸远隔，却似近在咫尺"。

《中国民歌榜》收到了来自台湾听众徐女士的来信，她在信中说"新节目，新气象"，并希望能在1月14号的《老歌新唱》节目里点播陕北民歌《兰花花》和甘肃民歌《阿哥白牡丹》。

《诗文赏析》节目也得到了桃园听众傅先生的肯定，他说，这类节目很有可听性，对提高自己的文学修养、欣赏水平、知识面都有很大帮助。

高雄的高先生夫妇、嘉义的刘小姐来电说,《文化时空》节目"很有特色""有吸引力""主持人有亲和力"。《文化时空》周六版《亲情点播》吸引了海峡两岸不少听众来电话点播节目。

新呼号为听众接受

对台湾广播节目呼号"中华之声"和"神州之声",使台湾听众收听节目的时候心理上变得轻松,宣传效果更好了。新竹听众马先生打来电话说,听到新节目呼号的第一感觉就是"大家平等了",主持人平和亲切的声音"令人陶醉""听得入神"。南投的陈小姐发来电子邮件表示喜欢"中华之声""神州之声"名字的大气,新节目确有新意,很吸引人,一定要把它介绍给其他朋友。新版《中国民歌榜》和《华语流行音乐潮》播出后,许多台湾听众给主持人发来E-MAIL,表示听到了新呼号,喜欢两套新节目。

听众有年轻化趋势

改版后的对台湾广播节目充分考虑了不同听众对娱乐、新闻信息和服务的不同需求,针对不同的收听人群分别设置了个性鲜明的节目,让年轻听众有了更多的选择。据不完全统计,在新节目播出后来信(电)的听众中,约有23%是学生,而之前的听众调查表明,25岁以下的听众仅占11%,青年听众的比例明显上升。

从台湾听众的众多来信来电中,不难看出他们对新节目的厚望,同时他们也对节目提出了一些诚恳的建议,如有些听众希望多播一些国际新闻,多介绍一些大陆旅游景点等。

新节目备受台湾媒体关注

东森电视台以《用心良苦!中国对台湾广播电台增加"台语"、客语节目》为题,在"总统大选"重要栏目中对此进行了报道并在网上登载。报道说:"台湾'总统'选战正炽,不只蓝绿阵营在电视上酷爱用闽南语喊话,连中国中央人民广播电台对台湾广播,也加入争取台湾民心的行列,增加闽南语、客语广播。"

"中央社"报道称:"中国大陆的中央人民广播电台对台湾广播新推出的两套新节目除了增加闽南语、客语广播,还增设台湾风行的新闻评论节目及软性的旅游、生活专题,意在加强促统效果。"

"中央社"这则新闻被台湾多家报纸及电视媒体广泛采用,台湾主流网站"蕃薯藤""雅虎奇摩"等均予以转载。

岛内媒体认为,新节目加强了财经、旅游、青年、生活四大板块的专题性报道,强化了闽南话、客家话节目,突出了音乐、文化主题,节目风格与岛内趋同,宣传内容软性化,较符合台湾民众收听习惯,满足了台湾听众对娱乐和新闻、信息的需求。

台湾媒体高度关注闽南话节目改版,与当前台湾岛内"选情"有关。据岛内媒体分析,在今年的台湾"总统选战"中,"闽南族群"约占选票的75%,"泛蓝"和"泛绿"阵营都将"闽南族群"作为争取的绝对重点,眼下双方"选战"正处于白热化的拉锯阶段。

七、结语

中华之声、神州之声顺利开播了,得到了听众的认可,受到了领导的表扬,总算是交了一份合格的答卷。经历是人生的财富,有些内容可圈可点。

1. 改革必须具有发展眼光。对台湾广播的改革以发展为前提,也是以发展为目的。这次改革每天新制作的节目比以前增加了150%,达到18小时48分钟,这在以前的改革中是很难见到的。改革扩大了对台湾广播的影响,引起了中央领导和总局领导的重视,这对对台湾广播的长远发展具有开拓性意义。

2. 创新始终是改革的首要任务。对台湾广播改革创造的几个

22

"第一"就深具创新意识:一是对台湾广播第一次将两套节目各自明确定位,充分发挥广播的资源优势,提高节目的竞争力;二是第一次实现大规模的直播,由播出形式上的革新带动节目形态的改变,节目可听性和互动性都增强了,听众感到亲切了;三是第一次创办了评论性节目,新闻节目不仅时间大大延长,而且分量加重;四是第一次实现专题节目的分众化服务,增强了针对性,扩大了听众群。

3. 更新运行机制是保证改革顺利进行的关键。人还是这些人,办公室也是原来的办公室,就是机制变了,也带动了整体变化。过去十几个人办一个节目,现在两三个人办几个节目,而且时间大大增加,关键是经费保证机制变了。过去是不要节目时间而要人,现在是不要人而要节目时间,效率大大提高。

4. 处理好改革与稳定的关系。任何改革都会涉及到利益的调整,而在利益调整面前总是有得有失。改革必须赢得大多数人的赞成和支持,对少数人的利益也要兼顾。比如对于这次改革中轮岗同志的安排,前提是必须有利于改革,有利于稳定,有利于发挥每一个人的积极性。改革的成功,总要付出一点代价。稳定是改革成功的前提,改革和发展是保持稳定的根本。

5. 群策群力,要保护好、发挥好大家的积极性。要善于把改革变成大家的意志,有了好的群众基础,改革就成功了一半。对台湾广播改革的成功恰恰说明了这一点。先是广泛征求意见,方案出来以后又几上几下。节目改革人人心中有数,实施起来就有条不紊。

6. 领导和方方面面的支持是节目改革成功的重要保证。对台湾广播的改革不仅有良好的整体氛围,更得到了各级领导的支持,政策、资金和技术一样都不能缺。

对台湾广播的改革已经顺利施行,但今后的路还很长,形势在

23

不断的发展变化,改革也需要不断的进行,我们有这个准备,同样也有这个能力。

（撰写于2004年2月26日）

以业务带队伍，靠管理上水平

——华夏之声改革纪实

华夏之声作为覆盖港澳及珠三角地区的国家级媒体，以沟通港澳和内地为己任，传播党的方针政策，报道"一国两制""港人治港""澳人治澳"、高度自治方针在香港、澳门的成功实践，介绍内地改革开放取得的巨大成就，促进港澳与内地的交流、交往。

华夏之声积极实践中央人民广播电台"世界眼光、开放胸怀、内合外联、多元发展"的办台方针，根据对港澳传播的实际需求，锐意改革，积极进取，在2009年对节目进行部分微调的基础上，2010年1月1日实现两套节目全新改版，突出新闻和文化传播，真正做到"以业务带队伍，靠管理上水平"，取得了丰硕的成果，完成了党中央、广电总局和中央台赋予华夏之声的神圣使命和光荣任务，也促进了华夏之声的全面发展。

一、对港澳广播节目改革的时代背景

香港、澳门回归祖国均已经十年有余。在香港、澳门全体市民的共同努力下，有祖国做坚强的后盾，香港和澳门尽管遇到了一些暂时的困难，但仍然保持了长期繁荣稳定。但是也应该看到香港、澳门社会的多样性和复杂性，维护香港和澳门繁荣稳定的局面，还

需要做大量的工作。

（一）香港的繁荣稳定需要对港澳广播的舆论支持

香港在回归十余年的时间里，社会各方面呈现稳步发展的态势，表面看来风平浪静，实际上却暗流涌动。2010年发生了"五区公投运动"和元旦期间游行冲击中央政府驻香港联络办公室大楼，更早时候，反对派多次举行"双普选"示威游行，表面上看是关于香港的未来政制之争，也可以看作是香港2017普选以及2017后政治的部分预演。如果放在全局的时代背景之下，就双方所代表的阵营来看，这根本源于东西两种不同文化对于政治、经济发展模式、个人价值观截然不同的认识。香港面积虽然不大，但却是全球文明冲突和政治角力的桥头堡。斗争波诡云谲，并将在可预料的时间内长期存在。面对这种情况，身负对港澳广播重任的华夏之声责无旁贷，一定要充分发挥中央媒体的作用，在新的情势下给予香港特区政府舆论支持，时任香港特区行政长官曾荫权在2009年接受华夏之声专访时也对华夏之声在此方面起到的作用大为肯定和赞扬。

（二）澳门发展离不开对港澳广播的舆论引导

澳门虽然地方不大，但也有其政治、文化、社会的独特性，就业、黑工、社会保障等民生问题也会在一定范围激化。在这些政治和社会的诉求活动中，经常会有一些激进团体和立法会议员用极端的形式对特区政府表示不满。尽管这些活动都在特区政府的控制之内，也没有直接的武力冲突，但是可以看出社会中存在着各种抵制力量。同时，相对于香港而言，澳门与内地的联系更为紧密，澳门更需要中央对港澳广播的大力支持。时任澳门特区行政长官的何厚铧曾在2009年接受华夏之声专访，他对华夏之声在澳门发展中所起的作用相当肯定。

香港和澳门的回归，只是港澳人心回归的开始，是回归的起点。同时，港澳的发展道路对将来台湾问题的解决会有强烈的示范作用。这种形势下，作为传递中央政府声音的对港澳广播，引导港澳民众正确认识中央各项路线、方针、政策，促进港澳人心的回归以及融合，是华夏之声应负的责任。为更好地完成这项任务，华夏之声必须针对港澳的新形势，加大自己的传播能力和话语权，利用广播传播范围广、接收便利等优势来传达中央政府对港澳的支持和关怀，形成对港澳舆论的强势引导。

（三）争取港澳民心的需要

不管什么形式的传播，说到底都是对文化的传播。引导和争取港澳听众的基础是文化和理念的认同。珠江三角洲地区在近当代中国一直是开风气之先的地方，香港、澳门又经历了长时期东西方文化的碰撞与融合，西方一直想用他们的文化与价值观改造香港、澳门，也在一定程度上产生了作用。文化在人们的理念和价值观形成方面有着不可低估的作用，台湾到目前为止还不敢公开宣称"台独"，固然是受到祖国大陆不断发展的经济和军事实力的遏制，中华文化的同宗同脉也起着很重要的作用，文化基础和文化背景的一致让台湾与大陆有文化的共识、感情的亲近。如果要想真正实现港澳人心的回归，同样也要在传播中华文化上多做努力。

二、对港澳广播的改革实践历程

华夏之声对港澳广播肩负着传播中央政府的方针、政策，报道"一国两制"在香港、澳门的成功实践，传播内地改革开放成果的重要任务，要想顺利完成中央交给的任务，一定要吃透"两头"：一是充分研究政策，使我们的传播符合中央的要求；二是充分研究广播的规律，使我们的传播符合港澳听众的需要，这是华夏之声节目改革的出发点和落脚点。华夏之声决定一切从实际出发，让实践来检验真理,先从听众调查入手,摸清情况,再从部分节目入手进行改革,若成功,便可以点带面推动节目整体改革。这种循序渐进、先局部后整体的思路充分反映了华夏之声节目改革的慎重和稳健。

(一)改革前的调研和改革的定位

凡事预则立,不预则废。针对港澳和珠三角情况的变化,2009年2月至3月,华夏之声分4批次,派出共20余人组成节目改革调研组,赴港澳和珠三角地区进行节目调研。调研中,华夏之声对覆盖地区的现状进行了充分的调查、研究和分析,调查内容包括听众的收听习惯、收听爱好、收听人群特点等等,基本涵盖了华夏之声节目的各个方面。

通过为期2个月的调研,华夏之声基本了解了传播对象区域里目标听众的基本需求,即听众对新闻信息的需求很强烈,尤其是对关系到日常生活各方面的信息需求很大。同时,听众对中华传统文化和艺术兴趣浓厚。针对调研得到的情况,经过综合分析和多次研讨,华夏之声决定在节目中加大对新闻和文化的传播力度,确定普通话频率以新闻传播为主,双语频率以文化传播为主,华夏之声频率宗旨确定为"汇集天下新闻,传播中华文化"。

(二)节目改革社会影响显著

2009年7月15日,根据重新定位后的频率宗旨,华夏之声对两套节目进行整合,特别推出了新闻节目《新闻空间》(午间版和晚间版),每天中午12点和下午5点,分别在普通话频率(FM87.8)和双语频率(FM104.9,AM1215)播出,从而形成了早、中、晚三大新闻板块组合,具备了大视野、全方位、强时效、广覆盖的新闻报道特点。

推出新节目的同时,华夏之声还对部分节目进行了改版。改版后华夏之声的节目内容更加丰富,节目可听性得到了很大提高。改版后的调查统计显示，华夏之声节目改版后的市场收听率由此前的不到3%，上升到6%以上! 收听率的大大提升充分表明，此次节目的改版是十分成功的。其中，新推出的《新闻空间》节目在开播不到一个月的时间里，多次收到听众电话、手机短信、电子邮件等形式的节目反馈。听众反映，华夏之声选择的新闻具有很强的时效性，专家解读及时到位，在珠三角地区电台泛娱乐化的收听环境下，能够听到华夏之声这样精彩的新闻节目真是一大幸事。还有听众表示，单单通过收听华夏之声的节目，就能够对国内外全天发生的新闻事件有全面、深入的了解，华夏之声的新闻节目量大、面全、质高。这些直接来自于听众的反馈，充分说明了听众对华夏之声节目改革的欢迎和满意。

2009年9月9日、9月16日，时任香港特区行政长官曾荫权和澳门特区行政长官何厚铧先后接受了华夏之声记者的独家专访。在采访中，两位行政长官都对华夏之声的节目内容给予了赞扬和肯定，认为华夏之声为促进港澳与内地的交流、交往提供了强有力的舆论支持。曾荫权在采访中特别提到，华夏之声节目做得有内涵、有品质，为香港与内地同胞互相增进了解做出了贡献，他期待着华夏之声能够制作更多体现香港普通百姓生活的节目，让更多的内地民众了解香港、喜欢香港。何厚铧对华夏之声在澳门回归祖国以来，对澳门各方面发展做出的报道表示了感谢。他希望通过华夏之声的电波让更多的内地民众了解澳门，并希望华夏之声未来能继续为澳门服务，更多地向外界推介澳门。两位行政长官对华夏之声的认同和称赞，是对华夏之声长期以来坚持不懈地追求节目品质、锐意改革进取的最好肯定，也更坚定了华夏之声将新闻和文化传播进行到底的信心。

（三）改革的全面深化

2010年1月1日，在前期节目改革取得较大成功的基础上，华夏之声对所属的两套节目进行全面改版，让新闻节目和文化节目唱主角。全面改版后的节目内容更加丰富，传播更加迅捷，充分体现了华夏之声提升对港澳传播影响力的战略目标。在这次全面改版中，华夏之声不仅延长了《新闻空间》《魅力中国》等新闻性节目的时间，还通过《新闻空间》早、中、晚三个黄金时间段的播出，把全天重要新闻及时、全面、准确地传播给听众。香港电台普通话台、香港青年协会等合作伙伴，更是将《新闻空间》作为各自引进的重要节目播出，以使香港和海外媒体能更加准确及时地了解到内地最新动态。

在全面改版中，华夏之声还新推出了众多不同类型的优秀节目。如秉承"关注文化、传播文化、解析文化"理念，推出的文化类节目《文化之旅》《网络文化看点》节目；秉承"健全法治环境，构建和谐社会"理念，推出的生活服务类节目《创赢人生》。改版后，音乐类节目更为细化，音乐分类更加明晰，涉及音乐类型也更为多样，基本满足了各类听众的音乐收听需求。

全面改版后，节目迅速得到了听众的广泛认可和好评。改版后的几天里，大量的粤港澳听众通过来电、短信、电子邮件等方式表示，他们从华夏之声的新闻节目中获取了比其他媒体更多、更全面的信息，足不出户就能纵览天下；有听众表示，华夏之声的节目不但内容丰富，而且形式很新、宜于接受；新推出的文化类节目让人受益颇多，节目内容非常有品位。华夏之声全面改版取得成功，也得到了上级部门的肯定。中央宣传部2010年3月2日的《内部通信》刊登了一篇题为《中央人民广播电台华夏之声全新改版，加强新闻和文化的传播力度》的文章，该文指出："华夏之声的节目改版定位明确，收听效果明显，提升了对港澳广播的舆论引导力和社会影响力。"这是对华夏之声节目全面改版的最好肯定。

与节目改版相适应，华夏之声组织机构也相应进行了调整。

2010年2月，华夏之声部门设置由总监办公室、策划经营部、资讯节目部、娱乐节目部、音乐节目部、广州编辑部和深圳编辑部调整为总监办公室、新闻节目部、文化节目部、音乐节目部、生活节目部、广州编辑部和深圳编辑部，所有人员实行双向选择，竞争上岗。

节目的全新改版，也为华夏之声的采编播人员提供了施展才华的广阔空间，形成了紧张、有序、开拓、创新的崭新局面，为实现"以业务带队伍，靠管理上水平"打下了坚实的基础。

三、对港澳广播改革的实践特色

在一切实践中，人是最关键的因素。对港澳广播的成功与否，关键看能否拥有一支什么样的队伍。如何发挥人的能动性，提高业务人员的能力，找准切入点很重要。在实践中，华夏之声以"业务"为抓手，不断提高队伍的整体业务能力，管理跟着业务走，做到"一举多得"。

（一）以业务带队伍

在对港澳广播实践中，华夏之声坚持"以业务带队伍"理念，除了保质保量完成中央的重大报道外，华夏之声积极策划、组织独家重点报道，在宣传党的方针、政策，报道香港、澳门保持繁荣稳定，加强港澳与内地联系等方面采制了一系列节目，丰富了节目内容，提升了整体传播水平，通过广播业务的具体实践来锻炼和提升从业人员的业务能力。

1. 通过《腾飞粤港澳》《历史的回响》等节目提升华夏之声在大型系列专题报道上的组织、协调和宣传能力

华夏之声2009年与包括香港电台、澳门电台在内的10个珠三角地区电台，联合制作了庆祝中华人民共和国成立60周年的系列报道《腾飞粤港澳》。在这次报道中，华夏之声贯彻中央台"内合外

联"的方针，积极开拓与港澳和珠三角地区电台合作的可能性，华夏之声也因此创新了报道形式，内容更丰富、形式更灵活、影响更深远。2009年10月底在广东中山举办的《腾飞粤港澳》总结会上，协作的珠三角各地市台对《腾飞粤港澳》大型报道的节目内容、传播效果和合作方式都给予了充分肯定，并表示会进一步参与到今后与华夏之声的各项合作中去。华夏之声作为区域性广播，未来将会通过多种形式的不断创新，打造出一个在珠三角地区更具影响力的传播平台。在这组系列报道中，华夏之声共有20余人参与了节目的采编和制作，规模大、参与人员广，是华夏之声强队伍的最好体现。

《历史的回响》是2010年华夏之声与香港及珠三角地区各电台继续合作的成果，这组大型系列节目共制作播出20集，每集30分钟。该系列节目以"港、澳、珠三角"为背景，以中华民族不屈不挠的民族精神为主线，以中国170年近现代史中的历史事件、历史节点为主要内容，运用广播特写形式，生动再现历史场景，展现中华民族的百年强国梦、盛世中华情。为做好此次大型报道，华夏之声从2009年下半年开始，先后六次召开专家座谈会、选题策划会、沟通协调会、组织动员会，并分批次派出多名记者到各地采访，充分锻炼了人员的采编播各项能力。《历史的回响》是华夏之声对节目进行改革后的又一次成功探索，节目内容丰富，形式多样，大大提升了编播人员的各方面能力，使华夏之声采访制作大型报道的能力得到了充分地加强。节目播出后，港澳和珠三角地区民众反响强烈。

2. 通过《中英街》《那年那人那首歌》《透视"9+2"》等形式多样的广播节目创新对港澳节目宣传形式

2009年11月7日，华夏之声双语频率播出了三集广播剧《中英街》。华夏之声作为面向港澳及珠江三角洲的广播媒体，为了让受众以更适宜接受的形式了解历史，选取在香港与深圳之间宽不过六七米，却见证过中华人民共和国成立和内地改革开放沧桑历史的中英街这个点，以60年中与港澳有关的重大事件为契机，采用情景剧的节目形态，回顾这些历史事件，揭示当时的历史背景，展现内地、港澳社会发展和人民生活的变迁。《中英街》是华夏之声在广播剧领域的一次大胆尝试，多位业务人员参与了演播，既锻炼了队伍，也积累了经验，为今后不断创新对港澳宣传方式提供了参考。

音乐是人类相通的语言。无论何时何地，只要音乐响起，人们都会受到感染。通过音乐进行宣传，听众更易接受。在不同的时期，总有音乐记录时代前进的步伐，音乐也镌刻了时代的独特年轮。为迎接中华人民共和国成立60周年，华夏之声大胆突破，于2009年9月21日到30日推出10集系列音乐节目《那年那人那首歌》。系列节目邀请郭颂、李谷一、关牧村、王宏伟等十位老、中、青三代歌唱家担任嘉宾或者主讲人，讲述歌曲背后的故事，展现新中国在不同时期、不同阶段的音乐发展，充分体现和歌颂社会主义祖国60年来取得的辉煌成就。这次节目制作既锻炼了人员的节目制作能力，也进一步丰富了华夏之声的节目宣传形式。

在创新节目宣传形式上，以见闻式手法呈现的《透视"9+2"》是华夏之声的又一重大突破。华夏之声2010年下半年启动的见闻式报道《透视"9+2"》是通过记者的实地走访，用见闻式、目击式等报道形式，全面介绍泛珠区域合作以来港澳与内地泛珠9省区在经济、社会、文化等领域的成果，客观展现香港、澳门回归祖国以来中央政府给予港澳特区的大力支持和港澳与内地合作的深入。《透视"9+2"》打破了以往传统报道的模式，以港澳为依托，借助内地与港澳在科技、文化、经贸等方面的合作与交流，将华夏之声"覆盖区"扩大到内地9省市，既提升了报道的高度，又扩大了华夏之声的影响，是一次双赢的实践。今后华夏之声将会以此为基础，不断开拓节目采、编、播的新方式、新途径，将改革持续深化。

（二）靠管理上水平

改革若要成功，硬件和软件缺一不可。现代媒体活动和竞争中，管理就是软件，管理水平的高低，直接决定着媒体竞争力的强弱。两年来，华夏之声通过完善制度建设来规范和加强对港澳广播宣传，并通过举办业务培训、人员交流轮岗、节目听评等不断提高在岗人员的能力和素质，在业务和实践中锤炼队伍。

华夏之声以节目改版为契机，不断加强制度建设和队伍建设，于2009年8月出台了《华夏之声目标管理条例》和《安全播音细则》，充分体现"制度管人、效率优先、兼顾公平"的原则，实施科学管理、人文管理，调动从业人员的积极性。

为推行节目精品化，提升编播人员业务水平，提高节目质量，华夏之声举办了多期主题业务培训，邀请新闻业务专家就新闻消息、新闻评论的写作等内容进行了七期培训，邀请国务院港澳事务办公室的领导和专家进行了五期介绍港澳形势的培训。通过主题业务的培训，使华夏之声的编播人员既掌握了新闻业务知识，又了解了港情澳情，为进一步宣传好港澳、争取港澳民心、掌握舆论主动权打下了坚实基础。

为了让全体人员更加全面地了解华夏之声和掌握对港澳广播特点，华夏之声还推进了全体人员轮岗交流工作。广州、深圳两个编辑部的主持人定期与北京本部人员实行交换交流，主要目的是让广、深编辑部人员通过在台本部的工作，提高个人的业务能力和直播水平，让北京本部人员赴广州、深圳交流，感受和了解当地舆情特点。同时，华夏之声让所有在岗主持人到《新闻空间》等新闻类型节目中进行学习锻炼，使在岗的业务人员不断提高新闻从业技能，保持和增强政治意识、大局意识和责任意识。人员轮岗交流形成了业务人员一专多能、良性竞争的良好工作氛围。

在日常宣传中，华夏之声着重加强对日常节目的质量要求，每半年时间就对节目进行随机听评，实行优胜劣汰，确保节目质量。

四、对港澳广播改革的经验

在此次改革中，华夏之声取得了一些成功的经验，具体如下：

（一）领导重视和支持

改革之初，华夏之声就改革的目标和实施方案向台领导进行了汇报，台领导当即表示了充分的支持，台领导的表态给华夏之声改革的实施注入了强大的推动力。在改革实施中，台领导就改革原则和实施方案多次给予指导，尤其在华夏之声进行组织机构变革时给予了充分的支持。另外，在具体的业务实施中，如在《腾飞粤港澳》《历史的回响》等大型节目的制作过程中都有台领导言传身教，并最终把关，这就保证了华夏之声的改革发展始终在平稳的环境中进行。

（二）准确的频率定位和循序渐进的实施步骤

华夏之声的传播区域是港澳和珠三角地区，因该区域有其自身的特殊性，所以华夏之声的传播也具有自身的特殊性。例如，目前情况下，与当地媒体比拼娱乐性和区域特点，华夏之声会力有不逮。在进行频率定位时，华夏之声通过充分调研，考虑到自身的优势和劣势，确立了"以新闻和文化传播为主"的频率定位，以此来影响传播区域中有话语权的受众。这种与区域内其他广播媒体错位竞争的战略，无论是在市场反应还是在社会反响上，都得到了有力支持，更加说明了华夏之声定位的清晰和准确。具体到实施时，华夏之声通过有计划、分步骤、循序渐进的方式来推动改革，不急躁、不冒进、不折腾。实践证明，华夏之声的这种以点带面、逐步推进的改革实施方式,是非常稳健而又有效率的。

(三)组织机构改革与节目相适应,创新与管理同步

华夏之声的改革,不是节目和局部的调整,而是全面的结构性改革。从此种意义上而言,改革不仅仅局限于节目,同时还要建立与节目改革相适应的组织结构。实践证明,组织结构改革是华夏之声节目改革成功的有力支撑,建立和完善与节目改革相适应的配套改革,是华夏之声改革的成功经验之一。

华夏之声改革的成功还在于将节目创新与管理同步。改革,离不了创新。一方面,华夏之声提倡创新,鼓励创新;另一方面,华夏之声建立和完善各项管理制度来支持创新,使创新在制度上得到了强有力的保障,反过来,这又为创新打下了良好的制度基础,促进了改革创新。

(四)高质量的节目内容与频率品牌宣传相结合,提升节目竞争力

华夏之声不断致力于打造内涵丰富、形式时尚的广播。在2010年1月1日对两套节目进行了全面改版后,推出一批像《新闻空间》《文化之旅》《创赢人生》《民歌风尚》《粤港越精彩》《直通深圳》等有特色的针对性节目,收听市场的占有率得到了提升。同时,华夏之声不断加大对频率自身品牌的宣传,结合节目实际,举办听众见面会、听众联谊会、证券投资攻略会等活动,深化频率品牌意识,并且在覆盖区繁华地带树立华夏之声形象路牌广告,扩大在当地的影响力,不断提升自身的各项竞争力,在与港澳和珠三角地区媒体竞争中处于有利地位。

(五)充分发挥前沿编辑部作用,盘活各种边际资产

华夏之声在广州、深圳各设有前方编辑部。长期以来,前沿编辑部在华夏之声的各项宣传中发挥了重要的作用。在这次改革中,华夏之声将两个前沿编辑部纳入其中,统筹安排,不分彼此,良性互动,为改革的顺利实施和进行创造了良好的整体环境,更为下一

步更好和更大地发挥前沿编辑部的作用，打下了基础。

这次改革中，华夏之声还充分利用各种边际资产，如充分利用与港澳特区政府、港澳电台和珠三角各家电台的关系，在台"内合外联"方针指导下，扩大合作范围，打造珠三角广播宣传平台，为华夏之声在港澳和珠三角地区的下一步发展拓宽了空间。

英国、法国、意大利媒体考察的报告

由新闻界"四个一批"人才组成的中国新闻代表团11月20日至12月4日出访英国、法国、意大利，先后走访了英国BBC广播公司、路透社、伦敦金·史密斯学院、英国《泰晤士报》、法国《费加罗报》、法新社、法国国际广播电台、意大利《共和国报》、英国记联和意大利记者公会，就传统媒体与新媒体的关系、媒体如何扩大影响力和记者的管理与三国新闻界的同行进行了交流。在拜会法国外交部新闻司官员时还就中法经贸关系、政府与媒体的关系进行了探讨。

一、传统媒体的现状以及与新媒体的融合

代表团来到英国BBC广播公司的时候，正赶上BBC国际部工会策划罢工，上街游行的牌子和标语都已做好摆放在办公室。

据工会主席介绍，作为非商业性的公共广播电视，BBC每年靠国家向公众收取视听税作为经费来源，不得经营广告。今年开始，国家将视听税的10%分给了其他媒体，经费的削减，导致新上任的老板采取了裁员措施，到目前为止已经相继裁员360多人（虽然被裁掉的人还可以作为独立制作人继续制作节目卖给BBC，但BBC

不再承担工资及以后的养老金）。因为裁员还在继续，员工决定上街游行。

面对经费的压力，在BBC乃至英国社会一直持续多年的争论又浮上了台面：要不要将公共电视台变成商业台，自己挣钱来养活自己？

BBC长期以来都被看作是一个代表英国主流文化的媒体，因为市场竞争的压力，从十五年前就面临商业化的挑战。普通交税的蓝领阶层认为，他们每月交税，却不看BBC的新闻和纪录片，他们只想看些轻松娱乐的节目，希望取消公共台。而英国知识阶层的观点则相反，他们认为，英国与美国相比最值得自豪的是有一个不受市场和财团股东支配影响、具有深厚文化底蕴的公共广播电视，他们有文化的"根"。

英国人非常在意他们的文化传统与根基。在英国，广播电视被视为创意产业，目前全世界许多广播电视媒体的节目形态创意都来自英国。当我们询问其中原因时，对方回答是：在于文化底蕴，追求高雅的文化品位。当然，从BBC目前面临的问题中，我们也看到了高雅和低俗之争。作为公共广播电视，BBC不经营广告，可以不讨好受众；但在媒体竞争中，他们也要看收视收听率，依据是AC尼尔森的数据。而记者们则抱怨：本来就是"阳春白雪"的节目，看收视收听率不公平。是追求社会责任、传播高雅文化，还是被"收视率"牵着鼻子走、迎合观众的低俗口味，是目前令英国主流媒体BBC困惑的问题。

面对众多的竞争对手，作为一家老牌帝国的主流媒体BBC是否将部分商业化或全部商业化，的确成为东西方媒体都关注的问题。因为，广播电视如何面对受众年轻化、传媒商业化、内容低俗化的挑战是东西方媒体都要研究的课题。

虽然广播电视面临这样那样的困扰，但声音和画面的传播依然有相当的吸引力。法国《费加罗报》就已经涉足视频的拍摄，准备次年建立电视工作室，从纪录片开始制作电视节目供网络视频播映；意大利《共和国报》两年前就已经建立了自己的视频工作室，实现了网上视频传播（每天网络直播2小时自办视频新闻节目）；而英国路透社也已将记者拍摄的影像在自己的网站播发。

所有这些举措都基于传统媒体与新媒体融合的考虑，代表团访问的全部媒体都在发展新媒体，不管是电子媒体，还是平面媒体，网站已经成为他们传播内容的又一个重要渠道。

英国《泰晤士报》称，他们的报纸销售额约65万份，而"网上泰晤士"的读者约有1200万（其中50万来自美国），报纸读者的平均年龄45岁，网络读者平均40岁，他们不认为发展网络会影响报纸的销量，而记者会因为拥有更多的读者而兴奋。《泰晤士报》正考虑将历年《泰晤士报》的内容，编成电子版放在网上，根据年代的远近，向读者收取一定的下载费用。意大利《共和国报》的网站是该国点击率最高的网站，每天平均110万人次的点击量，为他们带来3000万欧元的年广告收入。

运用新媒体最成功的是法新社。法新社在介绍情况时强调：不能将新媒体与传统媒体分开，新媒体实际上是将各种传统媒体结合在一起，面对某一事件，文字、图片、录像一体化集中报道。他们已将新媒体明确为以后的发展方向。2006-2007年新媒体为法新社贡献了20%的利润。目前的发展势头还很快，每天可提供5~6条视频录像，供签约的电视台和网站选择购买，这个数字还将迅速扩大。

媒体传播方式的变化，对从事传媒工作人员的业务素质也提出了越来越高的要求，甚至要求其成为文字、摄影、网络方面的三栖复合型人才。意大利《共和国报》计划于当年12月开办培训班，要求所有的文字与摄影记者都要学会制作视频节目。

媒体的需求也影响到了传媒学院的人才培养。在英国金·史密斯学院，会说流利中文并在北京工作过数年的裴开瑞教授向我们介绍，21世纪将出现更多的跨媒体、多媒体现象，因此，学生不仅仅学习新闻写作，也要同时掌握摄影、播音等技能，以适应未来职业的要求。从这一年开始，该学院新开办了一个专业，兼有广播、电视、平面、网络的内容，专为有媒体经验的专业记者开设，让其不仅可以学习到新闻专业精髓，还可以熟悉各种媒体的运作。

在英、法、意三国媒体的考察中，我们注意到，各国主流媒体当前面临的主要问题，也是我们所面临的。媒体商业化的压力增大，除了要不要保留BBC公共频道之争外，英国金·史密斯学院裴开瑞教授还向我们抱怨说：在英国，新闻专业的学生刚毕业，就被要求去写一些商业化的文章，因为是新手，也不能拒绝，而这些文章有可能违背道德和社会责任感。还有就是媒体如何跟上新技术发展步伐的问题。路透社希望借助新的技术增强新闻的时效性，哪怕比其它媒体早一秒钟发布消息，也是巨大的成功。法新社则与法国三大手机电信服务公司签订了合同，准备开发用于手机用户的视频新闻。另外，传统媒体如何借助突飞猛进的新媒体谋取更大的利益、如何实现跨媒体发展等问题，都是值得我们思考的新课题。

在考察中，我们还注意到各国主流媒体的版面及内容（包括广告）都较严肃、传统、专业、干净，对读者群定位较准，专栏作者有一定权威性和影响力。不管是出于西方媒体的虚伪性还是出于媒体的信誉度，他们主流媒体的版面及频道体现出来的抵制商业化、低俗化的做法还是值得我们借鉴的。

二、把提升媒体的影响力作为重要的"软实力"来建设

在考察中，我们愈发清晰地认识到，英、法、意都把媒体的影响力作为国际竞争的重要"软实力"，这些主流媒体也成为表达国家意志的重要载体。尽管这些老牌资本主义国家已经充分市场化了，但他们并未急于将媒体推向完全市场化的状态，而是根据具体情况采取了一定的保护措施，以在舆论的国际竞争中保持较强的影响力。

一般来说，平面媒体的地域性比较强，国家间的竞争并不十分激烈，因此，在这些国家基本没有靠国家财政拨款才能生存的报纸和杂志；但是，在竞争性较强的广播电视领域，都有一定的国家保护，以扩大本国广播电视媒体的国际影响力。

英国的BBC在全球设有130多个分支机构，其中第一台占有国内40%以上的新闻观众，甚至在美国建立了分台；其国际台用34种语言对外播出。表面上，BBC与政府有"一臂之距"，甚至在伊拉克战争等问题上与政府的立场相左。但据BBC工会人士介绍，虽然BBC的节目中没有广告，以显示其"公共性"，但BBC的运营主要靠国家规定的"视听税"，而BBC国际台则靠外交部的拨款。近年，政府给BBC的拨款减少，使其不得不陆续裁员，政府的理由是BBC的效率不高，实际上是因为BBC在伊拉克战争的报道"出格"了，政府通过这样的"惩罚"方式来保持政府的影响力。

法新社目前有4000多名工作人员，在全球165个国家和地区设有分社。尽管法新社是世界较大的通讯社之一，尽管法新社的负责人强调"法新社不仅是法国的通讯社，而且是全世界的"，但目前仍无实力与财大气粗的美联社和路透社分庭抗礼。为此，法国政府尽管没有直接拨款，却采取了一种特殊的保护政策，即成为法新社的最大客户，政府系统的客户占法新社营业额的40%。因此，法

新社的14人董事会中，有3名政府的特派员，分别来自总统办公室、财政部和外交部。法新社的负责人也承认："我们很市场化，但我们同法国国际广播电台一样，是国家的公务部门。"法国国际广播电台基本上都是政府声音的表达，以前一年的经营费用举例，外交部拨款6900万欧元、视听税5600万欧元、自筹480万欧元。尽管法国外交部新闻司副司长强调，对媒体资助并不意味着在业务上干预媒体，但他也详细介绍了如何通过发布会和外交部的网站来影响记者对新闻的取舍。

政府（不应仅仅理解为执掌行政权力的内阁，还应包括国会、司法机构、政党等）把媒体的影响力看作重要的"软实力"，并在经济上采取了一些非市场化的补贴手段；但对于主流媒体来说，影响力的大小决定了其生存状态，这些国家的主流媒体都在千方百计、挖空心思地扩大自己的政治影响力。

一是在传统业务领域精耕细作，以保持和争取受众。英国《泰晤士报》根据英国报纸发行90%靠零售的特点，在实施改版时，重点经营头条，适应年轻读者的阅读需求，并缩小报纸尺寸方便上班族阅读。3年里，报纸的发行量上升了15%。意大利的《共和国报》避开晚报发行量大的米兰地区，重点在东部和南部发展，并不断兼并其他报纸，发行量上升到70万份，成为全国最大的报纸。

二是多种经营，重点发展新媒体。我们此次访问过的所有媒体，不管是《泰晤士报》《费加罗报》《共和国报》等报纸，还是英国BBC、法国国际广播电台等广播电视，路透社、法新社等通讯社，几乎无一例外地都花费相当的人力、物力和财力来经营网站，有的网站费用和收入已占其总经费和收入的25%以上。

三是努力向国外渗透，扩大市场。《泰晤士报》1200万的网络读者中，英国和美国的读者占有相当大的比重，其他读者分布在世界各地。BBC在美国设置了电视的分台，在美国的网络读者每年增加20%。而路透社的新闻受众中，非英语部分已经占到了42%，它在全球120个国家和地区有业务运营。法新社负责人坦言，他们首先关注的是国际市场，然后才是政府这个大客户（因为这一块有制度保障），国际市场已经占他们营业收入的30%以上，是未来的增长方向。《费加罗报》在其国内有310名记者，在国外却派遣了400名记者，这样做就是要加大国际报道的力度以扩大其影响力。

三、英国、法国、意大利媒体记者管理的特点

西方媒体的稿件主要靠记者提供，还有一部分靠自由撰稿人提供。在我们访问过的媒体中，记者数量少的也有200多名，多的如法新社，在81个国家和地区驻有数千名记者，其中仅摄影记者就有150名。这些媒体历史较长，对记者也逐渐形成了较为完善的管理模式，其特点是：

（一）编辑主导

我们此次所访问的媒体均是编辑主导记者，除突发事件外，驻外记者根据编辑部的策划和意图，有目的采写稿件。据曾在中国驻站4年的法新社记者康文涛介绍，他驻外时天天与编辑部沟通，汇报新闻线索，平时要首先完成编辑部的"规定动作"，然后才能写自己感兴趣的报道，自己能支配的时间很少。英国BBC是记者报选题，编辑确定思路，所采访的新闻播与不播、怎么播，由值班编辑决定。

（二）考评简单

多数媒体对记者的考评采取每年两次的对话形式，除英国BBC对记者最低供稿数量有要求外，其他媒体均无发稿数量的限制。据路透社财经记者刘士龙（中国香港籍）介绍，他的上级对他的报道影响很关注，也就是说重质不重量。他们认为，主编对每位

记者的采访水平、写作能力、工作态度、工作业绩是非常清楚的，不需要逐一统计发稿量。平时，媒体对记者不怎么奖励，即便获得国际性新闻大奖也不会奖励记者。他们认为，只要签订了雇佣合同，记者就应该为服务的媒体提供好稿件、好照片。唯一的奖励是年底发的红包，红包的数额保密，干得好不好，是重奖还是一般奖励，都在红包大小中体现。

英国BBC的驻外记者与媒体签的是秘密雇佣合同，双方通过讨价还价后签订，按能力论价，这也是管理的一种方式，干得好续签合同，干不好，合同期满走人。

（三）逐级晋升

在我们考察的媒体中，绝大多数对记者有级别划分，逐级晋升。一般会将记者分为8个级别（也有分10级的），4至5年晋升一级，前提条件是要有空岗。据英国BBC一位记者介绍，不同级别的人工资差别很大，晋升一级很难，竞争很激烈，有的记者做到60岁也晋升不到最高级。但特别优秀的记者晋升得也很快，在法新社就有40岁晋升到8级（最高级）的记者，但这样的记者一般都有行政职务。《费加罗报》的记者不分级，干得好就多给工资，奖励很直接。

（四）严格准入

在英、法、意主流媒体当记者有很大的吸引力。到主流媒体工作要经过严格的面试和笔试，淘汰率很高，很多应聘者在电话交谈中就被淘汰了。《泰晤士报》喜欢从一些行业报的优秀记者中招聘，《费加罗报》要求应聘者须有3年记者经历。英国伦敦金·史密斯学院的教授告诉我们，很多媒体需要既有新闻知识又有其他专业知识背景，还能掌握多媒体技术的学生（如文字记者掌握DV拍摄技术，为网络提供视频等）。最严的当属意大利，当记者首先要经过严格的资格考试，持证才能到媒体应聘。

受西方"福利病"的影响和法律的制约，在英国、法国、意大利进主流媒体难，解聘记者也难。最极端的例子是，法国媒体员工犯法蹲监狱雇主还要发工资。因此，西方媒体很少解雇记者，对不满意的记者一般都是将其换到不重要的岗位，让记者自己提出辞职。

四、体会和建议

通过两周对英、法、意媒体的考察，我们的主要体会是：

这些媒体口头上都宣称自己是独立的，不受政府的管控，其实都有着鲜明的政治倾向，都在宣传西方核心价值观、维护本国利益。这些媒体对我国"西化""分化"的意识仍然存在，如法国的《费加罗报》，在其总统访华之时不去更多地报道总统访华的成果，而是对中国的环境问题抓住不放。还有的媒体在走廊墙壁上，张贴着攻击我国政治制度的"无国界记者组织"宣传海报，而列举的事例都是不值一驳的可笑谎言。

西方媒体非常重视传统媒体与新媒体的融合，不仅把新媒体当成扩大其影响力的又一渠道，同时也将其作为新的经济增长点。由于西方知识产权的保护，传统媒体与新媒体不但没有相互冲击，反而形成了优势互补。意大利《共和国报》的网站每年有3000万欧元的广告收入，完全实现了网站的经费自给自足。

虽然西方媒体竞争激烈，但经过长期的磨合，已经形成了有序的发展格局。在政府的庇护之下，主流媒体比较庄重大气，固守自我，引领社会风气。英国BBC对传播英国文化非常执着。《泰晤士报》低俗的花边新闻很少，更不会刊登低俗的照片，主要做深度报道。媒体对记者的管理也摸索出了一套行之有效的办法，管理看似人性化，其实细品还是很严格的。

为此提出以下建议:

(一)加强对记者的管理,建立相关的规章制度

1. 提高记者从业门槛,建立记者资格考核认证制度。通过考核,从新闻业务、知识素养上能淘汰一大批不适宜当记者的应聘者,同时也能减少媒体招聘记者的随意性,促进社会公平。意大利记者公会规定,想进入媒体工作的人员,在媒体实习36个月以后才能参加从业资格考试,合格者才有可能成为记者。每次考核,按当地媒体的需求总量,以一定的比例发放证书,优中选优,并不是考及格都能获得证书,这种方式,值得我们借鉴。

同时要从喜欢新闻工作的人中选拔。客观地讲,西方主流媒体的记者对新闻的使命感是比较强的,因为他们在选择新闻专业时,是自己的意愿,对新闻是真心喜欢,不像我们的学生选专业首先要听父母的意见。

在提高记者门槛方面,我国主流媒体应该借鉴西方大媒体的招聘方式,多从省市县级媒体的年轻优秀记者中招聘。两三年的基层锻炼,比任何考核更能检验记者的人品和文品。这样的记者,经过实践考验,熟悉基层情况,后劲较足。此举同时也能鼓励大学生到基层工作。

另一方面,建立记者退出机制,屡次犯规的记者应清除出新闻界。这样的退出机制要与新的《劳动合同法》接轨,让解雇不良记者的机制合情、合理、合法。

2. 改进考评办法,建立适合媒体特点的奖励晋升制度。据悉,很多媒体对记者的管理大多采用"记工分"的方法,天天登记谁写了几篇稿、每篇稿得几个星,并直接和工资奖金挂钩。这种方法,好处是对每位记者的工作量一目了然,弊端是不符合新闻报道的规律(如遇到大事新闻就多,平时新闻就少一些),容易使记者产生急功近利的思想。甚至有的记者为了多得奖金,把一篇报道分

成两篇写,没有新闻时添油加醋制造新闻。新闻报道是精神产品,不能简单地计算数量。有影响的新闻作品,特别是深度报道,无一不需要深入调查和深入思考,作为记者,谁比谁一年多写几篇报道说明不了任何问题。我们所访问的媒体,对记者的考评均采用谈话的形式,主要考察记者的采访思路、知识积累以及对有关问题的认知水平,这是当好记者的关键。而《费加罗报》对优秀记者的奖励是多给采访机会,这种方法也值得我们借鉴。

国外媒体对记者分级晋升的方式也值得借鉴。我们目前记者的晋升办法,一是走行政,二是走职称。走行政的问题是岗位有限,不可能人人都当领导;走职称的缺限是档次分得少,只有初、中、副高、正高四档,评上正高,再难有追求。如果像英、法、意的一些媒体,也分8~10个级别,4~5年晋升一次,对记者的激励作用就会更大一些。

(二)树立媒体的社会责任意识,建立市场退出机制

在英国,BBC和《泰晤士报》在关于新闻操守的问题上,两者有着十分相似的原则。BBC强调自己的公共频道性质,其报道不以金钱为转移,他们称,虽然受商业化的强烈冲击,但谁都不敢轻言商业化;《泰晤士报》强调自己的文化品质,即使发行量受到影响,也不会去降低品位,迎合低俗。这些主流媒体坚守阵地,体现了社会责任担当。在我国,媒体都是由党的宣传部门管理的,但实际上并没有形成共同的品位。部分小报低俗化倾向比较严重,某些不良广告甚至影响到国家形象,和省级以上党报形成显著区别。所以,在主张各个媒体以不同风格面对市场,以不同的定位迎接竞争的同时,也要确立基础性的价值观念,在涉及政治、诚信、品位等关键问题上,坚守同样的底线。目前,中国的新闻媒体实际上存在着过多过滥的现象,在很多区域,媒体之间已经陷入恶性竞争,而恶性竞争的后果就是在关键时刻媒体操守频频被打破。因此,应尽

快建立市场退出机制，对于靠恶意炒作扩大发行、靠虚假广告增加收入、靠低级庸俗吸引眼球的媒体要及时清退，以维护中国传媒的整体形象。

（三）协调传统媒体与商业网站的关系，切实保护知识产权

和国内许多媒体一样，英、法、意三国的重点报纸、电台、电视台均建立了自己的网站，力图通过现代传媒技术延伸触角，产生影响。但是，这并不意味着媒体与商业网站处处和谐。在法新社交流时，主管网络工作的人员介绍，为了保护自身的知识产权，他们会降低网上图片的像素。

在国内，商业网站可以无偿下载使用媒体的内容，媒体的采编人员实际上成了商业网站免费的打工者。目前，媒体受到商业网站侵犯知识产权的困扰，只有很少一部分通过法律途径进行了解决。但作为普遍存在的问题，个体解决不仅成本高昂，而且不利于治本。因此，面对难以计数的网站，建立一个有效的媒体知识产权保护机制已经迫在眉睫，强制网络与传媒签订用稿协议或主动支付稿酬，维护媒体的利益，营造和谐相处、互相促进的社会氛围。

（此报告为全体出访团员的智慧结晶，我作为总撰稿，收此文入文集以留念）

怀念父亲

父亲走了，去往遥远的天堂。

那是2011年8月15日，父亲一早就陷入了昏迷。我中午12点半回到老家，一直握着父亲的手。我们兄弟五个都守候在父亲的床前，不时低声呼唤父亲，可是父亲太辛苦了，没有回音。

病魔是残忍的，它在不断侵蚀着父亲的肌体，父亲的呼吸越来越衰弱。下午5点26分，父亲永远离开了我们。手握得再紧，也无法阻住父亲远行的脚步，声声的呼叫，也唤不回父亲慈祥的回应。父亲去世不到半个时辰，电闪雷鸣，大雨如注，天地也为之动容。

这是儿子无法挽回的心痛，父亲走得那么快，儿子都没有准备，儿子还需要您的指导，您的呵护，您的鼓励。

父亲带着对亲人的不舍离开了，留给家人无限的思念。

现实很残酷，事实告诉我，父亲离开我们已经两个多月。但在我心里，始终觉得父亲就在一个我们找不到的地方，那个地方很近很近。我突然明白，那个地方就是我们的心里。

父亲，我们想您。无论何时，无论何地，想您的时候，您就在眼前，想您的时候，您就在心里。

在我记事的时候，对父亲的印象就是经常来来去去的那个人。父亲从事教育工作，一个星期，或者更长一点时间才回家一次。他心里更多惦记的是他的学生。父亲的园地里培育出了无数为国效力的英才。

我上小学以后才逐渐明白，父亲其实非常关爱他的孩子，哪怕他回家只有一点时间，也要去学校了解我们学习的情况。我们的每一个进步都能成为他脸上的笑容。

就是父亲的笑容，鼓励我们做得更好。当我们成就了事业的时候，最最欣赏我们的还是父亲。

我是家里的长子，1977年我到北京读书，时间突然显得重要了，上课没人通知，只有自己掌握。我回家时跟父亲说了，父亲二话没说，就把自己手腕上的表给了我，可我知道这是父亲省吃俭用买来的，他也很需要。

在我的眼里，父亲是生活的强者，好像在他的字典里就没有困难二字。当我看到四十几岁的父亲已经满头银发的时候，我才恍然，父亲是把所有困难默默埋在心里，一个人扛。

父亲养育了五个儿子，又逢艰苦的年代，每年生产队分的粮食加上果菜也就只能维持八九个月。父亲低下腰身，四处找粮。那时都很艰苦，有一年只在台营村借到一点白薯片，这就是救命粮啊。一个教书先生，一个文化人，在"文革"时期，人们把面子看得比什么都重的年代，做这样的事是需要勇气的。

父亲把我们养大了，我们陆续走入学校，这不仅意味着学业的继续深造，也意味着需要更多金钱的支持。七十年代末，我跟二弟上大学，三弟、四弟、五弟上中学、小学。那时父亲工资有限，幸有同村眼科大夫，也是父亲最好的朋友，每年十一借给50，五一借给50，让我们完成学业。那时的100元顶事，能解决问题，但也是很重的负债，以至在我工作好几年之后，才还清这笔借款。

在我的眼里，父亲的人生是非常成功的。

父亲孝敬长辈,尽心祖父、祖母、继祖母膝前,孝心可嘉以立德。

父亲孜孜以求,苦读学问,毕业于正定师范,成为当时的高学历人才以立志。

父亲呕心沥血,辛勤耕耘,育人无数以立业。

父亲鼎力齐家,尽为人父的责任,五子各有所成以立威。

父亲善待他人,为乡里四邻所称道以立信。

父亲的成功植根于平凡之中,他从不追求生活的奢华,以前家无余粮,也就罢了。及至生活好转,儿子们想尽些孝心,父亲依然衣食简朴。在我们家,父母仁心宽厚,造就清新家风,上下和睦相处,孩子不时会留些钱给父母,而父母总说还有的花。父亲一生很少过生日,而我们也总觉得父亲身体不错,来日方长。2011年农历六月十三,父亲身体已经显现病征,我却在贵州邀请港澳媒体的记者采访,没想到这竟是父亲最后的一个生日,我只好在遥远的贵州打电话为父亲祝福,父亲仍然是那句话:"先忙你的工作。"当时心里酸酸的,真是愧对父亲。

父亲去世那天,我们才发现都没为父亲准备送行的衣服,临时买了一身。我们是心有不舍,希望父亲长寿,把心思都放在积极治疗上了,谁知病魔无情。

父亲走了,这是无法弥补的遗憾。

父亲虽然有心血管的问题,但一直控制得很好。父亲很坚强,饮食规律且很有节制。在我看来,父亲这样的人是应该长寿的。

但天有不测风云,我们怎么也没想到父亲的身体急转直下,6月出现咳血,8月就离我们而去。

在父亲卧床的日子里,看着他浑身浮肿、喘不上气的痛苦,我心如刀割。我每次回去,都看到父亲期待的眼神,我知道父亲也不舍得他的亲人,期盼着出现医学奇迹,但是儿子无能,回天乏力,不能救父亲。

8月13日那天上午，父亲坐在床边，对我说，"看来这次是不行了"，我只好用很苍白的话安慰父亲。父亲只是苦笑了一下。父亲是个有知识的人，他什么都明白。从这时起，我就知道父亲已经打算放弃，因为病魔太折磨他了，他已经做了超人的努力，可父亲却始终没吭过一声。

父亲去世后，母亲告诉我她跟父亲两个月前的一段对话：

母亲说："经过咱村的高铁明年就建好了。"

父亲回答："等建好了，我们坐高铁去北京。"

母亲回应："咱们能等到那个时候不？"

父亲非常坚定："你说哩，能坐上。"

然而天太不公，竟然连父亲这点小小的愿望都不让实现。

父亲真的走了，我们再也看不到父亲慈祥的笑容，再也听不到父亲亲切的话语。以前回老家，在十字路口，远远就能看到那个熟悉的身影，而今再回老家，十字路口依然，只是不见了父亲，儿子心里好痛。

送父亲远行的那天，我们将悲痛的泪水化作一副挽联：

做事敬业，育满园桃李成才俊；做人清白，创一世英名为楷模；唯天不公，人间痛失一慈父。

音容犹在，留道德风范惠后人；亲情难舍，携儿孙思念常左右；上苍有幸，天国荣增一智者。

我知道，父亲的一生太丰盈了，又岂能用这两行文字所概括，我这个毕业于北京大学中文系的儿子只能汗颜。

父亲您累了，安息吧，儿子知道您在天堂一定也是最最杰出的。

父亲，我们永远爱您！

（2011年10月24日深夜）

53

永远的父亲

父亲去世，虽已过去将近两年，但在我的心中仍有一个无法释怀的结。父亲去世让我第一次近距离、全方位经历了生离死别，用天塌地陷形容也不为过，那种悲情是难以表达的。

2010年的春节，台里有个部门搞活动，我中了张体检卡。那时父母正好在我这儿住，过去父亲单位每年都体检，恰巧那两年没有安排，出于一片孝心，我就陪父亲做了个全面检查。

谁知就是这次体检，成了梦魇的开始。

父亲的肺部发现一个阴影，体检医生非常严肃地告诉我，要尽快确诊，以便做进一步的治疗。当时我认为，父亲吸烟几十年，肺上有个阴影，恐怕也并不是什么大事。然而，我还是听从医生的劝告，赶紧安排父亲做进一步的检查。

当年4月我带父亲去人民医院再次做了检查，怀疑是肺癌。看到这个，我顿觉五雷轰顶，心里在滴血，怎么会是这样？

第二天我去了北京肿瘤医院，想咨询两个问题：一是仅凭两张片子能否确诊就是肺癌？二是如何确诊？医生看过片子后告诉我，仅看片子确诊不了，要想确诊就得做气管镜检查。

那几天，在我眼里天是灰的，几次忍不住落泪。但是为了不让父亲母亲看出端倪，回到家还得装着没事一样，那种滋味真的很难受。

经过跟父亲商量，父亲看在我的面子上，还是去人民医院住院，准备做气管镜检查。虽然父亲身体一直看上去不错，但他心脏、血压、血糖多少年都靠药物维持，气管镜检查其实还是有很大风险的。那是需要全身麻醉，将气管镜从鼻腔插入，摘取病灶上的活体，然后进行生化分析，确定是什么。

手术那天，看着父亲被推进手术室，我的心也悬到了嗓子眼。前一天我签字，几大篇的风险告知，让我格外沉重。我在病人家属等待区，一个人就像在烧红的锅上烙，每一分钟似乎都有一个世纪那么长。

一个小时过去了，没有通知，我内心惶恐起来。因为医生曾经告诉过我，这样的手术检查最多也就一个小时。是怎么回事？我疑心越来越重。那时显得多么的无奈，没有通知就是没有通知，再没有一个办法打听到一丝的消息。

在两个小时的时候，终于通知让我去手术室门口等候。虽然时间长了点，但这个通知对我而言，那是莫大的安慰，我知道父亲的手术做完了，而且是顺利的。

回到病房，我看着仍然昏迷的父亲，握着他的手，眼里含着泪水，心好疼。

父亲过了手术检查关，几天之后，医生告知，检查结果是炎症。

那一刻我真的是心存侥幸，将检查的结果原原本本地告诉了父亲，希望这个结果就是真的如此。然而医生偷偷告诉我，过三个月再来复查，以便确认有没有进一步的发展。

我把医生的建议告诉父亲，父亲平静而和蔼地说不用了。父亲一生从事教育，是个明白人。他告诉我：不是恶性的用不着再检查，如果是恶性的，做不做手术都基本是两年。

我知道父亲心意已决，那个检查手术对他本身就是一个伤害，他不想在手术台上再受煎熬，因为他之前看到过先例，要么是走着进去，根本就没下手术台，要么手术之后一直过着没有质量的生活。

出院不久，父母就商量着回到他们熟悉的老家，我没有劝留。我知道父母的想法，他们要过在老家那种自然、自在的生活。

时间一晃就到了2011年春节，父亲住在五弟家，类似感冒的症状一直持续，打点滴也不见好转。五弟带父亲去医院，打算给他做个胸透，父亲发了脾气。

正月初三，我把父母接到北京。吃了一些治疗胃病的药，父亲感觉有点缓解。其实父亲那时的身体已经发生了变化。

终于在2011年5月的一天凌晨五点，母亲把我从睡梦中叫起来，告诉我父亲一直喘不上气来。我马上送父亲去医院看急诊，做了血液检查，拍了胸片，结果已经不可逆转了。我知道接下来也只能尽量想办法，让父亲生活得不那么痛苦。

经过医院急诊输液，父亲的症状有所缓解，我们开了一些药，准备在离我家比较近的社区医院继续挂点滴。一个星期之后，父亲的病情稳定住了，但是我知道从此之后氧气对父亲是多么重要，所以我购置了一台制氧机和一个轮椅。

父亲跟母亲商量，天气转暖，又回到了河北老家。

我老家是个景色秀丽的农村，村北有一条河，一条沙岗是当年为了挡水患而修的，如今荆棘丛生，父亲过世后就埋在沙岗上，与爷爷奶奶永远地在一起了。

今天写这段文字，泪水几次又模糊了我的双眼。父亲虽然已经离开了我们，但我内心经常泛起对父亲的不舍。

我曾想：如果不是我劝父亲体检，父亲就会在毫无压力下生活，或许会多活些时日。

如果在最初发现那么早的时候，做个手术，也许能延长父亲多少年的生命。

家人都劝我别那么想，手术有成功的可能，也有失败的先例。也许父亲的决定是最好的，毕竟他又有质量地生活了一年多。

一切都那么合理，唯有我的心一直没有安宁。

父亲，多么好的一个人，是我心里的天，我从没想过您会离我们而去。阴阳隔不断亲情，父子的暖流永远相通。

父亲，永远的父亲。

台北情思

当历史老人紧叩2002年大门的时候，我在台北。

台北的夜色很美，天上高悬一轮明月，适宜的温度下穿梭着往来的人群，月光洒在每一个向往美好生活的人的脸上。

我依稀看到每一张脸都刻着不同的表情。生活是现实的，现实是无情的，台湾用"民主"换来的不是成熟的果子。一位在建国花市奔波的老人，道出了真情实感，过去慷慨购花的场面不见了，取而代之的是出手谨慎的购花人。

花依然美丽，但却物是人非，再想找寻旧时的那份感觉，实在不易。

我置身在同一片月光下，我置身在同一种语言中，既亲切又陌生。

望着爬上天穹的星辰，望着满地都是黄皮肤、黑眼睛的人们，我的灵魂穿越时空的隧道，似乎到了遥远的过去。

也许就是几百年前的一个晚上，人们从西岸起航，向东前行，他们成为台湾较早的拓荒者。

虽然他们与我不同，不是匆匆的过客，但他们绝对忘不了对岸的父母兄弟。再过十几天，我就会回到家人的身边。在当时的岁月，他们又何尝不像我现在一样，急切盼望着那一天的到来。

他们来是为了生活，他们留也是为了生活。是生活把他们与家人永远地分开了，然而也是生活让他们在这片神奇的土地上生根。

几百年过去了，多少次的离合变迁，逝去的是列强巧取豪夺的足迹，发扬的是中华民族灿烂的文化。

所以有了同样的文字，同样的习惯，行几千里路，似乎还在家里。

了解现实、认识现实是需要清醒的，毕竟飞越了几百年。人们肯定能记住自己的父母兄弟，但却容易忘记从未谋面的祖先。

历史昭示人们，阿拉伯人和以色列人同宗同祖，可现在他们只顾着相互残杀。

夜深了，一个人可以静思，似乎世间有许多事令人费解。

圆月依然挂在天上，台北庆贺新年的鼓乐还在响着。街头叫卖的小贩晃着手里的荧光棒，他们摇啊摇，想摇出未来，摇出希望。

我抬头望着滴滴答答的秒针，2002年已经不远了，那急促的脚步，震荡在每一个人的心弦。

其实，任何一个人都没有能力阻挡她，历史自有她的轨迹。

（写于2001年最后一天的深夜）

叶对根的记忆

　　初春的台湾，气候宜人，风光旖旎，满眼的绿色透出生命的活力。就是在这迷人的季节，我们来到了祖国的宝岛。十天的行程，所见所闻，陌生而又熟悉，陌生的是我们第一次赴台，要认知新的地域，而熟悉的是与祖国大陆同样的文化景观和风俗习惯。

　　在祖国大陆的风景名胜中，宗教景观占有相当大的比例，台湾也同车同辙，除了看山看水，更多的是看寺看庙。在台湾期间，我们参观了位于日月潭边的玄奘寺和座落于高雄的佛光山，一样宽阔的山门，一样宏伟的大雄宝殿，一样的佛祖释迦牟尼。据陪同我们的广播界同仁介绍，在台湾，信仰佛教、道教和妈祖的人相对比较多。佛教自然供奉的是释迦牟尼，道教自然供奉的是太上老君，渔民多数供奉妈祖，因为她是渔民的保护神。沿途参观，我们也看到一些生意人在家里供奉关公。由此可见，隔山隔水，但隔不断中华民族的宗教文化和信仰。

　　从南投去往高雄的路上，当地农民烧田窑吹起的浓浓烟雾，勾起了我儿时的回忆。改革开放之前，我的家乡生活还比较困难，为了填饱肚子，秋季以种植高粱、白薯为主。秋收季节，也是我们这些孩子最为欢乐的时候，因为我们又可以从事焖白薯的勾当。我们在田里挖一个圆坑，在坑的上面摆瓦片以至封顶，然后点燃已经晒干的白薯蔓,一直把瓦片烧红,之后放一层瓦片,放一层白薯,最后用土封死,大约两个小时之后,就可以起窑了。这样焖熟的白薯不但不焦,还非常香甜。

我从进城之后,就再也没有这种体验了,几次回家乡探亲,问及此事,都说现在生活好了,没有必要费那事儿。想不到20多年过去了,我却在台湾重温了儿时的那种感觉,多么令人兴奋。所不同的是,台湾烧田窑不再挖一个坑,而是直接从地上摆一个窑,白薯不叫白薯,而称为番薯。远隔几千公里,如出一辙,孰师孰徒,还是留给史学家们探讨吧。

做新闻工作,走南闯北,对各地饮食文化记忆最深。这次去台湾,也抱着这样的心态,想找出个特点来。其实由于特殊的历史原因,台湾包括了全国各地的人,因此全国各地的饮食在台湾都能见到。饮食文化是整个中华文化的一部分,整个民族文化相同,吃的文化也不会有太大的区别。台湾的主要饮食基本与闽南地区相同,海鲜为主,讲究吃粥煲汤。我们在台湾,除了海鲜之外,我这个北方人喜吃面食的愿望也基本得到了满足。最令我难忘的是,我们在台湾高雄吃的饺子。饺子店是著名歌星邓丽君的大哥开的,其味道与北方的饺子无异,问及何以如此,邓丽君的大哥笑言,我们本来就是河北人嘛。邓丽君的大哥长得粗壮彪悍,一时还真难相信那个清纯可爱的邓丽君竟然是他的亲妹妹。

日出、日落

有关太阳的传说大都是美好的，"万物生长靠太阳"，是阳光孕育了生命，是阳光延续生命。

人们对太阳是熟悉的，太阳每天的东升西落，成为人们生活最为重要的参照系。太阳是恒星，似乎没有多少变化，然而当你在不同的时间，在不同的地方与太阳碰面的时候，会发现由她所幻化出来的灵感是那么的不同。

凝聚我们灵感的空间就是祖国的宝岛——台湾。

在台湾可以看日出和日落的地方很多，但最为有名的是阿里山和台北的淡水。

阿里山是台湾的旅游风景区，那里有山有水有神木（即红桧木）。这些对于游人来说是可遇可求的，想看，去就是了。唯有阿里山日出，满足的是有缘人。有一位台湾的朋友去了几次都无缘看到，当她知道我们第一次去就看到了日出，一种羡慕的惊异挂在脸上。

其实看日出，在祖国大陆也有很多地方，比如在黄山观日出、在泰山观日出，听说都极其壮观，可惜我没有这个机会。

但从泰山所处地理位置而言，东面比较开阔，泰山观日出应该可以看到太阳露出地平线的刹那。

在阿里山观日出则不同。阿里山四周都是大山，其中最雄伟的是台湾第一高山——玉山，据说山高近4000米，由于它几乎起自于海平面，就山体本身而言已经够高的了。在阿里山观日出就是看太阳从玉山背后升起。

2002年1月10日太阳从玉山露脸的时间是七点零六分。

特殊的环境，特定的时间，太阳以它特殊的形态昭示人间。

它没有朝日东升的羞涩，而是充满了活力，跳出来就霞光万丈。

其实早在太阳还没有跳出玉山之颠的时候，它已经做了充分的表演。先是映红了四周的山峦，继而将一座座山尖照得透明发亮，这些山不都叫玉山，但我们相信它们都是玉质的。

虽然太阳为我们做了铺垫，但当一轮红日喷薄而出的时候，我们还是觉得多少有点措手不及。为它欢呼的声音还没有响够就已经落幕了，它太快了，而我们太慢了。在这一刻，我们真真切切地体验到了何为"坐地日行八万里"。

也就是这一刻，让我们想起了台北淡水落日的情形。

淡水是台北一个出入大海的要道，据说早期的闽南人就是从这里进入台湾的。

多少有点神奇的海口，寄托着人们美好的向往。在这里可以吃到台湾最好的鱼丸，再就是可以观赏到最美丽的落日。

淡水落日速度比较慢，它与日出形成强烈的对比，不由不让人怀疑它们真的是同一个太阳。

当我们站在淡水海边的堤坝上，迎着海风，目睹着夕阳西下，晚霞满天，一股柔情通贯全身：这是一幅画，是任何画家都无法超越的极品；这是一段情，是亘古至今的绝唱；这更是一坛酒，让人心醉神怡。

"夕阳无限好，只是近黄昏。"如果诗人醒来，再观日出，当作何感？恐怕我们今天看到的诗句就不是这个样子，而是"莫道飞霞晚，依然红满天"。

淡水落日静静的，悄悄的。观看落日的人们似乎也不忍打扰它。这里没有惋惜，更没有悲叹，因为人们知道那远去的是明天的希望，它将积蓄力量，英姿勃发地重现于人们的眼前，依然是那么的光彩，依然是那么的绚丽。

当我的台湾之行即将结束的时候，回味走过的这一小段路程，我想说，在人生的每一个阶段都会有结束的时刻。也许有人会误以为这就是黄昏，其实它只不过是一个短暂的休止符。当新生活来临的时候，它会像明日升起的朝阳，放射出夺目的光芒。

落日的余辉与初升的朝霞同样美丽。

陈京和他收藏的鸡血石

说起陈京，我只知道他是台湾著名的闽南话主持人，台湾友人告诉我，其实陈京的主业是经营照相机和建材。记住陈京很容易：体态很胖，说话声音浑厚有力，为人热情好客。给我们留下更深印象的不是他的节目主持，也不是他的经贸主业，而是他的另一个爱好——收藏鸡血石。

陈京坦言，不吸烟，不喝酒，但要应古人的一句话，"人不可以无癖"。有养花的，名贵如兰，价值万金；也有养鱼的，大自然创造的精灵，可以让人忘忧。然而这些都需细心照顾，唯石头只要放置在妥当地方即可。

陈京收藏鸡血石二十几年，钟乳石十三年。友人说，由他把散落在不同地方的鸡血石集中起来是一种缘分。

鸡血石只有中国出产，陈京收藏的鸡血石多产于浙江昌化。昌化鸡血石的发现和使用，记载不多，据说始于明代，为进献皇宫之珍品，很少在民间流传。由此可以想到，陈京的这个爱好实践起来确非易事。

据一些金石专家称，陈京收藏的鸡血石有些属宫中珍品。然而这样的珍贵之物何以流到民间，并最终到了陈京之手，还真得多费几句口舌。

近代中国曾经上演过有名的义和团运动，当时兵逼北京，皇宫惶惶，慈禧命人运值钱宝物出宫至东北，其中就有鸡血石。

时隔不久，辛亥革命爆发。几千年的封建统治岌岌可危，宫中再一次人心不稳。为做长远打算，宫女、太监也要袖几件宝物，其中也不乏鸡血石。

末代皇帝溥仪，皇帝当得莫名，到后来只剩皇宫一隅，无入只出，还好可以靠变卖宫中宝物以维持奢华的生活。在所卖珍宝中，唯民间不存的鸡血石最为抢手。

由是，鸡血石得以在民间流传，才有了陈京收藏的故事。

陈京有一好友为国民党将军之子，就是在这个好友家，陈京第一次看到了鸡血石，产生了收藏之意。然而让人家把这种不多见的珍宝脱手，也不是一件容易的事。

这也正应了友人的话，不知是陈京与鸡血石有缘，还是鸡血石与陈京有缘，凡二十几年，陈京在台湾、大陆往返穿梭，总共收集上千件作品。

参观陈京的鸡血石典藏，令人惊羡，大大小小，图案各异，不但其材质上乘，而且做工精细，透出中国文化的博大精深。

"老子骑牛"，牛的下半部分在水里，颜色较深而且有点浑浊，而牛头因不在水里颜色就较浅；牛的尾巴很有动感，甩出的泥巴是黄色的，画面雕刻得栩栩如生。"华陀医关公"雕刻的是华陀在为关羽刮骨疗伤。关羽手臂的伤口、旁边盘子里的烂肉、以及华陀手中的小刀都在滴血。这些作品都是因材设计的，可见中国人是多么的聪明。

凡物以稀为贵，陈京收藏的鸡血石可说价值连城，所以陈京慨叹，要有好的收藏，必须具有"三力"，其首要的就是财力，没钱人家是不会给你的。在陈京的收藏中，几千万台币，甚至上亿元台币换来的作品都有。

但也有人又出高价收藏的,比如日本人。陈京一口回绝,中国的国宝不能流于他人之手,不能让我们的后代去他国看原本属于自己的珍宝。

凡物也以稀而神,鸡血石肯定有灵性,其自然造型红、黄、绿、黑等二十几种颜色,组成美轮美奂的图案,让人爱不释手。

其神秘之处还在于它的健身功效,中国一直以来都把朱砂作为避邪之物,而鸡血石富含朱砂,由此产生了许许多多关于鸡血石的传奇。鸡血石到底是不是那么神,可以留给专家们去考证,但鸡血石作为一种矿物质,也许会产生一种磁力,对人体起作用。

在与陈京的接触中,感到拥有并不是一种自我陶醉,而是一种责任。陈京在保护好这些鸡血石的同时,更致力于广泛地推介和传扬,以便让更多的人认识它。可喜的是,台北故宫博物院已经允诺,2002年8月为陈京的鸡血石做一次展出。

任何一件事情都有它的终结,但历史不会停止,它会记住每一个细节。

(陈京先生已作古,谨以此文悼念之)

台北的出租车

　　来台湾采访，开始南北不分，只好借助出租车。台北的出租车有些不同，起步数为两公里，超过以后，每增加5台币出一次提示音。每次声音一叫，让人心生一跳，越不想就叫得越频繁。

　　甩脱了金钱的羁绊，在台北乘坐出租车还是让人感到很温馨。开出租车的的哥都很随和，主动问候乘客，不时还会奉献出本职以外的幽默。一位徐姓司机主动开口，讲述亲历一件趣事。在台北有一家牛肉面馆，只有夫妻俩打理，丈夫煮面，妻子在前台收银。由于人手少，来这里的客人都是自己去窗口取面。此时有一位山东籍小伙子入座，他第一次光顾，哪里知道这些，稳稳坐了20分钟。比他先到的人吃上了面，比他后来的人也吃到了面，唯有他腹中空空，却不见面来。小伙子实在难忍，走上前去，大声质问："太不像话，等了20分钟，我的面为什么还不来？"众人心想，这次定要出事，山东小伙碰到火爆脾气老板，一场惨剧不可避免。此时，只见老板恶狠狠地说："老子在这里开面馆，已经等了你20年，你才等20分钟，算什么？"小伙子听罢，哈哈一笑，一场误会被老板的妙语化解了。

　　说说笑笑，路程过了大半。台北的司机也很辛苦，一般每天要在路上跑十几个小时，每月也不过收入4万元台币，在台湾这个高消费的社会，只能算马马虎虎。但从外表上看，他们依然乐观有余，心地善良。有位司机载一位中年妇人，为了让客人不至寂寞，一路音乐听来，等到《伤心电影》响起之后不久，不经意间听到似乎有唏嘘的声音。他从反光镜中看到，妇人正用手绢擦泪。等到下车之时，妇人轻声说道："对不起，刚才失态了。"司机忙说："没关系，如果想哭就哭出来。"使他想不到的是，妇人重新回到车上，放声大哭。

在台北，出租车行业竞争比较激烈，红灯一亮，满眼都是出租车。开出租车的人成分复杂，有经历了日治时期的老人，开口闭口指责现代台湾社会治安的混乱，对国民党的统治颇有微词。也有几代开车为生的世家子弟，他们比前想后，觉得还是国民党统治时期的收入最好，原来想让其他政党轮替，教训教训国民党，谁知

道民进党既没人又没财，经济搞得一塌糊涂，后悔呀后悔！也有1949年从祖国大陆过来的第二代，他们对祖国很有感情，说起家乡津津有味，但他们除了偶尔参加同乡会活动外，整天忙着挣钱以养家糊口。

　　说到底，台北出租车目的也是赚钱，商业行为难免带点油滑。不知道是台北道路单行道多的原因还是人为因素，价格贵得吓人，动不动就两三百块台币，虽然以后还会不得已乘坐出租车，但以步代车恐怕会越来越多，轧轧台北的马路，说不准对身体还会大有益处。

野　柳

　　野柳在台北县海边，离台北市有半个小时的车程。

　　当朋友告诉我们要去野柳的时候，我心中闪过一丝激动。

　　野柳，多么浪漫的名字。古文典籍中有多少带柳的句子：清清河边柳，月上柳梢头，杨柳春风等等。柳是一种意境，柳是一种寄托，柳是一种向往，柳是一种思念。柳和情是孪生的姐妹。

　　然而，野柳却无柳。何以得此雅名？

　　野柳并不大，从容观之，也不用半个时辰。虽然无柳，但却给人印象颇深。

　　海边大都有石，不过有大有小罢了，真正奇特的不多，但野柳不同。

　　野柳的石头很怪，怪到了充满艺术气质，令人叹止。

　　野柳的怪石可分为三类：一类是龟背花纹石，好像许多的海龟趴在那里安祥地休息；一类是石树，众多的石树簇拥在一起，形成了壮观的石树林；一类是象形石，女王头也在这里。后两类与第一类略有不同，第一类逢低走低，逢高走高，蜿蜒在海边的巨石上，而后两类结实地耸立在海边的石头上，它们是自然景观，但自然得让人不敢相信。

　　当地人也不辜负这片奇特的石头，依其神韵为其命名。像豆腐的叫豆腐石,像鞋子的就叫仙女鞋,像骆驼的就叫骆驼石,像烛台的就叫烛台石,有一个叫女王头,仔细看看,真像。

据专家考证,这片石头是厚层海砂岩经过一千万至两千五百万年的风化而成。

台湾的山年龄都不大,但变化很多。台湾的海年龄都不小,所以孕育出海边奇特的景观。

美景留在了脑海,但野柳名字何来,仍然无解。

我突然想到中国人对于花和柳的精彩描述,如"有心栽花花不开,无心插柳柳成荫",又如"柳暗花明"等等,似乎花和柳很难同在。而这里的智者反其道而行之,那大自然造就的石花,是不会因柳的命名而衰败的。在这里,花和柳都成了人们艺术想象的结晶。

"月落"辨析

在唐人留下的浩瀚诗卷中,张继的七言绝句《枫桥夜泊》以其诗情画意、情景交融而为后人所传颂。

> 月落乌啼霜满天,江枫渔火对愁眠,
> 姑苏城外寒山寺,夜半钟声到客船。

近日再翻唐诗,重读《枫桥夜泊》,其中"月落"在诗中怎么解释,似乎很有考证的必要。从诗序看,月落当发生在乌啼和满天霜之前,至少也应是同时发生。而乌啼多在白天,最迟也是黄昏时分,夜里乌鸦是不叫的,而满天的飞霜更是多发于晚上或清晨。由此看来,月落应在黄昏之时。

然而月亮的升降是很有规律的,下弦月绝不可能在黄昏落下,只有上弦月有可能出现这种情况。即使是上弦月出现黄昏落月的现象也只是一两天的事,难道就这么巧合,偏偏让诗人赶上了。

诗人与诗都富含浪漫主义色彩,哪怕是写悲愤和悲愁的诗,也不失这一特点,更何况《枫桥夜泊》写的既有景又含情,诗人怎么会不追求更加完美的意境呢?谁都知道,月亮是人们相思的依托,"海上生明月,天涯若比邻","但愿人长久,千里共婵娟"都是见月思人的佳句。难道独诗人张继把寄托思念的明月,信手将其西落下去？似乎于理不通。

其实，诗人没有半点月落西山的意思，相反，描绘的却是明月初升、乌鸦啼鸣和飞霜满天的特定环境，今人产生误解的原因皆在对"落"字的解释上。

"落"字不论是在古代还是在现代，都有这样两种看似截然不同的意思：一是掉下来、掉下去，一是刚刚生成。这两种解释看似矛盾，实则充满了辩证哲理。难道物体在落下去之时，不也是在另一个地方生成之际吗？就象太阳在亚洲西落，其时在美洲则是初升。

"落"字的这两种用法，一直沿续至今。早在春秋战国时，大诗人屈原就曾在其著名的《离骚》中写过"朝饮木兰之坠露兮，夕餐秋菊之落英"，这里的"落英"绝不是落花，而是刚刚生成的花。如若大口咀嚼枯萎的落花，一是怎么能吃得下去，二是也破坏了诗人的圣洁。晋代诗文大家陶潜，在其撰写的名篇《桃花源记》中，也有"忽逢桃花林，夹岸数百步，中无杂树，芳草鲜美，落英缤纷"的句子。诗人是在看到两岸刚刚生成的片片桃花以后，赞美有加，绝不会是面对一片落花和空落落的树枝而兴致勃发。就是在现代汉语中，我们经常使用的"落成"也是刚刚建成的意思。

弄清了"落"字在此处的含义，对《枫桥夜泊》的理解就更加准确了，当我们再次吟诵这首七言绝句的时候，一幅在明月、乌啼和飞霜满天的夜晚，诗人面对江枫渔火和寒山寺的夜半钟声的凄苦和无奈的图画，就深深地印在了后人的心中。

木棉树的启示

南方有一种树,名字叫木棉,它有一个特点,无论生长在高山还是低谷,不管与什么树为伍,最高的那株总是木棉。巧合的是,在挪威北部,枝上满是雪挂的松树,每株也都是细细的、高高的,直往天上长去。木棉和雪松之所以竞相向高处长,目的就是为了多得到一点阳光,使自己的生存条件和生存环境更好一点,始终掌握着生存竞争的主动权。

这使我想起了广阔的冀中平原,道路两旁和井边,生长着各种树木,其中最为茂密的要算是柳树了。由于没有多少遮挡,柳树享受着充足的阳光,长到有限的高度,它就开始向四处伸展,形成很大的树冠,再也不思向上了。就其生存的环境而言,柳树是幸运的,想怎么长就怎么长,想怎么活就怎么活,然而,舒适的懈怠造成了它根不深而叶很茂,每当狂风袭来,连根拔起的往往是柳树。

木棉、雪松和柳树处境不同,适应大自然的能力就有很大差别。强烈的竞争环境使得木棉和雪松没有条件四处伸枝展叶,而是把根扎牢,不懈努力,去迎接大自然和同伴的挑战,而柳树却在没有任何竞争的环境中慢慢失之于懈怠,不思追求,以致丧失了生命的本能。

人类社会与大自然有着惊人的相似,既相互依存又相互竞争,尤其是市场经济的实行,人与人之间,企业与企业之间,甚至国与国之间的竞争再也不只是挂在口头上的言词,而是实实在在的客观现实。应该说，竞争的好处是显而易见的，竞争不仅可以培育能力，而且可以促进发展，改善生活，花样繁多的各式糕点代替了硬似砖块的点心，时髦的皮鞋更新了清一色的"老解放"就是很好的证明。

然而，有竞争就要有淘汰，而淘汰却是无情的，更何况人类社会的竞争远比自然界来的复杂。木棉、雪松和其他植物的竞争建立在同样的基础、同样的条件之上，完全凭各自的实力，适者生存，物竞天择。而人类社会的竞争有时就不那么光明磊落，所以人类自己制订了反不正当竞争法，目的就在于限制那些尔虞我诈、欺世盗名、心存不轨、不择手段的行为。

面对人类社会激烈而复杂的竞争，除了要顺应市场经济的规律，取什么样的人生态度尤为重要。木棉、雪松和柳树或许可以做我们的榜样和老师，因为它们的生存规律说明了一个明显而深刻的道理，面对竞争而不懈努力的人总能饱尝成功的喜悦，而那些贪图舒适缺乏追求的终究会被淘汰。

精神赞

"自古以来，就有埋头苦干的人，有拼命硬干的人，有为民请命的人，有舍身求法的人……这就是中国的脊梁。"鲁迅先生的精辟不仅在于他赞扬中华民族不屈不挠的精神，更为可贵的是在目睹了近代中国积贫积弱之后对这种精神的强烈呼唤。一个国家、一个民族、一个人都需要有一点精神。

越王勾践十年卧薪尝胆，终于一雪前耻。古人荆轲虽刺秦王未果，但誓死如归的英雄气概长存。风萧萧兮易水寒，壮士一去不复返，为后人所称道。林则徐禁烟，面对外国侵略者的强大势力，毅然出手，挽救国人于日衰。

中华民族就是因为有了这点精神，打败了日本军国主义的侵略，为世界反法西斯战争做出了自己的贡献。中华民族就是因为有了这点精神，在内灾外压下，战胜了自然的和人为的灾难，发展了经济，制造出了两弹一星。中华民族就是因为有了这点精神，改革开放，不畏艰难险阻，提升了综合国力，以骄人的身姿屹立于世界民族之林。

一个个铮铮铁骨构成了民族脊梁，敢于斗争，敢于胜利的精神，筑成了民族魂。在建设社会主义和谐社会的今天，这种精神依然是社会发展强大的推动力。精神在，航天工作者将人送到了太空，实现了中国人的飞天梦；精神在，铁路工作者在世界屋脊，用生命开辟了一条青藏运输线；精神在，水电工作者筑起了世界第一大坝——三峡大坝，为千家万户送去了光明；精神在，面对灾难，人民解放军指战员以血肉之躯，保护了人民群众的生命和财产安全。

历史长留，丰碑永存，精神常在。要想成一番伟业，就用拼搏做臂，力挽狂澜；要想绘出最美的图画，就用坚毅做笔，挥洒自如；要想开辟未来，就用奋进做足，在勇于探索中拓展更为光明的前景。历史在精神的照耀下，铸就了无数的辉煌，未来也要在精神的激励下，写出更为壮丽的篇章。

读历史以明志，思古人以志远。伟大的事业不需要懦弱，不需要犹豫，需要善于拼搏的强者，需要锲而不舍的智者，需要敢为天下先的行者。一个人要有一点精神，一个民族要有一点精神，只要有了这点精神，就可以创造出人间奇迹，就可以到达光辉的顶峰。

勇与谋

勇是有气魄、有信心的表现，就是有一股虎气，一种精神。像今年长江、嫩江洪水来了，沿江军民奋不顾身，运石料，固大堤，尤其是在大堤决口的危急时刻，跳入滚滚激流，用血肉之躯筑起一道道人墙，这是一曲多么英勇的抗天歌。正是有了这种大无畏的精神，在长达几十天的抗洪一线，尽管出现了那么多的险情，都被抗洪军民的顽强意志化解了。

由此可见，在危险时刻、紧要关头，没有勇气是不行的。刘伯承元帅有一句话："两军交战，勇者胜"。古语所说的"一鼓作气"，也是这个道理。许多著名的战例都证明了这一点，谁有勇气，抢占了有利地形，抢占了制高点，谁就赢得了战争的主动权，甚至整个战役的胜利。

然而勇气是应该有着坚固的支撑点的，这个支撑点就是谋。谋是一种思考，是周密的分析，是科学的态度。曹刿的一鼓作气就是建立在对敌我双方科学的分析之上的，所以才能取得胜利，否则，面对强敌，头脑发热的一鼓作气恐怕就是鸡蛋碰石头了。

人称大胡子师长的吴长富，现在已经是某集团军的副军长了，他不论是在十几年前大兴安岭救火时，还是在这次抗洪救灾中，都亲临一线，敢冲敢拼，是一员出了名的勇将。而吴长富的勇不是莽撞，不是拍脑袋拍出来的，是实事求是、讲求科学的真勇。8月14日，平济线通榆段铁路护堤大坝突然决口，洪水咆哮着从30多米宽的裂口处奔泻而下。在这危急时刻，吴长富没有命令战士们盲目地填石料，而是与水利专家磋商，找到了科学的解决方法。他们与地方政府一起组织人力，火速焊接了12个容量10立方米的铁框，准备了10根手腕粗的长绳，来了个"铁壁合围"，只用了36个小时就堵住了决口，比专家预计时间还提前了36个小时。

当然，历史也给我们提供了许多违反科学的无谋之勇，《三国演义》中丢失街亭的马谡就属此类。他不听军师和他人的劝阻，逞一时之勇，独断专行，结果大败而逃，迫使诸葛亮演了一出颇为惊险的空城计。

马谡的无谋之勇，幸亏有诸葛亮的缜密韬略所补，才不至于使蜀军全盘皆输。反观司马懿当时的表现，则当别论了，面对一座空城却不敢入，失去了大败蜀军的机会，可谓有谋而无勇。不过再仔细想一想，司马懿的谋也算不得真谋，既不调查研究，也不进行科学的分析，连试探一下的底气都没有，纯粹是经验主义的偏见。

做任何事情就跟打仗一样，只有勇谋兼备，才能无往而不胜，才能一劳永逸。从最近新闻媒体的报道看，今年的防汛，有的省就比较从容。1991年的洪灾过后，他们痛定思痛，用了几年时间，花大力气修建水利设施，而且决不在低水平上重复，提高了标准和质量。所以，面对今年的特大洪水，基本上无惊无险。这就是大勇之后大谋的结果。

勇固然需要，尤其是在紧急时刻，但有谋之勇才是真勇，才能勇往直前，事半功倍。无谋之勇只能是蛮干、瞎干，不但不能成事，反而会败事。相反，那种遇事思前虑后，畏首畏尾而缺少勇气和信心的做法，也是万万不可取的。

变革与人心

　　对于进步的变革，当经历了时间的考验之后，恐怕没有人不赞成，像始于安徽凤阳小岗村并已取得了巨大成果的农村变革。然而，在变革之初，情况就完全不同，不光是小岗村人忐忑不安，就连当时的高级官员也心里没底。

　　变革的目的是为了强国，强国就必须抑弊扬利，抑弊会触及到一些人的利益，在利益面前，有些人是不怕失去东方人向来标榜的含蓄，必将跳出来横加阻拦。就中国的历史来看，从商鞅变法到光绪推行新政的历次变革，大抵如此。对待变革可谓百人百态，失利者反对，得利者赞成当属常理。人很现实，难以接受的除了割肉之外，莫过于拿钱了。因此最艰难的改革莫过于价格的变动，它像一根敏感的神经，牵一发而动全局。粮食和蔬菜调价，城市市民恐慌，人可以不涂脂抹粉，但却不能不吃饭。可换位思考，农民种地要用种子和化肥，要用农药和油电，这些农用物资价格不断攀升，农产品不调价，谁还种地？然而站在不同角度的人对这些浅显道理是很难听得进去的，反正要涨价大家一起涨，你调得高我调得更高，最好是我涨价，你降价。

　　变革也必定会使大多数人受益，受益者理应成为变革的赞成者和支持者，但实际情况却往往让人诧异。西方有位学者持这样一种观点，他认为人的本性是趋于懒惰的，只愿意接受舒适的生活。其实他只说对了一半，人当然愿意舒适，而这种舒适还要建立在不改变原有生活方式的基础之上，如果一旦舒适与习惯发生矛盾必择其一时，习惯往往能占上风，使人宁可抛弃舒适。在我国有些地区，为了让几近失去生存环境的农民过上好日子，国家拿出钱来，在条件比较好的地方为他们建房造家。当搬迁开始以后，有人竟然在途中无端生病，而且越走越重。但当他们返转身姿，重回陋室，病却不药而愈。这种事情虽然常人难以理解，但对变革还形不成不利的舆论。而那种便宜要得，娘也要骂，数着票子告恶状者是决不可小觑的，变革也许不是毁在反对者手中，而是败在两面派脚下。

然而，历史的潮流总是浩浩荡荡，势不可挡，唯其有阻力，才会产生更大的动力。变革好像一棵根深的大树，它不会因为风烈而倒下，它会与社会发展同步，变得更加强劲；变革又是一株幼苗，它需要很多人的呵护和扶持，才不致于夭折；变革还是一位老师，它总能用铁的事实来教育每一个人，让人变得进步、深刻。现实已经证明了这一点。近几年再也不复出现的抢购风以及人们对一系列改革的承受能力，就是对变革的回报，也是对变革认识的一种升华。这就是人心，这就是潮流，人虽很现实，终究也很公道。

尽管如此，变革还是需要得到更多人的理解，正所谓人心所向，无坚不摧，少一些不和谐音符总是好事。当然变革最重要的是脚踏实地，就像疏导洪水，挖掉河底的淤泥，清除堵塞河道的障碍，水自然就会向大海奔去。

虚荣与无奈

中国人爱面子早已闻名，招待嘉宾要大吃大喝，举办活动要威风八面，哪怕以后吃糠咽菜，也要先装一回阔。这也不知道是哪位先祖的遗风，反正是一代代相传，一直到如今，依然故我。中国一直以来并非都那么富裕，即使经过了改革开放三十年的努力，接近了小康，好像还有贫困县、贫困乡、贫困村，还有生活在低水平的老百姓。

一面是低收入的人群，一面是虚荣的面子，反差多么大。何不多些善举，把钱花在需要的地方，关注那些低收入人群，找一点社会的平衡，也多一份社会和谐。说个最极端的例子，在新闻里时常会听到因征地闹出的群体性事件，很让人伤感。土地是农民的命根子，不合理的征地是在砸农民的饭碗，眼看饭碗没了的农民或许会举一下胳膊，但结果招致的是暴力。是没钱吗？可怎么办晚会有钱，吃喝有钱，公费出国旅游有钱，所以怪事咄咄。锦上添花，甚至无谓的摆阔都有钱，而关乎群众利益的事却没钱，很让人匪夷所思。

中国的富人更有意思，捐助慈善事业者少，甚至有的人连对灾区的捐款也大打折扣，但有气魄作令人"刮目相看的大事"。据报道，四川有家民企花5亿美元收购悍马，不知出于什么考虑，扬名乎?赚钱乎?这种被人称之为"蛇吞象"的举动,恐怕也就只剩几分豪气了。

如果真能并购一些中国需要、又能产生效益的企业或者生产线,弥补我国工业的短板,那倒是可取的,可惜的是收购外国企业能赚钱的有几家?也许大家还记得农民企业家购买外国飞机的事,嚷嚷得很凶,不知真的买了没有,倘若买了,也不知是否有效益?难道这些人傻了,只是赔本赚吆喝?

蹊跷事多了,也就见怪不怪。蛇吞象的事有人做,门前雪的责任却要逃避。

2008年北京举办奥运会,国人皆以此为傲,凡是为奥运的,统统接受。奥运期间,北京行驶的车辆分单双号行驶,奥运会结束之后,为北京的交通顺畅和北京的蓝天白云,实行每周限行一天。想法真的很好,不出一年,北京的交通又开始拥堵,有的专家预言,到2009年年底,北京限行的效果将消失殆尽。以后怎么办?是不是要每周限行两天,再不行是否限行三天?有的人就说了,如果不让汽车上街,那不是彻底没有了拥堵。

是不是感觉有点荒唐?其实现实就是这样。解决道路拥堵,这可能是立竿见影的办法。光看见一时的道路较为畅通了,却没看到由此产生的负面影响。

想一想汽车工业怎么办?人们出行怎么办?难道人们要回到工业化以前的社会,靠自行车,靠步行?而大量的汽车厂由此限产、停产。当然,历史不会倒退,人们也没那么的愚笨,所以有人就买了第二辆车,限行的效果慢慢消失。

接下来,我们是不是应该把眼光放在路上了,把某些人逃避的责任找回来。是不是应该修路以疏导交通,是不是应该加强交通的合理管理以缓解拥堵,这才是解决拥堵的关键。连禹都知道治水要疏通河流,而不是用堵的办法,怎么到了现在反而背道而驰了？

　　这里潜藏着一个可怕的问题，角度不同，指向的对象也不同。如果解决路的问题，那自然是市政和交管部门应该做的功课，他们就要下很大的力气。限行的指向是汽车，在人们的心里，尤其在市政和交管人员的心里，会逐步形成这样的误导：拥堵不是路少了，不是管理不善了，而是车多了，那么是不是可以不修路了，不用加强道路合理管理了，至少把矛盾错误地推到了车的一方。

　　好在时间总能暴露一些问题，帮助人们理清思路。北京的车远没有香港的密度大，香港为什么不限行？北京是不是应该调整思路，去解决路的问题。

　　尽管这样，北京限行还要坚持，人们也只能无奈。

　　最可怕的是观念，如果我们的思维不是朝着对的方向，而是相反，那我们最终是要吃苦头的，但愿苦能早一点唤回理性的思考。

（写于2009年6月5日）

科学的魅力和忧虑

科学的不断进步在人类社会的发展中起着巨大的作用，不仅改善和提高了人们的工作和生活质量，而且极大地丰富了人们的思维，无怪乎人们越来越走近科学，重视科学，把科学技术视为第一生产力。

科学确有它独特的魅力，并在实践中给人类带来巨大的好处。水稻和小麦的种子经过太空旅游以后，可以缩短生长期，能增产，还可以提高水稻和小麦的营养成分；而青椒的种子经过太空旅游以后，结出的青椒由过去的每个大约150克增加到350克，且维生素含量增加。科学还在预测天气、生物技术、地质勘探等领域显示出了它的作用。更令人兴奋的是，人类利用航天技术在登上月球之后，又开始了对火星的探测和研究，这预示着人类离揭开地球生成奥秘的时刻又近了一步。

科学的发展给人类带来了财富，也极大地拓宽了人们的视野，然而科学的发展也往往令人在兴奋之余吓一大跳。发现核元素的科学家，初始一定为自己的发明舞之蹈之，当这些元素用来为战争服务，制成了原子弹和氢弹，并将日本的广岛和长崎夷为平地之时，可以想像得到核物理学家瞪大的眼睛会是什么样子。由此联想到前不久克隆技术引起的强烈反应，确也令人担忧，这种担忧不是来自于对羊和牛的克隆，而是对人的复制。尽管有些科学家一再辩解，克隆人不会与被克隆体完全相似，至少在年龄、阅历、经验方面有相当大的差别。但人们的思维只要向前延伸一步，就会猜出克隆人的结果是很可怕的。试想，如果一次克隆出十个或百个基因完全相同的人，他们的面孔、体征、年龄等都基本一样，这将会给社会带来多么大的麻烦。所以，当克隆技术成功之时，连政治家们都采取了审慎的态度，多数声言将不支持把克隆技术用于人的复制。

人的智慧和科学的发展是相互促进的，人的智力越高，科学发明的成果越丰厚，而科学技术反过来又可以提高人类的认识水平。由此推论，随着科学技术的发展，人类将无所不能，而在这无所不能之中，如果都从当今世界的两大主题——和平与发展出发，核元素不再用来制造核武器，而是用于发电和医疗，克隆技术也不在复制人的方面给社会带来混乱，而用于改良品种，发展农业和畜牧业等等，人类社会终将成为和平、文明、富裕的乐园。这一切的一切，关键取决于人类自己的选择，是让科学技术成为造福人类的手段，还是让科学技术成为毁灭人类的武器。

（写于1997年7月）

闲话体育

俗话说"内行看门道、外行看热闹"，我就属于看热闹的那一群，不过热闹看多了，也想就输赢以及与输赢有关的问题说几句外行话。

竞技体育比的是实力、比的是技能和耐力，而这些最终都将表现在结果上，赢了就说明整体实力强，输了就表明整体实力差，任何其他理由和借口都显得苍白无力。中国国奥队客场与巴林的最后一役，整场比赛都是中国队压着巴林队，但我们在那么多的机会面前没有任何建树，人家却在仅有的几次反攻中得手，道理发人深省。纵观第八届世界杯女排赛中国对日本的比赛，我们再也不能死撑着，硬说我们的实力比人家强，至少在这一场我们没法气粗。

我认为，既然是竞技体育，就避不开输赢，不管你是否情愿，心里服与不服，都要接受这个结果，经验教训可以总结吸取，怨天怨地是大可不必的。像埋怨裁判不公，比赛环境噪杂，优秀队员负伤等，不能说明任何问题。就所有的参赛队伍而言，大都面临同样的问题，为什么人家能适应这样的环境，发挥出自己的潜能，而我们就不行呢？球星马拉多纳也会因某种原因在场上大喊大叫，但他能很快融入比赛的气氛之中，该怎么踢就怎么踢。古巴女排赢得世界冠军以后，也经常客场作战，从她们的角度看不也一样面临着中国队所面临的困难吗？可她们很少因观众狂热的呐喊而乱了阵脚。

输确实也需要勇气，这个勇气不是不愿认账，而是要敢于面对现实。从竞技体育来说，总会有输有赢，赢了自然风光，输了也要风度。从一个国家来说，一个队来说，甚至一个项目来说，没有常胜将军，总要在彼消此长中或彼长此消中不断转换，这样体育成绩才会提高，也才符合体育的规律。如果在某一个项目上，冠军宝座不要说永远被一个国家垄断，就是在比较长的时间内为一个国家所占有，也会失去它的运动魅力，更何况这样的情况几乎是不可能存在的。因此在日本女排称臣中国队若干年以后，以3：0战胜中国队没有什么奇怪，奇怪的倒是强调客观、死不认账的态度。像这种败了不从自身找原因，总结经验教训，就一辈子也翻不了身。还以中国国奥队和中国女排为例，在前不久举行的比赛中并非输掉了一场两场，再言偶然很难服众，说到底还是实力问题。

比如中国女排和前些年相比，水平就是下降了，一传不到位非常明显，应该救起的球救不起来，主攻手进攻无力，能够一锤定音的球寥寥无几，从整体配合上，也不如老女排默契。说这些话绝不意味着国家女排没有希望，关键是如何培养和训练。中国国奥队也可以称雄世界，那要等信心和实力兼备之时，在临门一脚时先自腿软肯定是不行的。

体育是要耐得住寂寞的，有些项目就需要冷下来，先是从事这个项目的运动员冷下来，接着观众和舆论也要冷下来，运动员冷下来就能客观地面对现实，头脑发热肯定得不出切合实际的结论，观众和舆论冷下来，可以减轻运动员的压力，少背包袱或不背包袱。中国国奥队面临的情况恰恰相反，球迷和舆论的期望值太高，本来没有包袱可背的中国国奥队总是觉得沉甸甸的，如此重重包围之中，他们何以有时间进行冷思考，以至于越是关键场次越失水准。

相反，中国女足和中国女垒，从来没像中国女排和中国足球那样众星捧月，反而在默默无闻中崛起，成绩骄人。我很赞成对待女排和中国国奥队要像对待女足和女垒那样，都客观一点，冷静一点，既不会在热浪中烫着，也不会在寂寞中消沉。

压力和包袱还来自于荣誉，荣誉越多、越高，压力和包袱越重。照理说，体育就是体育，得了冠军就奖，没有得名次就继续努力。一旦将冠军与"十杰""三八红旗手"等连在一起，负担就增加，动作就走样。开始可能赢得起输不起，时间一长既输不起也赢不起。用马克思主义辩证法看问题，当赢得这一荣誉的时候，也意味着就要失去荣誉，越怕失去越容易失去，所以事情往往会走向它的反面。

既赢不起又输不起，也是心理素质问题，心理素质不高主要因为文化素养差。我国的竞技体育运动是国家行为，为了培养拔尖人才，有些项目的运动员从小就开始训练，在训练过程中，据说也上文化课，但这跟学校正规教育不能相提并论，在这种环境中培养的运动员文化素养会怎么样是可以想见的，没有相应的文化素质，何谈心理素质！所以有些国家在相当多的运动项目中，从大学生中选拔运动员，既有较好的文化素养，又有一定的体育基础，再进行专门培养，效果可能好一些。记得美国跳水运动员洛加尼斯，他将体育比赛当成一次次表演，输赢已经在他的头脑中不复存在，在这样的状态下参赛，反而容易取得好的成绩。

如果说我们有些项目无法从大学生中选拔运动员，还必须从几岁的娃娃抓起，是否可以考虑为这样的运动队配备一名心理教练，他可以不精通体育，但必须精通运动心理学。以上所言就当是事后诸葛，枉做聪明罢了。

说圆缺

初一过，元宵至，家家户户再团聚，一起观月赏灯猜谜语，狂欢一夜，有始有终，以示春节圆满。

中华文化追求圆满，佛家讲功德圆满，世俗讲人生圆满，无非想有好的结果，好的归宿，当然也是个好的愿望。所以有人会想，圆满的人生要幸福，幸福的人应该就是天生富贵，不缺吃穿不缺钱，一生顺遂。

其实那只不过是美好的画饼，因人生多不幸，人们才追求圆满，哪怕今生不行，也要修个来世。

古人有词云："月有阴晴圆缺，人有悲欢离合，此事古难全。"其实圆远不如缺多，就说月亮，真正圆的每月也就一天，其他都是缺，或者叫不圆。

人世间也如此，终极幸福的人几乎是没有的，所以孟子也自我安慰："天将降大任于斯人也，必先劳其筋骨，饿其体肤。"不担大任的人，也都逃不了或多或少的艰难。如果一生一世，不遇战争，不遇天灾，已经是好的境遇了，但还会跟疾病作斗争。佛的圆寂，也许升华去了极乐世界，但肉身终是消耗殆尽了，极乐世界多了一位神，凡尘少了一位僧。

小至一个人，大至一个国家，都如此。祈求国泰民安，偏来个雨雪冰冻，来个惊世地震，来个洪水泛滥，还有大大小小的事故。天灾人祸，多少家庭饱尝痛苦。现在世界经济一体化，发展跨国经济，本想利益均沾，不成想没设隔离带。美国爆发金融危机，一荣不能俱荣，一损却是俱损，美国金融感冒，几个大经济体均发烧，苦了多少平民百姓。

从发展的观点看，圆是相对的，而缺是绝对的。因为缺才有发展的动力，才有发展的潜力，如果都是圆满的，到了顶峰，还怎么发展？

其实，换一种思维，反到能获得人生最高的哲理。郑板桥立言，难得糊涂，大智若愚，心中没圆缺，人生无遗憾。

如果境界再高一筹，不但换角度，还能自得其乐，发现残缺美，欣赏残缺美。维纳斯虽然少了一条胳膊，仍是古典美的化身，达芬奇的《蒙娜丽莎》没点睛，也是最著名的油画，著名烤鸭店全聚德匾额上的德字也少一笔，其名号仍价值连城。

圆月银光满地，很美；月牙笑弯了腰，也很美。天上有月牙，地上还有月牙泉，地处甘肃敦煌的鸣沙山脚下，一汪泉水像有了灵性，映衬在黄沙之间，历久而不衰，也引无数人叹为观止。

圆缺就是一种心境，让圆满美好的希望做向导，不放过每一个人生道路上的闪光点，尽情享受发现的惊喜吧。

（写在2009年的元宵节）

五十感怀

古语有云:三十而立,四十不惑,五十知天命。真正步入五十的时候,才感觉人生到了一个关键的转折点。

五十人生,不止多了几许白发,多了一些人生阅历,更多了一点人生的感悟。这感悟是一种说不清楚的甜酸苦辣。

苦可能是你已经的收获,有人生拼搏的艰苦,有创业的辛苦,也有失去机会的涩苦。

辣也是你已经的收获,人生总有沟沟坎坎,总有解不开的闷疙瘩,辣就是你吞不下吐不出的丝丝扣扣,难以回首。

五十人生也有了更多的甜,有事业的进步,有丰富的经验,有财富的积累,有闪亮的光环。每每回忆,总会甜在心里。

五十也多了几许酸楚,是岁月逝去的无奈,是锐气渐失的挫伤,是低沉暮气的光临。

五十是人生累积的高峰,也是人生九曲的回转。平静、满足会成为今后的主旋律。

享受一份平静吧,该跳的也跳了,不管是不是惊人的;该奔的也奔了,不管是不是达到了目标。人生活在大自然之中,就逃脱不了大自然的规律,五十的人生应该变成牛了,可以继续拉车,但要量力而行,多一些闲暇,享受那份真正的平静。

也不要忘了满足,那不是不思进取,而是对亲人的感恩,对朋友的感恩,对社会的感恩,对生活的感恩,因为你得到的够多了。

五十不是人生的起点,更不是人生的终点。现代医学的发展,延长了人的寿命,五十也许是生命光芒绽放的美丽时刻,还可以让人生更精彩。

去发现吧,过去匆忙,一定忽略了很多东西,现在就可以映入你的眼帘,才发现原来生活还有这样的侧面,还可以让人变个活法。

去拓展吧,多一些交往,在过了竞争的年龄,人更容易成为朋友,因为没有了利益的冲突。

多一份善良,不是过去缺乏爱心,而是当你身在其中的时候,才更容易理解善良对他人是多么的重要。

五十的人生也会多一些依赖,人很坚强,也很脆弱,依赖是每个人的需要,不要怕别人说什么,心里愉快才是最重要的,不要做生活的弱者,但要会享受他人的关爱,这也是一种爱的平衡。

五十的人生也会多一些理解,回顾过去,所有的都算不得什么,都应该放下,毕竟未来才更重要,把握生命的每一分钟。

五十的人生也要耐得住寂寞,轰轰烈烈将渐渐远去,孤独会时时来袭,把寂寞和孤独当成礼物收下,发现那份孤独寂寞的美。

学古论今,积极投入做事,做自己喜欢的事,在做事中享受快乐,这才是有意义的人生。

（草于农历2007年年末）

文化与垃圾

　　"文人重道，商人重利"，这是人们经常挂在口头的一句俗语，受此影响，文人历来把德奉为至上，写文章要写道德文章，为培育后人而出版的文萃也必是文与德精品的汇集。当经过了历朝历代的沉淀，遗弃糟粕，取其精华之后，古代灿烂的文化成了后人生命中宝贵的精神食粮。

　　然而遗憾的是，由于历代战乱以及人为的因素，有些书籍焚于战火，有些书籍遭到禁毁。最近，一些出版社出于抢救文化遗产的目的，经过挖掘整理，将历代禁毁的书籍重新出版以面世，无疑这是一项造福子孙后代的大好事。禁毁书籍大致可以分为两类：一是宣扬淫秽，这是为历朝历代所不容的，我们今天不也在大力扫黄吗？这样的作品用于专门人员的学术研究尚可，公开出版肯定是不行的。二是宣扬反叛，官家怕祸从此生，断送了江山，其实是过高估计了一两本书的作用。属于第二类被禁绝的好书，在当今百花齐放的时代，让它重见天日当是无人反对的。

　　然而在最近出版的禁毁作品中，有些既非淫秽也非反叛的内容也位列其中，这不禁使人困惑。当我硬着头皮读了几篇以后发现，这些用华丽辞藻构筑的男男女女你思我想之类的文字，归入禁绝之列很有几分道理。看来历朝历代的禁和毁也并非毫无缘由的乱来一气,既非淫书又非猖盗而被列入禁毁之内的必定是无病呻吟之作,也就是我们通常所指的文化垃圾。

如果说人们对于当代出产的文化垃圾还有一个认识的过程,而对于古代已经被贴上了文化垃圾标签的作品仍然让它还魂,这很令人惊诧,是出版者的判断能力差还是利字当头,是不言自明的。

然而为了利益不顾文德的行为是迟早要失利的,毕竟现代社会识文断字的人多起来了,他们不会那么轻易被骗。问题在于当你知道上当受骗之时,光阴已经白白地浪费掉了,知识可以从其他的书籍中得到,但逝去的时间不会再来。从这个角度看,这同制造假冒伪劣商品者没什么两样。

当然人们也绝不会对出版的作品有苛刻的要求,没有哪个人认为所有流传的作品都必须是完美的,但人们一定会要求流传的作品具有可读的价值,要么给人以知识,要么教人处世之道,最起码也要让人得到美的享受。如果出版的书籍或者文章没有任何教益,味同嚼蜡,像人们经常比喻的那样如一杯白开水,那么这样的文化垃圾既浪费读者宝贵的时间,又浪费大量的纸张,还把它从角落里搬出来干什么?

城市的孩子

　　金秋十月，正值北方农村收获的季节，我们几个走出农村在城市工作的人又一次返回了故乡，同家人一起收玉米。在劳动时，我们发现，几个生在城市、长在城市的孩子，一会儿掰玉米，一会儿把玉米装到口袋里，劳动的热情一点不比我们这些在农村长大的人差，他们的动作虽然有点初级，但很卖力气，这恐怕不仅仅是出于好奇和新鲜，是得益于教育而产生的美德。

　　这不禁使我想起了人们对城市孩子的偏见，什么城里孩子娇气，不想干活，不愿意劳动。其实并非如此，如果说有的城里孩子不爱劳动，也是城市里缺乏劳动的气氛和环境造成的。

　　城市里的家庭，一天到晚总不过那么几件事，日复一日，年复一年。而一个家庭中至少有两个成年人，本就少得可怜的家务全被家长们包了，哪里还有孩子们的份。有时孩子们有了劳动的积极性，也极有可能一瓢水泼去，几次就彻底凉了。我就听说过这样的事，孩子在学校上劳动课，学了做菜的方法，欲回家一试，然而家长横看不好，竖看不行。孩子洗碗，怕洗不干净，孩子刷鞋，说他们没把脏东西刷掉。从看着着急，到亲自上阵，一会儿就把孩子挡在一边。家长把孩子们本想一试的劳动积极性给取缔了、扼杀了，反过来还要埋怨孩子不愿意劳动，真是有失公允。

有人说，孩子的习惯都是家长带出来的，这话一点不假，正所谓近朱者赤，近墨者黑，孩子就像一张白纸，画虎得虎，画猫得猫，关键在家长。

由此，我们这些做家长的确实应该扪心自问，我们是为孩子创造了劳动的条件，还是剥夺了他们劳动的权利。这次回到家乡，看到农村中的许多家长也心疼孩子，但为了使他们从小养成劳动的习惯，他们又热心鼓励孩子参加劳动，割小麦，掰玉米，收花生，什么农活都让他们参加。当然在城市，也有许多孩子在家长的教育和帮助下，学会了做家务，具有很强的自立能力。

参加劳动不只是简单地干活，它可以陶冶人的情操，锻炼人的意志，用自己的行为影响下一代，这是一个民族如何生存的大问题。可以想像，如果我们培育的下一代是不会或不愿意劳动的，那他们长大以后，也不会培育出爱劳动的孩子，一代一代发展下去，这个民族就没有希望。

庆幸我们的社会并不是这样，我们的孩子，当然包括城市生长的孩子，是热爱劳动的，让我们多创造一些劳动的机会和环境，把他们培养成德智体美劳全面发展的社会栋梁，而不是甩手掌柜。

中编　诗作

草原情

七月邀港澳媒体同仁自驾采访，吟诗一首共襄盛举。

盛夏飞车入草原，也似长征走泥丸。
茫茫绿色看不尽，一步一景一重天。
忽闻远处蒙古调，又见毡房起炊烟。
牧民兄弟急相迎，不醉不归乐无边。

追忆李白

梦萦扬州有年，三月也下江南。
烟花已成烟云，不见远影孤帆。

中　秋

中秋月圆盘古天，红尘滚滚似云烟。
最是人间好时光，父母膝下乐田园。

远　思

春风花香初，入眼醉老夫，
来年当如何，静待夏冬秋。

无　题

无边苍穹大天体，独藏多少小秘密。
月亮圆缺能弄潮，星云际会风骤起。
天上地下有诀窍，听凭自然寻规律。
守得月朗终有时，天人合一更神气。

夏　吟

又是一年暑火红，北宫山野略不同。
溪边晚亭凉如意，雁过留声人留影。

郊游偶拾

一夜春风，梨花摇曳，醉几许芳心。
黄沙无垠，嫩绿破土，饱百家口福。

下编　业务探讨

加快广播改革与发展的思考

从1940年起，人民广播作为现代化的传媒手段，不管是战争年代作为政治攻心和瓦解敌人的武器，还是和平年代作为鼓舞、教育人民建设社会主义现代化的工具，都曾经发挥过巨大的作用。从五十年代起，到七十年代末，在电视还尚不普及的情况下，广播在人们的生活中占有举足轻重的地位，中央发布政令或者重要文件，一般都是当天晚上广播，第二天见报。由此可见，广播在当时的重要性。

到了八十年代，电视在我国有了迅猛发展。虽然谁都知道并已经得到证实，电视的出现和发展不可能取代广播，但其对广播的冲击是不争的事实。广播的优势，电视几乎完全具备，而电视的形象直观的特点，广播就不具备。这几年，以文字为传播手段的报纸在经过了思考、改革之后，面貌不断出新，稳稳地站住了脚。面对众多媒体的竞争，广播到底处于一种什么状况？

一

1.广播系统的合力仍然没有充分地发挥出来。改革开放以后，广播形成了大发展的格局，全国拥有的广播电台从以前的几百座上升到1244座，市县广播站2106座。九十年代初，一些省、地广播电台大胆探索，以方便听众收听和搞活节目为目的，兴办了诸如新闻台、经济台、文艺台等系列台，广播改革一时成为人们谈论的热门话题，广播颇有再度辉煌之势。然而静下心来细细思考一下，这些变化只是一个个局部的动作，广播整体质量的提高还没有形成系统优势，缺少合力。中央电视台的《新闻联播》表面看是中央电视台在编辑制作，其实这个节目早已经变成了各省、市电视台的全国大联播，各省电视台每天通过卫星或者其他通讯方式向中央电视台传送电视新闻。我就看到过新疆电视台向中央电视台传送的全过程，图像清晰，一次传了好几条。如此推论，中央电视台每天可以收到来自全国各地的新闻上百条。据中央电视台的同志讲，他们与省电视台的沟通非常方便，经常是上午中宣部布置的任务，下午就能收到省电视台的新闻，当天晚上就能播出。今后随着广播电视网络的建成使用，这种联系会越来越方便。反观广播电台，不仅台与台没有形成合力，就是台内各套节目之间配合也没那么密切。现在中央电台虽然已经与各省台实现了微机联网，但有些省台供稿并不积极，原因有二：一是有的省台并没有专门的人员负责此事，有时一忙就忘了；二是中央电台毕竟在黄金时间的新闻节目中不可能为省台提供比较多的用武之地，如果较长时间不用某省台发来的稿件，其积极性就大打折扣了。

而台内各套节目的配合也有问题，中央电台为解决这个问题，采取了很多措施，比如规定前一个节目播报完了不能使用"这次节目播送完了"的用语，而要为下一个节目做简单的预报。还有为了扩大其他各套节目的影响，《新闻和报纸摘要》经常为其他节目预告重要内容，尤其是《新闻纵横》的内容，《新闻和报纸摘要》几乎天天预告，其效果是比较好的。

但像这种预告相对于一个台来讲还是很不够的，每个节目部只管自己的节目，很少顾及其他节目，相互预告、相互联系一年之中也没有几次。而省台搞了系列频道以后，相对有了独立性，相互预告的情况就更少了。因此，在广播电台大发展的情况下，广播节目的独自经营、分散经营的格局并没有大的改观，形不成合力，自然就少了许多优势。

2. 广播电台的覆盖能力仍然偏低。广播电台的效果主要来自两个方面：一是节目的质量，质量高人们才能爱听；二是覆盖质量，有了好的节目，收听不到等于零。从理论上讲，广播早于电视，广播的覆盖应该比电视好，而现实却恰恰相反，据统计，到1996年底，广播人口综合覆盖率只有84.2%，而电视却达到86.2%，而且电视覆盖率的提高速度和后劲远远超过广播。中央电台的声音不要说在老少边穷地区收听不到，就是在一些城市，中央电台的广播收听效果也不很理想，有的就根本收听不到。

广播覆盖率低带来了一系列问题。首先影响了广播工作者的积极性，试想，花了很大的人力物力办的节目根本收听不到，或者收听不好，这对办节目的人会是一个什么样的影响。记得对港澳广播开办之后，由于覆盖问题，在香港地区收听这些节目很困难，当时13点是一个新闻节目，办了一年多，没收到一封来信，不要说办节目的人，就是其他的旁观者都感到很泄气。其次因收听效果不好影响了广播的经济收益。广播电台作为事业单位，经费应该由国家拨款，但现实情况是国拨款项连每个人的工资都不够，只有靠广告收入弥补其不足。广播电台因其既不能见诸于文字又没有图像，对广告的吸引力就差一些，如果再加上收听不好或者收听不到，广告商为什么要向广播投入？所以当中央电视台的年广告收入超过30亿的时候，中央电台的广告收入还没有突破一个亿。第三因广告收入不多，既影响了节目的制作能力，也影响了队伍的稳定。

3. 依靠社会力量办台仍然不够。广播电台有着较长的历史，形成了一整套的规章和制度，也形成了一套较为完备的工作体系，这些规章制度和工作体系保证了广播电台的正常运行，但也迟滞了广播电台自身的市场化进程。现在，报刊、电视已经基本趋于市场化运作，充分利用社会力量，有的栏目或节目已经实现了播出与制作相分离，这一点中央电视台最为明显，它不仅聘用一些比较固定的人员来台工作，而且使社会上的节目制作公司为其所用。除此之外，在它周围还集聚了一批较为松散的社会精英，需要则来，不需要则去。正是运用了这些社会力量，人们慢慢发现，中央电视台的节目再也不是低水平运行，而是精彩节目纷呈。

　　而广播利用社会力量办台的力度和广度都远远不够，还只是停留在聘一些专家作为顾问，或招聘有限的人员来电台工作。其实，报刊也好，广播电视也好，想包打天下是做不到的。国外的一些广播电台，除了新闻以外，像文艺节目、教育节目，大都是靠社会上的节目制作公司提供的，电台只不过是把这些节目花钱买下来播出，所以一个电台没有多少人。而我国有些广播电台，一下子办好几套节目，又要人员，又缺乏资金，设备也比较陈旧，只能疲于应付，何谈制作出高质量的节目。当然，在我国市场经济刚刚起步阶段，广播电台的节目马上形成播出和制作相分离的局面是不可能的，但这是市场经济条件下的发展方向，广播电台不能永远背着庞大的人员、设备和后勤保障等等负担，在低水平上运行。

　　除了上述情况以外，广播电台还面临着来自其他媒体的竞争，有报纸的，有电视的，还有通讯社的。1997年11月7日，新华社宣布通过国家公用数据通信网，将其采自全国和世界各地的新闻和经济信息在国际互联网上发布，国际互联网用户从当日起就可以在网上浏览新华社每天播发的最新新闻和经济信息，这意味着新华社又开辟了一条传播途径。新华社作为国家通讯社具有特殊的获得新闻的权利，它的报道既有权威性，报道面又比较广，从网上调看新闻和经济信息还不受时间的限制,这对已经联网的用户来讲是很方便的,新华社的这一举动,无疑对报纸和广播电视都有一定的影响。由此想开去,如果国际上的网络大肆进入中国,其竞争会更加激烈,因特网在中国的发展已经预示了这一点。面对国际、国内的挑战,广播到底怎么办,这个无法回避的问题已经摆到了广播工作者的面前。

二

基于目前的状况和国内国际媒体的挑战,广播必须有自己的应对措施和办法,事实上这几年广播的改革已经对此做出了回答,因为广播工作者早已认识到,广播要想在众多的媒体中占一席之地,关键在于改革,关键在于发展。

我国改革开放以来,广播的改革迈出了坚实的步伐,其改革的广度和深度都是过去无法比拟的。我认为,这种改革是从广播形式开始的,随着改革的不断深化,很快就涉及到了广播的内容。当然形式是为内容服务的,二者的变革没有明显的分野,是相辅相成的。

广播形式的变革应从主持人和主持人节目的产生算起。过去的广播节目大多是由播音员来播报和串联,也有个别节目由记者或者编辑播报,但数量很少。主持人节目的产生打破了原有的统一格式,无可否认,主持人节目更显得亲切自然和活泼,缩短了广播与听众的距离。当主持人节目普遍出现的时候,广播工作者的思路又向前延伸了,主持人节目虽然亲切自然活泼,但毕竟还是我说你听的方式,对听众来讲,依然是被动的受众。因此广播工作者继续大胆尝试,让听众从被动的受众位置变成了参与节目的主体之一,由此,广播电台的直播热线节目产生了,听众在收听广播节目的同时,可以通过电话直接参与，也可以到录音间与主持人面对面地交谈，这种形式对听众的吸引力无疑是很大的，因为大多数人都有表现意识和参与意识。而从另外一个方面讲，既然要听众参与，就要讲听众关心的事，这样贴近群众就不再是一句空话了。

而广播系列频道的产生，作为改革产生的影响就更大，它把广播的节目分门别类，成系列播出，大大方便了听众的收听，喜欢音乐的人可以专门收听音乐频道，而关注经济的人可以从经济频道中得到大量的知识和信息。应该说，系列频道完全是为听众收听方便和吸引更多听众设立的，实践证明，这个目的达到了。

就新闻节目而言，一些省、地、市电台不仅开设了专门的新闻频道，还在原有的节目中做了变革，比如增加了国际新闻的报道量，增加了地方特色，有的省台还开辟了各地航讯等等。

形式的变革必然带动内容的变革，因为这是一个事物的两个方面，是相互联动的。尤其是最近几年，广播节目的改革确实在深化，已经涉及到了节目的实质。这种变革始于中央电台的《午间半小时》和《今晚八点半》，这两个节目的成功充分说明了广播改革已经从形式发展到了内容。听众从接受形式上的变化开始，必然要求内容不断深化，就像一张报纸，如果只停留在一个水平上，就完全可能从受欢迎开始，以不受欢迎告终。

因此，广播工作者始终抓住改革不放，仅以中央电台为例，继《午间半小时》和《今晚八点半》之后，1992年元旦又出台了《经济生活》《439播音室》《科技知识生活》三个板块节目，加大了经济、科技和精神文明的宣传力度。1993年10月，中央电台再次调整节目，出台了《新闻纵横》《九州巡礼》，前者以大量的深度报道褒扬社会新风、鞭笞歪风邪气；后者以快见长，以短见长，广泛联系各省、地、市电台，真正办成了地方荟萃的重要平台。由于改革的思路正确，节目出台后深受听众欢迎，《新闻纵横》被评为十大名牌栏目，《九州巡礼》也在1993年度的评奖中荣获中国广播奖。

就在中央电台改革的前前后后，各省、地、市电台的改革也风起云涌，出现了许多深度报道节目，诸如《今日报道》《热门话题》等等，还出现了一大批综合板块节目。一时间，广播改革红红火火，以至于有人在《人民日报》上撰文指出，广播的又一个辉煌时期已经到来。

对广播工作者来说，是感受到了辉煌，还是多了几分忧患意识，个中滋味只有自己知道。应该说，广播不管怎么变化依然是广播，它再变也变不成电视。而广播在改革的同时，报纸和电视也没有停步，最近几年，仅中央电视台就相继出台了许多令人耳目一新的节目，如《东方时空》《焦点访谈》《实话实说》《新闻调查》等等，这些节目已经牢牢地占据了观众心里的位置，就连中学生都很喜欢这些形式活泼、具有深度的节目。

竞争没有因为发展而消亡，而是随着发展加剧了，广播要想拥有更多的听众，立于不败之地，办法只有一个，继续深化改革，不断加快发展的步伐。

三

广播有自己的优势，依靠这些优势而得以生存，但广播必须不断创造新的优势，得以发展。要了解国内外媒体发展的情况，了解新的信息技术，并不断利用这些新技术，借鉴他人的经验，扩大自己的优势，发展广播。

就目前而言，我认为在继续发挥既有优势的基础上，应着重从三个方面有所作为：

1. 精办节目，不断创造新的名牌。广播节目要不断出新，有新的形式，新的内容，新的栏目，听众才会被吸引。广播如是，其他的精神产品生产也是这样，就是一出老戏，也要不断翻新，否则就没有了观众。

广播创名牌有两个方面：一是不断地进行自我调整，每调整一次都要创出几个名牌节目；二是将过去的名牌翻新，以新的面孔展现在听众面前，使之名气更大。无论做什么，形成了套路或者模式，就不免僵化。办节目也是这样，没有不倒的名牌，应该在名牌未倒之前，自己先做改革，成为新的名牌。只有不断出新，广播才能更具活力和魅力。

2. 加大广播系统的合作，形成合力，形成新的优势。广播有很好的基础，全国的广播电台已经发展到1244座，每一座电台都具有一定的辐射力。可以说，这1244座电台像一张网，遍布祖国的山山水水，如果发挥运用得好，可以形成很强的实力，使广播的影响力陡增。这里的关键是要搞好协作，打破条块分割的局面，树立大广播的观念，树立谁也离不开谁的观念。在协作之中，首先是广播电台节目之间的交流，地方台要向中央电台供稿，而中央电台也要把自己的稿件供给地方台，借用微机的功能，形成全国广播电台的大联网。这样做的好处是显而易见的，哪怕每个电台只向网络提供几条稿件或者信息，全国一千多座电台加起来，每天会有多少稿件和信息，这将是一个多么丰富的稿件库。这项工作其实已经有了基础，海口电台与全国40家电台合作，联办《同在蓝天下》特别节目，覆盖面几乎遍布全国。全国各经济电台、各大区的电台之间稿件的往来也已经很多；各地电台，尤其是省台已同中央电台实现了微机联网，早已开始向中央电台传送稿件了。如果把这些业已存在的网络雏形加以完善，中央电台和省台联网，省台再与各地、市台联网，以此类推，这个网络就形成了，就可以发挥它的作用。到那时，广播成了一个整体，无论什么地方发生新闻，其他电台很快就能知道了。

其次，广播的协作应是覆盖的相互补充。到目前为止，广播人口的综合覆盖率虽然已经达到84.2%，但各个台的覆盖能力还都比较低，就是作为国家电台的中央电台的第一套节目的覆盖率也只有67.98%，可以想见，省台和地、市台的覆盖面就更小了。覆盖面小就意味着收听率低，收听率低就会导致社会效益和经济效益不高。因此，在国家和各电台财力有限、不可能很快地大幅度地提高覆盖率的情况下，广播工作者要打破旧有的观念，不要把其他电台的节目视为"侵略者"而拒之门外，要用一种全新的观念重新认识这个问题。如果每个台之间真正做到了你中有我，我中有你，各台的影响自然就都扩大了。这种融合既可以以互播稿件的形式出现，也可以以互转节目的形式出现。比如山东电台采用或转播山西电台的稿件或节目，而山西电台也这样做，那么山东或山西听众就能听到对方的稿件或节目，在了解发生在其他地方的事情的同时，电台的影响自然而然就扩大了。

第三，广播的大协作还应有人才的合作与交流。广播几十年的发展，培养和造就了一大批人才，这些人才除了效力供职于各自的电台以外，还应有计划、有步骤地开展合作与交流。应该说，这种交流在中央电台和各省、地、市电台之间已经开始，每年地方台都有一些人到中央电台学习工作一段时间，而中央电台的记者到地方采访，也往往与地方台的记者合作，达到了相互学习、相互借鉴的目的。但这些还远远不够，需要继续加强。

节目的交流、覆盖的补充和人才的合作，必定会形成广播的合力，扩大广播的影响。

3. 充分利用现代信息技术为广播服务。计算机的普遍应用和联网，拓宽了人们的生活空间，也大大方便了人们对信息的了解。新华社利用国家公用数据通信网传播信息，因特网也在中国长驱直入，这对其他媒体无疑形成了一定的威胁。但仔细分析一下，新华社也好，国外的媒体也好，他们的传播靠的是网络，而广播为什么不可以利用呢？

今年3月，上海东方电台的《梦晓时间》节目开设了《东方信息网》板块，它就是利用计算机网络，把北京、广州、西安、哈尔滨等八大城市的信息联进了电台直播室，一种全新的广播形式——网络广播出现了。

既然网络广播可以实现，而利用网络传播广播节目也应该完全可能。实际上，中央电视台、中国国际广播电台，包括一些报刊，已经或部分加入了因特网。广播具有一听即逝的不足，所以很多的好节目只能靠不断地重播以满足听众的要求，即使这样，有很多的人还是不能听到，这不能不说是广播的遗憾。然而，广播在充分利用有线无线等传播手段的同时，将其节目再加入计算机网络，不但利用声音传播，也用文字传播，人们既可以通过收音机收听，也可以从网络上调看，这样就同时满足了那些没有条件收听广播的人，且不再受时空的限制。

当然，广播扩大影响的手段很多，从现代技术和广播改革的情况看，广播作为大众传媒之一，完全可以大显身手，还是那句话，要想取得竞争的主动权，必须不断改革，必须不断发展。

（撰写于1998年1月）

广播的发展趋向

广播的产生是人类社会进步的结果,广播的发展同样要依赖社会的进步,要受社会的制约和影响。从世界范围看,当今社会的发展呈现怎样的一种趋势? 我认为:地区经济一体化进程的加快,促进了全球经济的交汇与融合;科学技术的飞速发展,不断改变人们旧有的观念;文明程度的提高和交流机会的增加,使具有不同价值观的人们有了更多的共同语言。从现在广播的发展变化看,无不受上述因素的影响,以至于广播打破了国家的疆界,出现了跨国经营的集团。现在还没有跻身于大集团之内的广播电台,也不同程度地受到了来自大的广播集团的影响和牵制。我国的广播事业虽然有自己的特点,但多年形成的大而全、小而全的块块格局已经严重地阻碍了广播的发展,随着社会主义市场经济的建立和完善,我国的广播事业必然步入这样的轨道:集团化的模式、产业化的运作、市场化的经营以及优质高效的内部运行机制。

一、集团化的模式

广播电视集团化的模式不是哪个人的意志,而是社会发展的需要。广播作为一种特殊的产业,既要受经济规律的约束,又会受政治需要的影响。从政治需要方面看，广播作为宣传的工具，对掌控它的人或者集团来讲，其发挥的影响力越大越好，这就需要有雄厚的技术力量和高素质的人员配备；从经济方面看，办广播需要大量的资金投入，必须具有相当的实力，才可以维持。外国的广播电台是这样，我国的广播电台也是这样。怎样才能具有雄厚的实力？走集团化的路子就是比较好的选择。

我国实行社会主义市场经济，其根本的一条就是引入竞争机制，通过竞争理顺经济关系，淘汰落后的生产要素，壮大优势企业，这就是一种重新定位和组合。广播电台在这种整合的过程之中，也必然会出现优胜劣汰的情况，所以有先见之明的广播电台不断拓展地盘，丰满羽毛，壮大实力以迎接挑战。就中央人民广播电台来看，她作为国家电台，国家不会让她垮掉，但作为一种什么方式存在就很难说了。因此，中央人民广播电台今后发展的前途如何，除去国家因素之外，只有靠广播电台自身的努力了。

应当说，中央人民广播电台经过近60年的发展，已经具有了相当的实力，从目前的结构看，基本具备了向集团化发展的条件，况且我们不仅有国外电台的经验可以借鉴，也有国内同行的做法可以学习，上海和广东的一些报纸经过合并诞生的几家报业集团就是很好的先例，尤其是上海东方电台加办一套有线电视节目的模式更可以效法，这样做既可以体现中央对广播的扶持政策，也可以在中央一级形成广播电视百花齐放的良好局面。

从发展的眼光看，广播走集团化的路子是必然的。一向被认为最难开放的电信领域如今不仅在国内形成了多家竞争的格局，而且随着WTO谈判的逐渐成熟，对国外开放也是迟早的事。这就是说，不管国内是否多家竞争，国外的电信企业是必定要来参与的，在这种情况下，我国电信企业只好披挂上阵，不断壮大自己的力量，以迎接国际的挑战。广播电视既然像电信一样作为产业存在，就避免不了竞争联合的结局,世界传媒大王默多克将许多电台或者电视台收归旗下,他已经染指香港,难道会对中国内地的媒体一点都不动心?即使默多克不来,也难保其他人不来。

从国内广播的走势分析,广播也不会囿于目前的格局,为适应社会主义市场经济的需要,肯定会分化重组,一些地区性的电台、电视台会逐步脱离当地政府的控制走向市场,或同其它电台、电视台联合以形成强大的集团,或被他人吃掉作为大的广播集团的一个组成部分。在这个过程中,中央人民广播电台应该先行一步,壮大自己的力量、扩大自己的影响,在站稳脚跟的同时,以联合或兼并的形式向外围扩展。从实际可能考虑,可以逐步将所属记者站改造为分台,使他们兼有转播中央台节目、为中央台提供稿件等多种功能。这样一来,中央台在各地的有效覆盖就有了基本的保证,也为中央台今后的更大发展提供了可能。

按照市场运作的法则,广播在走向市场的过程中,会从现在的块块体制向条条体制转变,而转变后的条条也不会像行政管理那样的格局,而是以经济的形式形成不同的集团,每一个集团都是全国性的或是较大地域性的,有总部、有分支机构,决不允许一个地区或者一个县市广播电视具备、而节目质量又差这样的情况存在。也许广播电视完全走向集团化会有一个较长的时间,也会出现人为的阻挠,但它终究要迈出这一步,所以谁先动手谁主动,谁有实力谁就最有发言权。

二、产业化运作

广播作为产业已经成为人们的共识,然而真正把它作为产业经营并且产生很好效益的实在不多。在产业这个问题上,从事广播的一些人至今还有一个误区,总是认为产业同喉舌有着不可调和的矛盾，喉舌影响了产业的经营，你让我播出指令性的内容，又不给相应的经费，从而影响了广播的正常发展。

这样的情况如果出现在文革之时，矛盾确实无法调和，那时一天到晚播的基本上都是指令性的内容，而且有价值的新闻很少。可现在情况不同了，一是指令性的内容毕竟少多了，二是即使是指令性的内容，除了个别的之外，大多还是具有很高的新闻价值的。一般说来，指令性的内容大多是新闻性的，基本上都安排在新闻性的节目中播出，可收听率在前几名的节目差不多都是新闻性节目。由于收听率高，新闻性节目前后的广告时段尽管价格比较高，但广告商依然愿意投入，反而那些很少有指令性内容的专题类节目创收比较困难。

因而这里就有一个产业运作问题，要算投入和产出的大账，不能投入越多产出越少。新闻类节目一般来说投入相对多一些，但它带来的收入也相应比其他节目多一些；文艺和专题类节目因其受到的限制少，在节目经营方面可以更加灵活，可以更多地从收听率方面考虑，这当然是在坚持正确的舆论导向的前提之下。广播电台的文艺节目是有自己独特的优势的，仅以音乐和戏曲为例，不仅以文字为主的媒体无法望其项背，就是现在比较火爆的电视也无法相比，因为音乐是听觉艺术，电视播出的MTV虽好，但经常因画面不能准确表达音乐的意境和情绪反而破坏了音乐本身。戏曲节目也是同样的道理，真正的戏迷不是看戏而是听戏、品戏。抓住这些特点，把它真正作为产业来经营，文艺节目的投入产出比应该更好一些。专题类节目的经营就很有学问了，我认为专题类节目的经营是最难的，光是它的定位就很难，因为专题的内容非常宽泛，选择什么内容、办给谁听、怎么办，都要选准才行。而且专题类节目的报道内容既要相对固定，又不能一成不变，因此要想赢得听众，就必须从内容到形式在保持其连续性的同时不断出新，甚至调换整个节目的内容。在目前专题类节目还没有进入市场的情况下，只能依照上述做法以吸引听众，不断提高投入产出比。

从整个电台来讲，产业化运作远不止于此，它除了节目的经营、广告的经营之外，还要跳出三界，大力开发广播的相关产业，以此形成广播的集团化经营，实现多条腿走路。

既然产业化运作考虑的是投入产出比，那么成本核算就是必走的第一步，一是要考虑办多少节目用多少人，尽量减少多余人员；二是把后勤推向市场，自负盈亏；三是部门设置逐步脱离机关模式，坚持效能原则，一切围着节目转，最终实现优质高效的目的。

三、市场化经营

既然广播可以作为一个产业存在，那么它一定会进入市场，这是不以人的意志为转移的。从外部看，它要和众多的新闻媒体竞争，能不能拿出拳头节目以赢得更多的听众是最为关键的；从内部讲，广播电台能不能形成竞争的机制，以保持它的活力。权衡两个方面，内部机制的建立和完善是根本的，它是保证广播在市场竞争中立于不败之地的重要内因。

内部竞争机制的建立可以借鉴企业改革的经验，从目前中国广播的实际情况考虑，可以分两步走：第一步将后勤划出变为自负盈亏的事业单位，同时缩减行政部门的机构和人员，然后以部组为单位或者以节目为单位进行内部核算。核算可以两条线并行，一是业务部门根据经办节目的长短、内容划定核算基数，并根据国家把广播归为准公益事业单位的情况，区分为有可能收益部门和无可能收益部门。对无可能收益部门要向国家申请，争取全额拨款，对有可能收益部门，要区别不同情况实行创收留成的办法。二是行政部门按缩减后的人头划定核算基数，实行全额拨款。

第二步对业务部门进一步改革，除必须自办的节目外，其他一律推向市场，这就牵涉到电台的定位问题。从国家的角度看，广播电台是教育、鼓舞全党、全军和全国各族人民建设社会主义物质文明、精神文明的最强大的现代化工具之一。这种作用主要体现在电台的新闻节目之中，当然专题节目和文艺节目也有引导舆论的作用，但它们不像新闻节目那样直接。从大众传媒的角度看，广播的主要功能是信息传播和大众娱乐，因此新闻和文艺历来是广播电台的两大支柱，如果一个电台把新闻和文艺节目办好了就获得了成功。所以不论从哪个方面看，新闻都是最重要的，它是电台的立台之本，而新闻节目要想办得好，必须要有独家的东西，而独家的东西必须靠自己采访，再加上新闻的客观公正不允许它以创收来得到经费，因此新闻节目的制作是无法走向市场的，只能由电台本身承担。文艺节目虽然也是广播的支柱，但它和新闻的要求不同，制作方式也不一样，并允许比较从容的制作，因而文艺节目由社会专业人士提供是有可能的。专题类节目和文艺节目一样，走向市场是迟早的事。

但就目前而言，一下子把文艺和专题完全抛向市场有一定的困难，因为电台已经具有了庞大的文艺和专题节目制作队伍，不可能舍弃具有优势的人才而选择不确定的社会力量。最好的办法是先实行内部市场机制，将电台制作文艺和专题节目的部门改为节目制作公司，隶属于电台但要形成节目买卖关系，实行成本核算。这一时期，节目制作公司要完成电台交给的制作任务，电台要负责公司的正常运营。一旦时机成熟，公司可以实行股份制运作，成为比较独立的节目制作部门，它不仅可以制作广播节目，也可以制作电视节目，还可以经营相关的业务。电台以入股的方式参与公司的经营，公司把制作好的节目卖给电台。

如果这些设想完全实现以后，广播电台自身只剩下新闻制作部门、定向性广播部门（指对台港澳和民族地区广播等）、行政经营部门、社会节目审查部门和技术部门，不仅部门大为减少，而且人员也会相应缩减，这样就形成了一个优质高效的整体。

（撰写于1999年3月）

探索广播规律　促进广播改革

广播有过辉煌时期，也遇到过重重困难，客观冷静地分析出现这些情况的背景和原因，找出广播发展的规律，扬长避短，广播就一定能不断跃上新台阶。

一、竞争意识是广播事业发展的源动力

广播创立之初，虽然并没有马上给新闻界带来强烈的火药味，但它作为一种新兴的媒介，埋下激烈竞争的种子是无疑的，这在美国经济恐慌时期就破土而出了。虽然冲突的根本原因是经济利益，但表现的手段却是报纸试图卡断或者控制广播的消息来源。广播被迫应战，却从此掌握了自己的主动权，建立了独立的采访队伍，打破了垄断，也理顺了与其他媒介之间的关系。

电视和网络出现以后，广播也遇到了报纸当年遇到的问题，而且形势比那个时候更严峻。电视与广播争夺受众比与报纸争夺受众更厉害，原因是电视和广播同属于电子媒介，电视能够替代广播的地方实在太多了，而且又多了视觉功能，这样一来，广播就再一次感到了竞争的残酷。

然而新兴媒介带来的竞争谁敢断言已经到头，有了第四媒体，

焉知不会产生第五、第六媒体？即使排除这些新增媒介的因素，眼前的竞争已经够激烈了。

竞争是残酷的，但并不可怕，只要广播人树立自信心，沉着应对，广播一定会与其他媒介共存，与其他媒介一起发展。然而这是在不断地较量、妥协、重新划分势力范围之后出现的崭新格局，不是彼消我长，就是我消彼长，而且这种变化会一直持续下去。

要想在这种变化中处于主动地位，就必须具有在竞争中取胜的素质，即广播创新：包括具有前瞻性思维，善于抓住政治、经济和社会发展的热点和亮点，不断推陈出新；善于借鉴其他媒介的优秀经验并与之合作；善于利用新的技术，不断巩固和扩大自己的阵地。

二、广播必须牢牢盯住政治、经济和社会发展的最新成果，不断推陈出新

广播是新技术的产物，从诞生的那一刻起，就决定了广播整体思维方面的先进性，主要表现是技术上不断升级，节目方面优胜劣汰。如果说现在有的广播电台处于竞争中的不利地位，不是广播的先进性出现了问题，而是我们没有注意发挥广播固有的先进性，或者说是发挥得不够，这一点已经得到了证实。从我国广播界的情况看，仅以省以上的广播电台为例，相互差距就比较大。有的电台不仅已经完成了从节目形式到内容的改革，并且顺利地渡过了体制和机制改革的关口，形成了良性互动的局面，不但节目受到了听众的喜爱，经济效益也比较可观。

不论处于什么社会制度之下，不论是国家控制，还是市场作用，广播始终要与社会中的先进要素相结合，用发展的眼光，报道人们关心的、关注的、感兴趣的东西，报道代表社会前进方向的方方面面。一个时期会有不同的特点、不同的内容，这恰恰说明广播需要不断追求、不断出新。新的世纪、新的千年是一个更注重信息和科技，更注重法治和道德，更注重文化和体育，更注重人类文明相互融合的年代，广播节目的变化就要适应新的时代，加以整合，以一种全新的面貌出现。

一是不断改革新闻和信息节目，丰富文化娱乐节目。新闻和信息节目真正实现整点滚动播出，对重大和突发性事件争取现场直播，退而求其次也要随时插播新闻。因为现在已经有越来越多的人提出新闻的概念应该从过去的"新近发生的事实的报道"改为"正在发生的事实的报道"。对新闻和信息节目的改革还应包括转变新闻观念，最根本的是要遵循新闻的基本规律，在接近性和针对性上下功夫，这既应包括新闻和信息内容的改革，也应包括形式上的变革。文化娱乐节目改革的重点应放在增加知识含量方面，把陶冶情操和提高知识水平结合起来。

二是增加法制节目和体育节目的播出时间，丰富其内容，更好地为听众服务。未来的社会，人们对法治是一刻也离不开的，法治将会渗透到人们工作和生活的每一个角落，所以法治教育节目和法律服务节目是今后听众最关心的方面之一，因为这是事关每个人利益的大事。体育也是人类除了生存以外最为关注的事情，寻求刺激是人的本性，更何况体育除了刺激之外，还有国家和民族的荣誉问题。关注体育的人群远不止一些体育迷们，在某种程度上讲是全社会的事情。这是一支多么大的听众群，要开辟体育直播节目和现场转播，满足他们的愿望。中央电视台能拿出一个频道搞体育，电台能不能给它几个小时？

三是增设电脑、汽车和房地产类节目。自动化办公和家庭生活自动化是发展的潮流，网络的产生和网络的普及流行间隔时间是那么的短暂，这充分说明电脑和网络的市场魅力和巨大潜力，也充分说明电脑族是未来社会不可忽视的力量，不要说个人，连政府也要通过网络办公,电台如果不借此抓住机会创办这类节目,就太可惜了。

人类社会发展到今天,对已经解决了温饱的中国人来说,衣食已经退其次,而住和行已经或者正在成为人们消费的主要项目。汽车作为主要的交通工具,中国个人拥有量迅速增加。如果加入WTO,汽车价格降低,将会掀起又一个购车潮。汽车已经成为人们生活的一个重要组成部分。随着福利分房的终结,房地产市场很快会活跃起来,从目前的发展势头看,这也是一个巨大的经济增长点。有关汽车和房地产的话题数不胜数,因而,电台创办这类节目的时机已经成熟。

四是经济和科技节目应改变思路,加强服务功能,体现效益优先的原则,减少纯企业和一般经济典型的报道。

五是开辟专门的旅游节目。旅游业的兴起源于人们生活水平的提高,是世界经济发展的结果。它是低投入、高产出的行业,而且随着社会的进步和经济的发展,旅游业会越来越兴旺。开办旅游节目不仅能活跃广播节目,而且极有可能为广播带来相关的经济效益。

未来的广播是先进要素的竞争,是优势的竞争,由此可能会出现专门的新闻频道、文艺频道、经济频道,集中优势在一点上突破。当然综合电台也还会存在,但是不会像现在这样包打天下,必须在某些方面形成优势,而且将随着政治、经济和社会的不断发展和变化随时变更节目设置。那种一个节目办几年、甚至几十年的老做法,肯定要被时代所淘汰。

三、广播必须吸收其他媒介的长处,做到节目定位准确,方便收听

广播诞生以后,以其传播迅速和广泛,很快赢得了受众的喜爱。如今，网络传播已经登场，它综合了文字、画面和声音多种传播手段，而且充满了传播和接收的个性特点，这些都对广播事业的发展具有借鉴意义。尤其是网络传播的条理化和层层递进关系，对广播有直接的启发。

其实我国广播前几年的改革已经具有了这样的内涵，系列频道、专业频道的出现和分工，使得有些广播电台打破了大而全、小而全的格局，逐步走向了窄播和分众化的轨道，从而大大方便了受众的收听。然而这方面改革的力度还不够，目前综合节目依然偏多，同样的信息、同样的内容，出自不同的节目，由此带来的结果是很多节目内容雷同、重复，甚至一个台、一个频道自己打架。

解决的办法就是吸收网络的长处，广播节目的设置要像网络那样，分门别类，条理清晰，一个节目只传播一个方面的内容，不设或少设综合性节目。如果节目分工细化、明确，绝不可能出现医药方面的内容在旅游节目中播出，或体育方面的内容在房地产节目中播出这种违反规则的现象。

广播不能包打天下，也不要妄想让听众收听所有的节目，每一个听众有自己特殊的需要，广播的专业化和专门化分工必须达到让每一个听众的个人需要得到满足，唯其如此才能更吸引人。

四、引进创新思维，拓展广播市场

有人问，新兴的媒体不断出现，广播会不会消亡？很多人做了否定的回答，就像当年广播诞生以后，报纸没有被取代一样。从媒体各自生存的特点来看，似乎用一种媒体取代另一种媒体，并不是一件容易的事。但是在众多媒体的竞争之中，总有一种媒体处在最困难的边缘，却是一个残酷的现实。从目前看，广播如果只是死守着这块有限的阵地，是很难有大发展的，只有不断创新，勇于开拓，把广播这块蛋糕做大，才会站稳脚跟。

一是广播要与其他媒介合作，实现优势互补。广播从它诞生的那一刻起，就展现出它宽广的胸怀，不仅选用报纸的消息，并且不断扩大与报纸合作的范围，正如吴冷西部长归纳的那样"汇天下之精华，扬独家之优势"。如果说再进一步的话，那就是打进其他媒介为我所用，尤其是对网络的利用，会产生极好的效果，其一可以使广播的内容得以留存，其二可以重复收听、收看，其三可以扩大传播范围，其四可以扩大双向或多向交流，其五反过来可以丰富广播的内容。

二是要充分利用社会力量办台，尤其是专题节目和文艺节目。中央电视台一年要播出180多场晚会，如果都靠他们自己累死也不行。而联合社会力量制作节目，只花少量的钱或不花钱，就丰富了电视荧屏。

在利用社会力量方面，广播电台也做了大胆的尝试，但是步子还不够大，有的广播电台还是靠进人维系原有的节目或新办节目。这样本来已经臃肿的机构越来越庞大，成本增加，负荷过重，很难形成良性循环。

三是广播必须要有创新思维。在市场竞争时代，谁想得早，想得快，做得早，做得快，谁就能够生存和发展，这就需要创新思维。现在科技需要创新，占领世界科技的制高点和主动权；企业也需要创新，不断维持在市场中的份额，以取得最佳效益。其实在我们的工作和生活中都需要创新思维，只有不断地创新，才有不断的发展。

比如，广播电台除了自身的节目之外，也要开发相关产业，形成规模。《人民日报》有多少报中报，报中刊，新华社就更多，他们已经形成了一业为主，多种经营的格局。上海广电，不仅把广播电视做得有声有色，而且利用自己的实力，将几个具有标志性的建筑矗立在黄浦江两岸。中央电视台也利用自身的优势，遍地开花，建起了好几个影视基地。广播既要向纵深发展，也要有一定的广度。

五、广播生存和发展的根本问题——覆盖

从东西方广播的情况看，在解决广播的覆盖方面，路子是不同的。日本、英国等国家采取的是在全国各地设立分台（日本是放送分局），分台的主要任务是转播总台的节目，同时经办少量的地方性节目。由于分台隶属于总台，是总台下面的一个机构，所以总台的指令分台无条件执行，这样全国性广播电台的覆盖问题就自然而然地解决了。

我国的情况不同，广播电台只管节目，不管覆盖。中央广播的覆盖是无线局和地方台代劳的，而无线局和地方台又与中央台没有行政隶属关系。在计划经济时代，钱是国家拨付的，执行国家的指令当然没有问题。可是到了市场经济时代，地方广播电台的主要经济来源靠自己创收，执行国家指令肯定要打折扣，虽然国家三令五申要求地方台完整转播中央广播、电视的第一套节目，但还是经常因经费问题而中断转播。

从客观的角度看问题，一方面市场经济迫使地方台靠自己经营以弥补经费不足，而国家又从全局考虑，不管地方台经费如何困难，要求必须转播中央台的节目，这对矛盾确实难以解决。强按牛头的结果肯定是上有政策，下有对策，要么功率开得小，要么缩短转播时长，因此才出现了近几年中央广播覆盖率下降的情况。

解决问题还是要从市场经济的角度找答案，一是中央广播与地方台形成买卖关系，我给钱你转播，如果转播不好，我可以另寻其他合作伙伴。二是广播电台自己搞覆盖，也许一开始困难较多，但这样做最靠谱。从广播发展的趋势看，以后更大区域性广播很

可能取代一省一地的地方广播。地区性广播不再受某个省、某个地方领导的控制，利用行政命令的方法维护中央广播的覆盖就没有了基础。而新兴的地区性广播最大的竞争对手是全国性广播，由此地区性广播会呈现一种松散联盟的形式。不管用什么方法，靠他们转播中央广播几乎是不可能的。其实自己办覆盖也没那么可怕，中央广播在全国设立了40个记者站，还有那么多的转播台，只要合理利用，就可以形成遍布全国的覆盖网，这样做也许反而最省钱，最保险，效果也最佳。

综上所述，广播同其他媒介一样，一是要苦练内功，强化管理，办好节目，以此为龙头，带动相关产业协调发展，把广播事业做大。二是充分利用外部条件，为我所用，拓展广播的发展空间，使广播具有立于不败之地的竞争能力。

新闻定义刍议

　　从事新闻工作，首先遇到的问题就是甄别新闻与非新闻。也许有些从事新闻工作的同志还不能表述出新闻的确切定义，但他在实际工作中已经按照某种原则和标准，在众多来稿中挑选出具有新闻价值的稿件选用，其遵循的原则和标准就是编辑头脑中的新闻定义。但是作为一门学科，而且作为一门应用性强的学科，如果其学科名称没有一个确切的定义，那是不可想象的。

　　新闻是一门不太久远的新的学科，从事新闻工作的同仁根据自己的新闻实践已经或者正在给它规定一个定义，据不完全统计，到目前为止，有关新闻的定义在国内外已经有上百种，总括起来看，最具代表性的有：

　　新闻是新近报导的事情。（美国密苏里新闻学院已故院长莫特）

　　新闻是变迁的记录。（英国伦敦《泰晤士报》）

　　新闻是同读者的常态的、司空见惯的观念相差悬殊的一种事件的报道。（美国《宣传与新闻》作者阿维因）

　　新闻就是新近发生的事实的报道。（陆定一）

　　新闻是一种新的、重要的事实。（胡乔木）

　　新闻是新近变动的事实的传布。（王中）

新闻是最近发生的、人民大众关心的重要的事实的报道。（戴邦）

新闻是新近发生的或新近发现的有价值的事实的报道。（广西大学中文系新闻专业教研室）

新闻是阶级斗争、生产斗争、科学实验三大革命和人民群众生活中重要事实的迅速报道。（长辰）

新闻是经报道或传播的新近事实的信息。（宁树藩）

新闻是最早传播的大众关注的新鲜重要的事实信息。（黄振声）

上述新闻定义既有共同点，又有一定的差别。共同点是都承认新闻基于事实、是以事实为根据的，但是在新闻到底是什么事实的表述上用词不同，一类将新闻表述为"报道"，一类将新闻表述为"信息"。新闻是信息的表述肯定没有问题，而且是比较规范的，因为新闻就属于信息的范畴。而强调新闻是报道似乎有点问题，严格说报道是一个过程，是对信息的传播，怎么能把一个信息传播过程同新闻划等号？是不是给新闻做出这类定义的人都搞错了？我个人认为，恐怕不能这么看。"报道"的本义的确是对信息的一种传播，但是在我国新闻界早已将"报道"一词的含义延伸了，比如我们通常所说的"录音报道""现场报道"等等，其中的"报道"已经名词化了，它特指一种文体，在这里"报道"同"信息"表达的意思没有什么差别。其实，将新闻表述为"报道"已经成为新闻从业人员约定俗成的共识，绝对不会产生任何歧义，不改又何妨？

上述新闻定义的最大问题不是到底应该表述为"信息"还是"报道"，而是为新闻定义的人带有自己的感情色彩，这在为词定义时是绝对不可取的。新闻作为一种文体形式，是没有阶级性的，就像语言会被某个阶级利用为其服务，但语言本身作为一种交流工具没有阶级性一样，只有当它被人利用时才具有了明显的倾向性。因此为新闻规定定义就像为语言规定定义一样，应该是客观的、普遍适用的，而陆定一同志的新闻定义在这一点上明显的优于其他定义，因此这个定义在我国新闻界得到了较为广泛的承认。其原因有三：一是这个定义认定了新闻是以事实为根据的，没有事实便没有新闻。二是指出了新闻是一种报道，如果光有事实，没有人去发现它，进而去报道它，那么它也就不成其为新闻了。三是强调了新闻的时效，划清了新闻与历史的界限。用这个定义做分水岭，就比较容易区别新闻和非新闻，就能比较准确地认识新闻的内涵和外延。

但是有人也认为，陆定一同志为新闻规定的定义如果只停留在概念上是正确的，但是对新闻实际工作缺乏科学的指导，原因很简单，如果按照陆定一同志的新闻定义衡量，所有的新近发生的事实都是新闻，这既包括原子弹爆炸成功、航天飞机遨游太空，也包括某人做了件新衣裳、吃了一顿饭等等。而现在的新闻媒介不可能、也没有必要反映报道这样包罗万象的最新发生的事实。因此有人认为陆定一同志的新闻定义太宽了，根据现在新闻发展的实际，需要在陆定一同志新闻定义的基础上加以改进完善，使之更加科学，也更符合新闻工作的实际情况，我认为这种看法是有道理的。

但是有一点需要说明，我认为陆定一同志的新闻定义并没有错，之所以有意见分歧，主要是对新闻定义的表述有宽窄之分。陆定一同志是从广义出发的，而这些同志是从狭义出发的。作为定义，我认为广义的和狭义的都有必要，这在对字词的解释方面是允许的，当然从实际工作出发，狭义的定义可能对不断提高新闻工作的质量更有利。

如果说陆定一同志的新闻定义还有不妥的话，我认为根本问题不在其新闻定义概念的宽窄上,而在于他只承认新近发生的事实的报道是新闻,那么以前发生的、现在才被人们认识或者发现的事实的报道算不算新闻?比如恐龙在地球上消失,这早在中生代末期就发生了,现在人们根据科学考证,发现了造成恐龙灭绝的原因,如果加以报道,这算不算新闻?再比如人类不断地发现新的星体,这些星体或许早在几千年、几万年甚至更长的时间就已经在那里存在了,由于人类望远技术发展到今天才发现了这些星体,对这些新发现的星体进行报道这算不算新闻?由此我认为,如果只把新近发生的事实的报道算作新闻是不科学的,而那些早已经发生到现在才被认识的事实的报道也应该算新闻。所以新闻应该是事实的最新报道,不管是新近发生的事实还是以前发生的事实,只要是最新报道便是新闻。

如果只停留在新闻是事实的最新报道这一点上,还没有解决陆定一同志新闻定义太宽的问题,而且只走到这一步对新闻的实际工作意义显然并不大。

马克思主义的发展观认为,事物时时刻刻都在发生变化,不断的变化会产生无数新的事实。而新闻媒介有限的承载能力以及大多数受众的意愿也不可能接受这所有的事实而不加甄别,因此有的同志在这个定义的基础上加了限制词或限制短语,缩小了新闻定义的范围。最有代表性的是在"事实"之前加上"重大"两个字,这样就排除了不重大的那些事实,即排除了相当多的对极少数人来说或在某种特定环境中才是新闻的事实,而现在的新闻媒介所传播的新闻也的确经过了这样的选择,因此这个定义在新闻的选择上比较符合实际情况。

但是这个定义加上限制词"重大"以后,我认为还不能囊括所有的新闻,也就是不全面。重大的事实固然能构成新闻,而在我们生活中有些事实并不重大,但它却是新闻。比如,一株枯萎了多年的老树突然又发芽了，一只鸡生了一个异常大的蛋等等，就属于这一类。但凡一个定义确立了之后，便具有一定的权威性，这个权威性主要表现在它的含义具有非常严谨的包容性和确定性以及对现实解释的正确性，同时也具有排它性，换言之，就是规定的定义没有疏漏或者无可挑剔而令人信服。因此，给新闻下定义不能只从一个方面去考虑，要在全面地对现实进行观察和分析的基础上，才有可能做到准确而又具有权威，为此我觉得为新闻规定这样一个定义会更好些，即：新闻是不平常事实的最新报道。这个定义既吸收了陆定一同志新闻定义的精髓，又有了辨别新闻与非新闻的标准，它的优越性主要表现在如下方面：

（1）有了特定的限制范围。新闻发展到今天，已经高度社会化了，是不是新闻要放在社会的大背景下考察，而"不平常事实"这一短语作为对新闻的衡量标准，就起到了这个作用。"不平常"这一短语的涵盖范围与新闻的实际状况很吻合，它既包括了重大的事实，又包括了与常规不同的事实。就是说不管是重大事实还是一般事实，只要是新闻都可以用它来解释。因此，也可以这样说，凡是不平常的事实，一经报道就是新闻，否则便不是新闻。而掌握这个衡量标准的是广大的新闻工作者和受众，不是某个人或者某个团体。这样就把新闻的外延限定在了既符合它的内涵要求，又具有广泛的应用性的范围之内。

（2）进一步明确了新闻是事实的最新报道，而不只是事实本身。新闻是基于事实的，没有事实便没有新闻，但是不能反过来说，有了事实就有了新闻，关键在于对这个事实要有人报道、有人传播，成为新闻舆论的一个组成部分。

（3）分清了新闻与非新闻，强化了新闻命题。有人认为现在已经进入信息社会，且不管这种说法对与不对，但是现在确实到处都有信息。然而并非所有的信息都能构成新闻，也就是说，有新闻信息，有非新闻信息，要把二者绝然划分开来，也许并不是一件容易的事，因为许多时候它们是相互交叉的。但是新闻工作者必须区分二者，这是新闻工作本身所决定的，因此就需要有一个恰如其分的新闻定义作为区分的标准。而本文为新闻规定的定义就具有这个功能，报道发生的平常的事实可归为非新闻信息，报道发生的不平常的事实就是新闻，也可以称作新闻信息，因而使新闻的命题更加科学。

（4）突出了新闻本身的特点。新闻除了基于事实这一点外，最重要的是"新"，能够体现"新"的一是时间及时，二是内容新鲜，三是事实不平常，而第三点我认为尤其重要。在我国新闻界，讲新闻的"新"只讲前两点，而讳言第三点，怕有猎奇、寻奇之嫌，其实这是一种误解。新闻作为一种文体，之所以吸引人，关键在于事实不平常、奇特，否则便不成其为新闻。像那种"春天来了，树叶落了"就是极平常的四季更替，但这不是新闻。奇和不平常并不可怕，关键是不猎奇、不唯奇，这才是我国社会主义新闻工作不同于资本主义新闻工作之处。正确处理这个关系，才能既坚持社会主义新闻的正确方向，又符合新闻的客观规律。

确立了这样一个明确的定义，对现实的一些情况就比较容易甄别了。比如到一个企业采访，什么是新闻，什么不是新闻，到底有没有新闻可报，记者就掌握了主动权。如果这个企业没有超乎平常的生产成就和生产经验，即便发生了某些正常的变化，仍然不能构成新闻。只有当这个企业取得的成绩之大已经打破了常规，比如一个条件限定了每年只能盈利十万元的企业却获得了一百万元的利润，这才是新闻。当然，在企业生产条件完备的情况下，企业不但没有经济效益，反而亏损，也就是违背了普遍规律，超出了常人的意料，这也是新闻。人们一定还记得沈阳防爆器械厂宣告破产的消息，当时在全国引起了轰动，因为它很不平常，开创了国营企业也不能永远吃国家大锅饭的先例，这就是真正的新闻。当然，像"美国挑战者号航天飞机失事""苏联切尔诺贝利电站发生核泄漏""海湾战争爆发"等等，都是一些极不平常的事实，是很好的新闻。由此可见，为新闻确定一个准确、科学的含义是非常必要的，它可以使我们在实际工作中有一个科学的标准，严格按照新闻价值的大小择优汰劣，让我们的新闻更加吸引受众。

论重点报道的策划

重点报道是新闻立台的重要标志，做好重点报道当然包括多个方面，但策划我认为是最为重要的一条。有人说，重点报道的策划成功了，重点报道就成功了一半，我觉得这个说法还是有道理的。

重点报道的策划我认为至少包括三个部分：主题的确立、谋篇布局、表现方式。

一、主题确立至关重要

重点报道首先要确立主题，这是最基本的，如果连做什么都弄不清楚，一切就无从谈起。

确立主题至少要考虑几个因素：

一是社会背景。就新闻报道而言，一个时期有一个时期的报道重点，比如"两会"期间，对我们的社会制度、民主法制建设、民生等议题报道得就多一些。如果想在这个时期制作播出重点报道，主题选这方面的比较好，可以很好地配合"两会"报道。同样的道理，对于节庆的报道，也要充分考虑从哪个角度选题。

2009年是中华人民共和国成立60周年，中国的发展进步对世界产生着重要的影响，60年大庆是国人乃至世界关注的大事。华夏之声为了做好新中国成立60年的报道，决定制作一组反映新中国成立以后粤港澳合作共赢的系列报道，这组报道主题的确立就充分地考虑了60年大庆这个社会背景，确定为《腾飞粤港澳》。2010年，是鸦片战争爆发170周年，而中华民族的近代史既是受尽屈辱的历史，也是中华民族奋斗抗争的历史。华夏之声依然根据大的社会背景，让国人不忘历史，尤其是唤起港澳同胞的历史觉醒，制作了重点节目——大型广播特写《历史的回响》，这组节目以史为鉴，以史明志，内容翔实，音响丰富，很受听众的欢迎。

二是基础需求。我说的基础需求就是组织重点报道的特殊要求。中央台面向全国，策划重点报道就要从全国的角度考虑，做那些全国性的、重大的主题；地方台就要突出本地特色，做那些有区域特点、针对性更具体的主题。就中央台而言，不同的频率侧重点也不同。中国之声作为新闻频率，重点报道一定会围绕国内国际重大的新闻事件展开；经济之声的重点报道就会关注与经济相关的议题；华夏之声是对港澳广播的区域性频率，确立重点报道一定会考虑港澳因素。2009年的《腾飞粤港澳》，就是讲港澳的回归和发展，讲珠江三角洲的发展和进步，讲港澳与珠三角地区的合作，这些与我们传播的区域和对象是很吻合的。2010年，华夏之声策划组织《透视九+二》报道也是考虑了基础需求后确定的，通过报道港澳和内地九个省、区、市的合作成果，展示泛珠的联系和进步。

三是时间节点。策划重点报道也要考虑时间节点，2009年华夏之声采制系列报道《腾飞粤港澳》，就是为中华人民共和国成立60周年的献礼。2010年策划制作《历史的回响》也考虑了这一点，2010年是鸦片战争170周年，而中国的半封建、半殖民地社会就是从那时开始的，当然国人的强国梦也是从那时起贯穿始终的。这组节目就是从中国积贫积弱，割地赔款写起，一直写到香港、澳门回归，展现一个历史的进程，展示一个圆满的结果。

我在新闻中心的时候，每年春天策划一组农村的重点报道，也是考虑了时间这个因素。中国有句老话，"一年之计在于春"，这句话更适合农村。春种对农民来说尤其重要，这时策划组织有关农村的报道，既可以反映农民春种的繁忙景象，同时也是对农民种粮的一种精神激励。

二、谋篇布局恰如其分

确立了报道的主题之后，就要考虑谋篇布局。在知道做什么以后，就要考虑怎么做了。如果说确立主题需要全局观点，而谋篇布局就需要仔细推敲。

谋篇布局也有规律可循，它要求把主题具体化，制定报道的原则，划定一个范围，形成一个个具体的题目，这样才有可行性。

《历史的回响》很能说明这一点。这组节目从鸦片战争开始到港澳回归结束，时间跨度很长，发生的大事非常之多，制作这样一组广播节目，必须有所为有所不为。

经过召开多次策划会，并请历史学家研讨，思路越来越清晰。我们是做广播节目，不是写历史，不能搞成历史教科书，也不必像那样涉及每一个事件。

因为是做广播节目，传播范围广，必须坚持马克思主义唯物史观。

因为是做广播节目，所以要写历史故事，要有情节和细节。

因为是做广播节目，所以每一篇都要有古有今，要体现国人的强国梦正在变为现实。

因为是做广播节目，所以只写历史事实，对有争论的人和事不做评论和结论。

由此可见，报道原则的确定非常重要，它可以让参与报道的人员在具体采制时做到有章可循，而不是一人一个号，一人一个调。但这只是谋篇布局的第一步。

报道原则确定以后，还要划定报道的边界，这需要做海量的工作。从1840年开始，中国发生那么多事，如果全面写，一年写一集，就要170集。依华夏之声现有的人力，根本做不到，从对港澳广播的要求看，也没必要。

华夏之声是对港澳广播的频率，传播的内容当然要贴近港澳听众，贴近珠三角听众。从传播学的理论看，接近性越强的内容越能吸引听众，比如《北京晚报》一定是以说北京的事为主，《新民晚报》就一定以说上海的事为主。一般情况下，北京人更关注《北京晚报》，上海人更关注《新民晚报》，对港澳广播说与港澳有关的内容也一样会引起听众的关注。基于这样的考虑，根据中国近当代历史的特点，我们决定：一是整个节目从鸦片战争割地赔款开始写起，到香港、澳门回归祖国结束，交待清楚香港、澳门近代都发生了什么；二是以发生在香港、澳门和珠三角的历史大事为主，再加上与之有密切关联的南京部分，完全可以自成体系；三是选材宜粗不宜细，重要的人物与重大的事件并重。在每一篇的写作上要突出细节，舍得花笔墨。

理清了边界跟范围，具体的题目自然就容易确定了。《历史的回响》最后选定了20集，完全可以展现中国近当代的发展史，也能够实现我们拟定的百年强国梦、盛世中华情的大主题。

三、立体的表现方式

策划重点报道在确立了主题和完成了谋篇布局之后，用什么方式表现，当然也很重要。

不同题材的重点报道表现方式也是不同的。新闻事件报道因为要求时效性强，主题相对比较单一，多数会使用见闻式、目击式、典型音响加人物访谈等等手法。新闻类专题报道除了使用以上表现手法外，还可以加入历史音响。像《历史的回响》这样的广播节目，表现的方式就更多样一些，这次我们可以说调动了广播所有的表现手法：有现场采访的典型音响，有挖掘的历史音响，也有演绎的小广播剧等，我把这组节目的整体呈现方式还是归类为大特写。

不管什么题材的重点报道，在不影响表现主题的情况下，运用的广播形式越多样越精彩，也越好听。

就重点报道的表现方式而言，我认为总体上以深和广为原则。

所谓深就是开掘要深，要刨根问底，要把新闻的背景说清楚，把筋脉展示出来。在创作大型广播特写《历史的回响》时，我们既强调把历史写透，又结合现实，把中国人强国梦的奋斗轨迹清楚地展现在听众的面前。

写中国近代史，绕不开鸦片战争，过去更多的是写鸦片战争对中国的侵害，对中国的荼毒。谈到鸦片战争的成因，专家们则更多地从进出口贸易平衡的角度，从商业的利益来评价。受专家们的影响，撰稿者真的就把鸦片战争归结为贸易不平衡的结果。照此推论，洋人买我们的东西，我们却基本不进口洋人的东西，造成比较大的贸易逆差，洋人利用战争手段来解决这个问题，好像鸦片战争的爆发，洋人用武力轰开中国的大门反而有理了。

其实这是表面的假象，决不能说出现贸易不平衡就应该用战争的手段解决，唯此，世界根本没有秩序可言，那些世界强国还不动辄就以贸易为借口对其他国家开战，这是多么可怕的逻辑。

我们还是要从马克思那里找答案。资本主义追逐的是利益，当时刚刚兴起的资本主义正处于原始积累阶段，每一个铜板都沾着鲜血。资本的欲望是不惜用任何手段、任何代价都要进行扩张的，即使不出现贸易的不平衡，西方资本主义也会对东方古国的金银财富垂涎的，也一定会用洋枪洋炮敲开中国的大门。这才是最根本的。

做到深是要靠对全局的把握，对历史的了解，对事物精当的分析，像毛主席教导的那样，透过现象看本质，不然就会得出错误的结论，不正确还何谈深。

所谓广就是要开阔视野，不光要占有大量的资料和素材，善于找出它们的内在联系，还要善于找出它们与相关事物的联系，这样做出的节目才能知识含量高，内容扎实。

一是要有历史纵深，凡事说从头，就能引发人们的思考，系列报道《共赢之路》就是这样。既要讲中央政府对香港、澳门的全力支持，也要讲香港、澳门在内地改革开放之初所做的贡献。

二是要有发散的眼光，广泛涉猎，厚积薄发。《中华文化探源》就是这样的考虑。不仅看到我国五千年文明留下的成果，还要去挖掘这些文明成果产生的社会政治背景，告诉人们我们的祖先是多么的伟大。

重点报道就像重磅炸弹，做好了会起到意想不到的作用，会产生很好的传播效果，而这个作用和效果统统源于策划，所以必须要打有准备之仗。

管理与效益

凡是有人群的地方，都离不开管理，我们所说的组织和集体都要靠管理而得以正常运转。管理是一个大概念，它包括人事管理、行政管理、业务管理等等，而这几个方面的管理又相互联系，既相互依赖、又相互支持，缺一不可。因此管理对一个单位或者部门来说相当重要。

一、管理是一门科学，是一个系统，是一个过程

在计划经济时代，由于全国实行的基本上都是一样的模式，因而在管理上也差别不大。现在我国实行社会主义市场经济，多种所有制形式并存，多种经济成分并存，因此在管理上也要求多样化。两种不同的经济模式导致人们对管理的认识迥然不同，过去一向不大被人们重视的管理，如今成了热门话题，人们已经高高举起一面大旗，上书"向管理要效益"。

人们越来越认识到管理是一门科学，是一门艺术，是一个系统，是一个过程。人们再也不满足一个人的力量加上另一个人的力量等于两个人的力量，而是要让一个人的力量加上另一个人的力量大于两个人的力量，而在其中起作用的就是管理。管理是一种条理

化，是一种合理的分工和分配，是对人的能力的强大聚合。

管理的过程主要体现在调查情况、制订规章、推广执行和效果检查等方面。这个过程是一个实践——认识——再实践——再认识的过程，只有通过不断地实践，不断地提高认识，进而不断地完善制度和管理，才能产生良好的效果。

管理的核心是鼓励先进，鞭策落后，化消极因素为积极因素。当消极因素无法转化为积极因素的时候，就要像外科医生那样动手术，去掉病灶，保持健康的肌体。

管理的关键是通过管达到理，反过来又通过理以实现更好的管。管理是有机的整体，只有管好了理顺了，才能产生良好的效益。

管理的原则是实事求是。不同的部门情况不同，管理方式和方法也应该不一样，即便是情况类似的部门，管理也有差别。诸葛亮的《出师表》就曾经说过这样的意思：在经历了一个时期的乱后，就要实行严治，而当经历了一个时期的严政后，就应该适当地放宽尺度，否则就会出现大乱。

管理还要看对象的情况而定，在部队执行的是铁的纪律，讲究军人以服从为天职；在政府机关，实行的是民主集中制，既要强调首长负责，又要集思广益；在农村实行的是家庭联产责任制，国家利用市场调节农民的生产生活，相对来讲农民的自由度要大一些。

二、管理的几个方面

1. 建立健全制度。俗话讲没有规矩不成方圆。一个部门一个集体没有可以遵循的规则就会乱成一锅粥，既浪费人力物力，又浪费时间，还得不到好的效果。所以不管什么部门，在组建之初，先要立规矩，并且随着事业的发展，不断修改和完善制度。制订制度是一个调查研究的过程，不能凭空想象、不切实际、超越现实的乱订一气，也不能摸着石头过河式的心里没数。建立制度既要有继承性，又要有现实性。继承性就是连续性、一贯性，我们所做的任何事情都是前面事情的延续，因此在制订制度和措施时要充分考虑到这一点，把依然有用的制度继承下来，千万不能割裂历史。现实性就是开拓性、创造性，既要实事求是，又要有超前意识，着眼于未来的发展。

2. 坚持原则，敢于碰硬。管理最重要的不仅在于制订制度，同时更在于执行制度，再好的制度不去执行，也等于白纸一张。而执行制度首先遇到的就是敢不敢坚持原则，敢不敢碰硬。在我们的社会中和单位里，由于种种原因，造就了一些刺头和懒汉，这些人搅乱了正常的社会秩序和工作秩序，影响了职工积极性的发挥。这些问题成了管理中要解决的主要矛盾，如果这些问题解决了，其他问题也就迎刃而解，所以敢不敢碰硬成了执行制度的关键。然而刺头和懒汉的形成都是有一定的原因和背景的，解决他们的问题很可能牵涉到很多方面，甚至可能涉及到一些裙带关系，包括一些头面人物和领导，弄不好不仅会得罪人，还可能受到人身攻击和威胁。因此，在一些地方和部门，遇到这种棘手的难题就绕着走。比如某国家机关单位领导的办公室被一个醉汉砸了并在里面睡了一夜，此事一出立即引起了轰动，因为在一个堂堂的国家机关发生这样的事情是很不正常的，不管出于什么原因都是不能允许的。第二天一上班就召开了班子会议，这个有职有权的组织讨论一上午，结果是责成下级有关部门提出处理意见再上报讨论决定。而在另一个国家机关，当一名工作人员因进门问题与值勤的警卫无理取闹事件发生后，这个部门的班子立即开会做出决定，给予闹事者开除留用，以观后效的处分。两个单位两种不同的处理，自然产生了两种不同的效果，前者因其不敢坚持原则，怕得罪人而使得单位更加涣散；后者却由于大胆管理，秩序更加井井有条，应验了"公生明"的古训。

原则就像一条堤坝，总会有洪水冲击，面对涛涛洪水，如果不怕风险，坚决顶住，洪水就不会肆虐；如果畏首畏尾，不敢负责，只能贻害无穷。

3. 制度面前人人平等，不搞特殊

管理的对象是人，而且不是自然人，是特定范围内的单位人，哪怕一个单位、一个部门只有一个领导和一个群众，他也不是私人关系，也不能搞哥们儿义气，否则准出问题。

人多人少是根据工作性质决定的，一旦确立了工作关系，与此相关的人员就要遵守同一个规章制度，也就是我们常说的制度面前人人平等。人人平等包括这样两个方面：在利益方面人人平等，在责任方面也要人人平等。

在有的单位和部门，确实存在着不平等的现象，有的人总是想少负责任而多得利益，由于存在着种种不正之风，一些人的不合理要求屡屡得以实现。这种讲特殊的情况是非常有害的：社会公平被打破以后，很可能出现杀人越货现象；单位的公平被打破以后，就会产生攀比，就会出现消极怠工，自然也就谈不上效率，人们常说的"没钱不干，有钱也不干"的单位就要从这方面找一找原因了。

4. 加强思想工作

人是有感情的高级动物，不是机器人，所以在管理上既要坚持原则，又要辅之以细致的思想工作。生硬的管理只能完成规定动作，而充满了主观能动性的工作人员可以创造出出色的成果。所以在加强管理的过程中，要把思想工作贯穿始终。在管理措施出台之前，要经过充分的酝酿，广泛征求意见，让同意的人更了解实施的意图，让不理解的人能够想通，让反对的人也尽可能多地接受，这就是思想工作。

做思想工作不能靠压服，而是要靠说服，最佳的办法是让群众教育群众，让群众自己变成思想工作的主体，现身说法，更有说服力。

三、管理工作需要处理的几个关系

1. 管理与经验的关系

管理靠规章，规章的制定首先要根据实际情况，但有更重要的一条是不可忽视的，那就是经验。一般而言，规章是有继承性的，继承就是经验的延续。有的时候我们办事、解决问题，总会问一句"以前是怎么处理的"，这就是在吸取经验，大多数人对以往的经验是认可的。

但是，管理工作首先要根据实际情况来定，现实情况变化了，用于管理的规章也要随之变化，这就有一个如何处理管理与经验的关系问题。如果我们完全抛弃过去的经验，置过去的规章于不顾，也就是对人们已经形成的习惯全然不管，即使制定的规章再好，也会行不通。我们常常会遇到这样一种情况，一项规章出台后，由于太过超前，人们很难接受，结果只能流于形式。由此人们得出一条教训，如果制定的规章压根就执行不了，就坚决不要出台。但是，一味固守过去的经验，靠老套子、老办法解决新问题，肯定会南辕北辙，事倍功半，历史上这样的教训是很多的。从管理的效果看，凭经验、拍脑袋，不是闯下大祸，就是裹足不前，因为没有哪一条经验是可以包治百病的。只有把过去的经验和现实的情况结合起来，仔细地加以分析，才能找到新的解决问题的办法，而这个过程就是现代管理所需要的科学化论证，也只有这样才是现代化的管理，才是科学的管理。

2. 管理与人情

管理的对象是人，行使管理职能的也是人，人都是有感情的，不管是哪个单位，哪个人，即使是在铁的纪律面前，也有感情的成分。

但是，在管理方面，坚持原则和照顾人情的关系要分清。从管理的角度说，处事就是要坚持原则，该怎么办就怎么办，不应有丝毫的迁就。比如违反规定驾驶出了车祸，既伤了人又毁了车，该怎么办？从违反规定驾驶这一条看，既然已经违规了，人伤了也要处理，不处理就很难制止这种现象，就像交通法规规定的那样，因为违规驾驶，不管你自身的损失多重，责任也要你负，这就是现代管理。这看起来似乎不近人情，但现代管理就要用这种看似不近人情的方法，创造出一种秩序，让更多的人受益，应该说这是更高层次的人情，是理性化了的人情。

但是这种高层次、理性化的人情常常不为人们所理解，反而具体化了的人情更能引起人们的注意，似乎人受伤就能抵消一切过错。当然这决不意味着共产党人不讲具体的人情，其实共产党人是最讲人情的。车毁了，人伤了，肯定要先救人，同时也会在按原则处理的前提下，用适当的方式给予一定的补偿和慰问。这就是我们常说的打归打，放归放。

管理和人情应该是这样一种关系——不能因为人情而丧失原则，但也要在坚持原则的前提下多一点人情。

3. 管理与人才

管理的对象是人，从事管理的仍然是人。过去我们对管理不大重视，所以以言代管的情况比较多，这种以某个人的好恶为标准而进行管理的方法，肯定无法造就管理的人才，所以许多单位都深感管理人才的匮乏。

管理既然是一门学问，是一门科学，就要重视管理工作并注意在具体的实践中培养更多的管理人才，以适应管理工作的需要。从广义上讲，我们这个社会的所有人既在管理别人，也都在别人的管理之中，既是管理者，又是被管理者。所以每个人都要懂得管理。当然社会的分工必然需要一批专业的管理者，它要求的水平相对比较高，我们通常说的管理人才大体是指这类人，抓紧对这类人的培养和使用，就会不断让我们的工作正规化、制度化、秩序化。

4. 管理与效益

现代科学和现代人已经越来越深刻地认识到管理的作用，一些专门研究管理的学者也从定量分析的角度，提示了管理的效能，这无疑为管理工作登堂入室提供了有力的证据。

管理工作越是在社会化大生产状态下越能体现它的作用，当工作的性质属于单兵作战的方式时，管理就失去了意义。所以在当今生产力水平相对比较高，社会化大生产相对比较集中的时候，管理工作就显得更为重要。

然而在我国，由于传统的观念对管理工作重视不够，有的甚至片面认为管理就是领导的事，广义上的管理常常缺位。其实领导要管理，每一个环节也都需要管理，如果说我们都从管理的角度出发，就不会出现环节上的漏洞，没有环节上的漏洞，也就不会出现整体上的失误，效率低下、弄虚作假、贪污腐化等现象就不会发生，这就是效率，这就是效益。所以我们在当今社会要形成一种强烈的观念：想要效率和效益，先抓管理。

研究新情况 增强针对性

——浅谈回归之后的对港澳广播

1997年7月1日的香港回归、1999年12月20日的澳门回归，在中华民族的发展史上都具有划时代的意义，它标志着帝国主义的殖民统治在中国、乃至在整个亚洲的终结，也标志着中华民族向着中国的完全统一迈出了关键的一步。香港和澳门的回归虽然各有其不同的特点，但在大政方针和收回的方式上是一样的，都是坚持"一国两制，高度自治"的方针。

中央台的对港澳广播开始于港澳回归之前，经历了回归前后两个不同的时期，虽然之前之后的对港澳广播各有侧重，但基本方针没有太大的变化，都是在"一国两制"的前提下进行的。现在和过去最大的不同点在于，过去的香港和澳门是在港英当局、澳葡当局的统治之下，现在的香港和澳门回到了祖国的怀抱，香港人和澳门人自己主宰自己的命运。在香港和澳门回归的过程中，英国和葡萄牙出于殖民统治利益的驱使，或多或少要制造一些麻烦，事实上也的确如此。在当时的情况下，我们对港澳广播就要本着既斗争又合作的方针，在收回主权以及未来港澳管理模式方面，就是要按照我们的意见办，至于一些非原则性的问题，我们可以做些让步。这一方针就明确了对港澳广播的基调，所以那个时候的广播在坚持"一国两制"方针的前提下，对港英当局的不合作态度进行了猛烈的批评。

港澳回归以后，还会出现一些问题，但是这些问题是我们自己家的事，解决起来无论在内容上还是方式上，都与以前不同，现在要以香港、澳门基本法为标准处理问题。就目前的对港澳广播而言，还是要在坚持"一国两制"的基础上，从以下几个方面加大报道的力度。

1. 大力报道香港、澳门基本法。香港和澳门基本法是集中了许多人的智慧、根据香港和澳门的特殊情况而制定的。现在香港和澳门的一切事务都要依照基本法来管理。可以说香港、澳门基本法就是香港、澳门的根本大法，不光香港、澳门同胞要遵守，祖国内地的人员也要遵守。由于种种原因，很多人对香港、澳门基本法还不熟悉，所以遇到与香港、澳门地区有关的事务就想当然，有些港澳同胞对基本法认识也不够，因此，作为专门从事对港澳广播的部门，中央台的对港澳广播一直把基本法的报道放在重要位置，曾经策划播出了《基本法讲座》《基本法知识问答》等节目，今年为了继续报道基本法，港澳部将推出《基本法大家谈》。

2. 大力宣扬爱国主义，这在我们对港澳广播中是贯彻始终的。邓小平同志曾经说过："港人治港有个界限和标准，就是必须由爱国者为主体的港人来治理香港。"大家都知道，香港和澳门回归以后实行的依然是资本主义制度，其生活方式也不改变，这一点与祖国内地是不同的。那么除了外交和驻军这些具有国家象征意义的因素以外，还靠什么与祖国内地联系，答案就是爱国主义。具体表现为要尊重自己的民族，诚心诚意拥护祖国恢复行使对香港、澳门的主权，不损害香港、澳门的繁荣和稳定。当然，我们对爱国主义的传播不能只停留在几个枯燥的名词上，要深入挖掘，从小处入手，大处着眼，将爱国主义的内涵寓于事实的报道之中。

3. 有针对性地报道中央政府的方针政策。虽然香港和澳门已经回归，但其社会制度和生活方式都与内地不同，有些适用于内地的方针政策并不适用于香港和澳门。比如从去年开始的"三讲教育"就仅限于内地，不包括香港和澳门；再比如一些区域性改革，都是特定在某一个地区之内，不涉及香港和澳门。但是有些政策就不一样了，内地执行，香港和澳门也要参照执行，比如关于打击黑社会的政策、批判李登辉的两国论等等，对外交往方面的政策香港和澳门同样要遵守。根据这些特殊情况，在我们对港澳广播中，有关社会主义精神文明建设的报道、三讲教育的报道就比较少，精神文明典型的报道一般不用。

4. 加大经济方面的报道。香港和澳门回归之前，这方面的报道量并不多，主要限于大的经济形势的报道。回归之后，尽管社会制度不同，生活方式不同，但我们已经是一家人，虽然香港和澳门财政独立，中央不在香港和澳门征税，但内地与港澳的经济联系必然会越来越紧密，经济交流层面越来越广泛。亚洲地区发生金融风波之时，中央政府就给予香港特区政府有力的支持。香港回归之后，由于祖国政治稳定，香港到内地投资的企业越来越多，祖国内地在香港的投资企业也得到了一定的发展。因此在报道时要看到这些发展和联系，要投入一定的精力搞好对港澳的经济报道。但是对港澳的经济报道要与内地的经济报道有所区别，那些内地企业的经验大多数是不适用于港澳的，要把报道的重点放在内地和香港、澳门的联系上，要报道香港、澳门与内地的共兴共荣。

5. 加强对内地形势的报道，这一点是很重要的。香港和澳门虽然已经回归，但香港和澳门与祖国分开的时间太久了，就目前看，港澳和内地的联系增加了不少，但由于种种原因，不可能让香港和澳门同胞在几天之内就了解祖国内地，有些人恐怕在相当长的时间内不可能到内地来，所以让更多的人了解内地、认识内地要靠新闻媒体，中央台就可以发挥自己的优势和长处，通过电波将祖国内地的发展信息传递过去，让香港和澳门同胞更多地知道内地，这样也可以拉近距离，将香港和澳门同胞的心与祖国紧紧地连在一起。

6. 加强中华传统文化的报道。一个国家、一个民族的凝聚力源自于文化，一个国家、一个民族的传承和发展也源自于文化。一些学者在考察了古巴比伦的兴衰史以后断言，古巴比伦消亡的根本原因在于其文化的消亡。中华民族延续几千年，遭受了无数次的劫难，不但没有断代，反而将一些民族融合到了中华民族的大家庭之中，这就是中华文化的功德。所以中国人无论走到哪里，认祖归宗，落叶归根的民族意识非常强烈。在对港澳广播中，传统文化的内容最容易打动人心，也最容易被同胞所认同。

总之，对香港和澳门的广播，在回归之前和回归之后还是有些不同的，在报道的口径和分寸上要严格把握，还是坚持新闻工作的老原则，一要吃透党和中央政府的精神，二要吃透香港、澳门的具体情况，摸清港澳听众的心理，只有这样才能把对港澳广播搞好。

（撰写于2000年2月）

以创新求发展　做好对港澳广播工作

党的十八大以来，习近平总书记发表了一系列重要讲话，内容丰富，立意高远，提出了许多新思想、新观点、新论断。尤其是对宣传思想文化工作的讲话，对现实工作有很强的指导意义。他指出，当前宣传思想文化工作的外部环境、社会条件、工作对象等都发生了深刻变化，做好宣传思想工作，比以往任何时候都更加需要创新，必须因时而变、随事而制。他提出了创新宣传思想文化工作的总思路，强调创新要源于意识，要解放思想，转变观念，打开总开关；创新要发于精神，必须锐意进取，奋发有为，提振精气神；创新要基于本领，关键要善学善思，善思善为，找到金钥匙；创新要成于方法，一定要继往开来，勇于创新，打开新局面。

总书记的讲话既有大格局，又有具体的工作方法，为我们从事宣传文化工作指明了方向。就对港澳广播而言，落实总书记的讲话精神，必须在情况明，决心大的前提下，用创新的精神，应势而变，顺势有为。

一、创新来源于变革，变则通，变则强

应该说，对港澳广播一直是在变革中前行，香港、澳门的情况

168

变了，我们对港澳广播的思路和方法也要变，对港澳广播的内容也要变，这就需要不断创新，不断变革。为更好地发挥对港澳广播的优势，华夏之声、香港之声在多次改版的基础上，2013年6月1日，再次改版，新推出评论节目《香江观潮》《新闻论道》，文化节目《中华人物》，公益节目《公益华夏》《阳光心灵》，生活服务和音乐节目《数字新生活》《民歌风尚》等。这次的节目改版是香港之声开播后的又一次创新。其改版的主旨是："办精品特色节目，推知名播音主持"。全新改版的节目内容针对性更强，是"听新闻、品文化"节目宗旨的进一步体现，从而带动了对港澳广播节目市场占有率和听众收听率的提升。

尤其是《香江观潮》《新闻论道》节目的开播，开创了对港澳广播新闻评论节目的先河。这两档节目借助中央媒体的优势，权威解读中央的方针、政策，探讨港澳与内地合作发展中的热点话题，为促进港澳的繁荣稳定、加强港澳与内地的沟通交流搭建平台。节目通过主持人与嘉宾、嘉宾与嘉宾之间的深度探讨与观念碰撞，通过事件背景、缘由、影响的透彻解析，通过多维度的评论，还原事件原貌、实现深度解析。与此同时，节目利用微博、微信与听众和专家充分互动，实现了内容的二次传播、多次传播，港澳特区政府及专家、听众也是积极响应和参与。

二、创新源于实践，发于思，成于行

从2009年开始，中央台对港澳广播坚持以"业务带队伍，靠管理上水平"，创新始终在路上。在抓节目整体质量提高的同时，每年都制作几组重点节目，出人才，出精品。

2009年，制作播出《腾飞粤港澳》；2010年，制作播出《历史的回响》《透视九+二》；2011年，制作播出《文化名家访谈》《港澳人家》；2012年制作播出《共赢之路》《城市新跨越》《穿越世纪的生命线》；2013年，制作播出《融合》《CEPA十年，我们的十年》《回望先秦》等等。

重点节目的制作是一个思考、论证、再思考、再论证的艰苦过程，正像总书记要求的那样，善学善思，善思善为。从《腾飞粤港澳》到2013年的《融合》《回望先秦》，这些重点报道都是针对港澳听众的特殊情况，用港澳听众听得懂的语汇，讲港澳听众关心的话题。每一个节目都经过了选题的确定，选题的研讨，反复策划，才投入到采访制作当中，真正做到了认真的学习、缜密的思考在前，丰厚的采访实践于后。尤其是在采访制作《回望先秦》时，整个节目制作就是一个不断学习的过程，我们邀请北京大学、南开大学的教授为从事对港澳广播的全体员工授课，从而达到"制作一组节目，熟悉一段历史，实现多重收获"的目的。

坚持以业务带队伍，既锻炼了人，又出了成绩，每年都有多个节目获得重要奖项。《穿越世纪的生命线》获得中国新闻奖国际传播奖，《历史的回响》《共赢之路》获得中国广播影视大奖，《港澳人家》等作品获中国广播影视大奖提名。

三、创新源于开拓，抢先机，求发展

习总书记强调，宣传思想工作创新，重点要抓好理念创新、手段创新、基层工作创新，努力以思想认识新飞跃打开工作新局面，积极探索有利于破解工作难题的新举措、新办法，把创新的重心放在基层一线。中央人民广播电台对港澳广播就是遵循总书记的讲话精神，不仅积极创新内容和形式，同时也不失时机地扩大阵地，以求更大的发展。

香港、澳门回归祖国以来，基本上保持了繁荣稳定的大局，这

充分说明了"一国两制""港人治港""澳人治澳"、高度自治方针的正确与英明,但港澳社会的多样性和复杂性并没有随着政权的交接而完全消弭。在香港媒体生态异常复杂的情况下,特区政府借开办数码广播之际,拿出香港电台的一个频率,播出中央人民广播电台的节目——香港之声,这是中央媒体首次整频率进入香港,是走出去战略的重要成果。事实证明,香港之声的开办为特区政府的有效施政提供了有利的舆论支持。2014年两会期间,香港特区行政长官梁振英专门接受了香港之声记者的采访。

香港之声在香港电台数码广播第32台播出,全天24小时不间断播音,节目内容包括新闻、文化艺术、财经、生活服务等四个方面。香港之声坚持"听新闻,品文化",以国际化的视角,为香港听众提供权威的新闻信息,丰富的文化知识和周到的生活服务。负责发射香港之声的香港电台数码台台长认为:香港之声的节目一是制作专业,大部分节目的整体表现较香港优秀;二是在部分节目中加入粤语,有助于香港人了解节目内容,拉近香港与内地的距离;三是新闻节目报道大量国际新闻,有别于香港媒体偏重本地新闻,拓阔了香港人视野;四是法律节目邀请香港和内地律师担任嘉宾讲解法规,具实用价值;五是以十分钟教授普通话,适合香港人的生活节奏;六是星期六、日的歌曲选播节目,以普通话介绍粤语流行曲,内容充实,颇见心思;七是深宵播放的《午夜剧场》,水平高,具吸引力。

中央人民广播电台对港澳广播这几年的工作实践表明,她担当起了国家媒体的责任,不放过任何一个可以发展的机遇。《魅力中国》和《华夏掠影》也是中央人民广播电台对港澳广播与香港电台普通话台长期合作的两个节目,节目由中央台对港澳节目中心制作,在香港电台播出。另外,香港青年协会每天均在其电台同步播出华夏之声的《新闻空间》节目。《魅力中国》《华夏掠影》《新闻空间》在港澳媒体的播出，也扩大了中央台对港澳广播的影响力。

　　中央台对港澳广播在未来的工作中，一定时刻牢记总书记在全国宣传工作会议上讲话的精神，继续坚持改革创新的思维，守土有责、守土负责、守土尽责，不断增强节目的可听性和吸引力，为改善香港的舆论环境，为更好地服务港澳听众，尽自己最大的努力。

对台湾广播系统优化的思考

一、系统优化（命题）的提出

中央人民广播电台对台湾广播创办于1954年，当时，我对台湾方针、政策是"一定要解放台湾"，因此，对台湾广播的基本格局是在这个基础上确立的。1979年，全国人大常委会在《告台湾同胞书》中，明确提出"和平统一祖国"。1981年9月30日，叶剑英委员长对新华社记者发表谈话，进一步阐述了台湾回归祖国、实现和平统一的九条方针。1982年1月1日，邓小平在一次谈话中首次提出"一个国家，两种制度"的概念。按照中央对台湾政策的调整，中央台对台湾广播也不断地、适时地做了调整。到1982年，为了进一步加强对台湾宣传，在已有的基础上，又增加了一套对台湾广播节目，至此，中央人民广播电台对台湾广播拥有两套完整的节目，每天播音37小时50分钟。但这个调整主要体现在量的增加和个别节目的变动上，比如对台湾广播在1981年开办了第一个主持人节目《空中之友》，改变了过去较为生硬的播音方式，把听众放在平等的地位上进行交流。

随着广播改革的深入，系列频道和专业频道产生，尤其是中央特别强调对台湾宣传要注重实效，把台湾听众爱不爱听作为对台湾广播办的好不好的评判标准，引起了从事对台湾广播工作者的深入思考：最根本的是对台湾广播到底是一个什么样的广播，怎么样为对台湾广播做一个准确的定位。

那么，对台湾广播到底是一个什么样的广播？准确地为对台湾广播定位，在调整、改革对台湾广播节目时是非常重要的。首先，从它承担的任务看，对台湾广播是特殊的、特定的广播，它是为了完成祖国统一这个特定任务而开创的；其次，从覆盖范围看，对台湾广播主要是对台湾地区广播，因此它是对象性、区域性广播；第三，从它的传播手段看，对台湾广播无疑是大众传播，它符合大众传播所规定的含义，它肯定是一个传播过程，从事传播的人是非常专业的人员，利用广播这个载体广泛、迅速、连续不断地发出讯息，使人数众多、成分复杂的受众分享传播者要表达的含义，并试图以各种方式影响他们。因此可以为对台湾广播规定如下的含义：对台湾广播是承担着特定任务、向特定地区播出的大众传播。

如果这个定义成立，接下来就要解决特殊性和普遍性的问题。特殊性就是对台湾广播的个性，而普遍性就是对台湾广播作为大众传媒所应该遵循的基本规律，要想把二者有机地结合起来，就必须从整体上考虑，也就是从整个系统的优化着眼。

二、系统优化的普遍性依据

对台湾广播的普遍性研究应该立足于两条，一是对台湾听众所处环境的研究，二是对广播自身规律的研究。

1. 台湾听众所处环境的变化。这个变化对于对台湾广播的发展非常重要，因为对台湾广播是特定区域的传播，台湾是我们行政力量不能起作用的地区，基本没有与对台湾广播相配合的辅助传播，我们必须不断地改变自己以适应台湾听众所处环境的变化。

对台湾广播创办之后的很长一个时期，在台湾收听我对台湾广播，是国民党当局绝对不允许的，听众只能偷偷收听。因此对台湾广播自从开办之初，就面临着严峻的形势，只能围绕着如何让台湾同胞"听得到"这个命题做文章。从这一点出发，对台湾广播确立了"精办节目，大量重播，多点覆盖"的节目格局，其优点是听众不论在什么时候收听都能知道最重要的内容，这在台湾当局的高压政策之下不失为一种有效的传播手段。但当历史前进到了1987年，情况有了变化，台湾当局开放了台湾老兵回祖国大陆探亲，与此同时台湾当局不得不放松对收听中央台对台湾广播的诸多限制。1993年，台湾开放媒体，台湾岛内仅广播电台就一下子飙升到120多家，我对台湾广播也可以在岛内公开收听。台湾社会环境的变化，促使我们不得不进行全面的思考：当对台湾广播在台湾受到严格限制，不能公开收听的时候，我们肯定优先考虑如何让台湾听众"听得到"；而当台湾执政当局标榜所谓的民主、开禁的时候，也就是台湾从北到南都可以随意收听我对台湾广播，也应该从让台湾听众"听得到"转变为让台湾听众"听得进（听得好）"。这不仅是我们主观上的诉求，也是台湾媒体发展以后所形成的激烈竞争的客观需要。从"听得到"转变为"听得进（听得好）"，虽然只是一字之差，但它所包含的内在意义之重大是不可估量的，当我们再次审视对台湾广播的时候，一些问题自然就暴露出来了。

（1）对台湾广播拥有两套完整的节目资源，每天播音37小时50分钟，而我们每天新办的节目不足10小时。当然广播自身的规律要求有一定的重播量，但有的节目在对台湾广播两套节目中每天要重播五六次之多，就显得过于浪费资源，这在信息快速传播的时代已经明显落伍。

（2）对台湾广播的两套节目设置发端于立足"听得到"的年代，因此，两套节目是套播的，也就是说第五套播什么节目，第六套也播什么节目,两套节目没有明确的专业分工,缺乏鲜明的个性和特点。

(3)对台湾广播节目从整体上看是残缺的,综合性的节目偏多,窄播的对象性、专业性节目太少,针对性不强。

2. 广播改革的催化作用。既然我们承认对台湾广播是大众传播,那么它必然要受到大众传播规律的影响,具体讲就是要受到近些年广播改革的影响。改革开放以后,广播发生了根本的变化,广播改革的规律或者成果可以用三句话概括:"频道专业化,节目对象化,栏目个性化。"既然这是广播改革的普遍趋势,它肯定是符合听众要求的,这一点已经为实践所证实。作为大众传播的对台湾广播也概莫能外,因此,对台湾广播也要遵循这个规律,使整个系统得到优化。

优化系统就要把整个对台湾广播放在一个大背景下进行考察,就是进行系统思考,这跟过去那种传统的只考虑改变一个节目或者几个节目的思维方式完全不同,它讲究的是1+1>2的效果,讲究的是整体效益。

第一,它必须为每套节目做一个准确的专业化定位,也就是必须根据所承担的任务和拥有的听众群规定节目的方向,而这个方向确立的前提是必须要考虑到与其他电台或者频道的分工因素。就中央台对台湾广播而言,至少要放在两个大系统,即中央台系统和全国对台湾广播(包括台湾电台)系统中论证。

(1)对台湾广播首先是中央台这个大系统中的分系统,它的系统定位第一个要参照的就是中央台的其他几套节目。当然,中央台的对台湾广播由于所承担的任务不同,传播的内容和传播的对象不同,因此在中央台这个大系统中不存在与对其他地区广播冲突的问题。

(2)在大陆对台湾广播的其他七家电台之中,由于六家地区性电台和一家军队电台与中央台在任务分工方面不同，传播内容虽有交叉，也不至于发生大的冲突。

（3）就中央台对台湾广播的两套节目而言，竞争最激烈的对象是台湾的广播。目前台湾有注册的广播电台120多家，另外还有几十家地下电台（也叫非法电台），这些电台分布在小小的台湾岛，密度相当之大，台湾民众有非常多的选择。在这种竞争异常激烈的情况之下，中央台对台湾广播系统优化的重点在于发挥自己的优势，办出特色。

第二，在确定了对台湾广播每套节目的专业分工以后，每套在各自节目的设置上应该是排他的，也就是说除新闻以外，第五套节目和第六套节目再也不会出现交叉的情况。

第三，在确定了每套节目的专业分工以后，每套内的节目设置也有一个系统优化的问题，每一个节目不仅要受到大系统的制约，同时也要受到小系统的制约，小系统内的节目也必须是对象性的和个性化的，彻底实现窄播和分众化，突出现代传播的特点。

三、系统优化的特殊性依据

对台湾广播系统优化的特殊性研究也应该包含两个方面，一是政治因素对对台湾广播的影响，二是听众对对台湾广播的要求。

1. 政治因素的影响

政治因素包括三个方面，一是我国政府对对台湾广播的要求，二是台湾形势对我对台湾广播的影响，三是国际因素对我对台湾广播的影响。

我国政府对台湾方针、政策非常明确，把祖国统一作为我国新世纪的三大任务之一，解决台湾问题就是坚持"和平统一，一国两制",因此,中央对对台湾宣传的要求是加强针对性和有效性,争取台湾民心。

而台湾目前的形势是坚持"台独"党纲的民进党上台执政,他们极力推行其"台独"理念,搞"渐进式"台独"",虽然有些在野党可以对其进行牵制,但"台独"对社会的毒害很大,他们也在争夺台湾民众。

国际因素在台湾问题上也起着重要作用,尤其是美国和日本。美国以台湾问题作为牵制中国、获取最大利益的砝码,日本也时时表现出殖民者的心态,垂涎台湾。

这些因素对对台湾广播都在起作用,但却是截然相反的作用。台湾本土的广播、美国之音等西方广播企图利用他们的传播,削弱我对台湾广播的影响。而我国政府要求对台湾广播在对方强大的攻势面前,不断增强传播的针对性和有效性,最大限度地争取台湾民心。

2. 台湾听众的喜好和要求

多年以来,由于种种原因,我们对台湾听众的喜好和要求主要是通过听众来信、来电了解的,这种了解因有许多不确定因素,虽然可以为我们提供参考,但很不准确。最近,我们委托北京美兰德信息公司在台湾岛内做了一次抽样调查,得出的数据应该是可靠的。那么台湾听众到底有什么喜好和要求,还是让我们看看这次调查的情况。

这次调查的人群为台湾18岁以上的成年人士,设计样本为2500个,最终获得有效样本为2028份。调查结果显示,台湾有广播听众880万人,收听我对台湾广播的听众为23万。从听众规模上看,我对台湾广播排在台湾地区以外广播媒体的第二位,即排在美国之音(33.5万人)之后,英国BBC(14.5万人)之前。在包括台湾120多家注册的广播媒体的综合排名上,我对台湾广播列第12位。

在台湾收听我对台湾广播的男性听众为52.6%，女性听众为47.4%，听众以中老年人为主，不仅有亲民党人士、国民党人士，也有民进党人士，占9.3%。

听众对节目的评估可以用两个指标表示，一个是相对满意率，一个是绝对满意率。相对满意率为听过这个节目的听众，满意和比较满意该节目的人数之和，与听过该节目的人数之比；绝对满意率为听过这个节目的听众，满意和比较满意该节目的人数之和，与该广播电台全部听众人数之比。因此两种不同的计算产生的是两种不同的结果。

相对满意排在前几位的节目是：《九州艺苑》《闽南话广播》《新闻》《体育天地》《华夏原创金曲榜》等。

绝对满意排在前几位的节目是：《闽南话广播》《空中之友》《新闻广场》《新闻》《体育天地》等。

在这次调查中，听众所反映出的喜好和要求，为对台湾广播节目的系统优化提供了特殊性依据。

四、系统优化的设想

如果我们把前面的要点归纳一下，几个基本的概念就清楚了。首先对台湾广播被定义为承担着特殊任务、向特定地区传播的大众传播。要优化对台湾广播这个系统，需要把对台湾广播的普遍性和特殊性有机地结合起来。普遍性要求对台湾广播既要遵循大众传播的规律，又要正视听众所处环境的变化，立足点要从"听得到"转变为"听得进（听得好）"，也就是说已经可以从过去的"精办节目、大量重播、多点覆盖"向"频道专业化、节目对象化、栏目个性化"转变。特殊性要求对台湾广播必须应对台湾地区及国际广播媒体的竞争，充分考虑听众对娱乐（尤其是音乐）、新闻和信息的高度需求。由此,我们认为在对台湾广播的两套节目中,一套应该定位为以文化娱乐为主的频道,另外一套应该定位为以新闻为主的频道。

以新闻为主的频道主要包括:不断滚动播出的整点新闻,新闻性谈话节目、新闻性专题和服务类专题节目等。以文化娱乐为主的频道主要包括:优秀文化知识节目、音乐节目、戏曲节目、民间文化节目等。

设立这样定位的两套节目,除了前文讲到的原因之外,也充分考虑了其可行性问题。

设立以新闻为主的频道,其理由有三:(1)新闻传播是最能直接体现传播者意图的,选择什么不选择什么,从什么角度报道,其中的价值取向非常明显。对台湾广播的目的就是要通过我们的传播直接影响台湾民众,新闻传播无疑是最好的方式。(2)新闻传播是事实的传播,从听众的收听心理分析,任何人都不愿意接受强加于他的东西,但愿意接受客观的事实,而新闻传播恰恰具有这方面的优势。(3)就台湾媒体的新闻传播看,我们大有可为。目前台湾媒体无论是电视还是广播,已经有几家专门的新闻频道,但他们传播的内容由于受自身的限制,不仅面窄,而且过多地追踪无聊的八卦新闻,听众并不满意。如果我们乘机而入,相信会取得很好的传播效果。

设立以文化娱乐为主的频道不仅可行,而且必须。中国几千年的传统文化博大精深,浩若星际的文化知识可以做出许多精彩的节目,应该说可以利用的资源是非常多的。最重要的一点是对台湾进行祖国文化的传播是强化台湾人对祖国认同、遏制"台独"的有力武器。台湾与祖国大陆人为地隔绝了50多年,尤其是近些年,"台独"势力抬头,坚持"台独"党纲的民进党上台执政,可为什么台湾当局还不敢公然宣布"独立",这当然有祖国经济、军事强大的威慑作用,同时也不可否认中国文化的功劳。台湾当局正是看到了这一点,所以近几年大肆推行文化"台独",搞去中国化,割裂两岸文化的联系。在这种情况之下,对台湾广播必须做有针对性的工作,而传播中国文化就是其中的重点。

当然,广播的传播是一条线,要考虑节目播出的规律性和听众收听的便宜性,比如新闻节目每逢正点或半点开始,滚动播出,不仅可以提高新闻传播的速度,而且也容易培养听众的收听习惯。专题和文艺节目也要在本套节目中有适当的重播,以弥补广播瞬间即逝的不足。

其实为每套节目整体定位比实实在在完成一份节目运行表要容易得多,在什么时段办什么节目需要做大量的具体的推敲,然而谁都不敢说已经找到了良方。不过有一份对广播的调查和分析也许对制订节目表有参考价值,它从普遍规律方面找到了一天中每个时段广播电台与听众结合的特点。

移动性(周一至周五早晨)广播电台为上班族提供节目。在移动中不能长时间收听,节目以短小为特点。

安定性(清晨以后,安定下来)广播电台播放长段信息节目和音乐节目。

积极性(中午时段)广播电台播出公共电台网的著名时事节目或新音乐作品。

被动性(中午以后到下午6点以前)广播电台提供短小的节目内容。

主动性(下午6点至6:30)广播电台播出短小但信息量大的节目。

挑剔性(晚间)广播电台按照专业分工提供大型新闻时事节目及谈话类节目,音乐频道提供大型专题音乐节目。

上述分析只是一个粗线条的勾勒,真正的节目设置还需要更加详细的资料。从对台湾广播这个角度，我认为节目构成需要从以下三个方面着眼。

（1）在我们设置节目之前，要进行如下内容的调查，每个时段都拥有什么类型的听众，每个时段的听众大多想听什么节目。这个调查最好具体到每30分钟为一个单元，对每一个单元听众想听的节目进行排序，以此为依据，结合各套节目的定位规划每一个节目。

（2）要对与之有竞争关系的广播电台的节目进行分析。因为每个电台都可能依据调查的数据规划节目，去除电台定位这个因素，很可能担当相同或相近任务的电台在节目设置上有雷同的情况，像中央台的对台湾广播就要考虑与其他七家对台湾广播电台以及台湾的广播电台的区别。因此，在设置节目时案头必须拥有这些电台的节目运行表以便对照。

（3）当然在节目设置的总体考虑上还是要以我为主。任何一家媒体都会想更多地影响受众，而受众也往往或多或少地受媒体的影响，因而我们必须更多地了解受众的心理特征，比如受众的趋同心理、受众地理位置和心理距离以及地域文化接近的心理、受众习惯上的惰性和易得性心理、遵从心理和实用心理等。其实受众的心理特点也是受众的弱点，也是极易受媒体影响的方面，如果我们从这些方面主动出击，就会收到非常好的传播效果。

五、系统优化的目标和效果

我们对台湾广播的目的是不言自明的，总是希望通过对台湾广播争取更多的听众，争取台湾民心，为早日实现祖国统一做贡献。但是就大众传媒而言，体现在具体的目标上，应该包括三个方面：

1. 成为对台湾广播信息发布中心。对台湾广播系统优化的重点是新闻，整点或半点是每次10分钟的新闻快讯，每天推出新闻类谈话节目。除此之外，考虑到对台湾广播的特殊性要求，还应集中办好体育新闻节目和军事新闻节目。在对台湾广播的新闻频道这个系统中，较为理想的格局是：早上和晚上分别有两段大信息量的新闻板块，全天有均匀分布的信息快报。让听众树立这样一种观念：要想知道世界大事听中央台对台湾广播，要想知道两岸大事听中央台对台湾广播。

2. 让听众有更多的选择意向。一个优化的节目结构应该是很有吸引力的，它的吸引力不仅表现在整套节目构成的合理性上，而且它可以为听众提供更多更优质的选择，可以满足听众的不同需要，在这一点上与网站有相通之处，也许你不需要它的全部，但总有你需要的。改革以后的对台湾广播，应尽量减少综合性节目，加大专门和专业性节目，一个节目一个主题，实现窄播。这样听众的选择余地就大了，专门需求也可以得到满足，听众可以听得非常过瘾。

3. 形成固定的听众群。有一份材料讲，有线电视不重视收视率，而重视用户，稳定的用户能带来稳定的收入。对台湾广播系统优化的目的也不要奢望会增加大量的听众，但是优化的结构肯定能为每一个节目带来固定的听众群。也许特点鲜明的窄播节目不会像综合节目那样拥有众多的过路听众，但是综合节目的听众经常处于变动之中，因而节目的传播效果比较差。而窄播节目的听众会越来越环绕在这个节目周围，久久不会离去。

系统优化、结构调整对中央人民广播电台对台湾广播尤其重要，这是对台湾广播的性质、任务和作用所决定的。对台湾广播比之于中央人民广播电台其他几套节目更应该注意其传播的特殊性，因为这关系到实现祖国统一的重大课题。因此，对台湾广播必须是一个优化的系统,是一个结构合理的系统,是一个拥有更多信息的系统,是一个具有强大竞争力的系统。

参考书目:

《中央人民广播电台简史》第13章"对台湾广播",中央人民广播电台简史编写组编,中国广播电视出版社1987年版

《中国台湾问题》,中共中央台湾工作办公室、国务院台湾事务办公室编,九洲图书出版社1998年版

《网络时代的广播电台》,马庆平著

《浅谈改革开放中的系统理论》,苏俊著

《再论"节目改版"》,王文伟著,引自《老王论坛》

新时期加强对台湾广播的思考

香港、澳门回归祖国以后，解决台湾问题、实现祖国的完全统一已经成为全党、全国非常重要的议题。李登辉玩弄权术，导致国民党分裂，"台独"势力上台，两岸关系变得愈加复杂。虽然两岸仍保持了继续交流的一面，但变数增加了，对抗的可能性增大了，我认为两岸关系又面临一个艰难的关键时期。在此情况之下，中央人民广播电台对台湾广播要跟上中央的决策和部署，适应已经变化了的新形势，不断增强报道的针对性，发挥舆论主导作用，做好对台湾人民传播的工作。

一、台湾地方选举之后情况分析

2000年3月18日，台湾地区选举结束，民进党参选人以39.3%的得票率当选，其他几组参选人的得票情况分别为：36.84%、23.1%、0.63%和0.13%。

这次台湾地区选举可以引出两点思考：一是坚持"台独"路线的民进党参选人当选，但并不意味着台湾已经独立，甚至都不能说"台独"已在岛内具有绝对优势和影响，这一点可以从选举的结果得以证实，虽然其他几组不赞成"台独"的参选人没有在大选中获胜，但参选人得票之和远远超过民进党参选人，这充分说明大多数台湾同胞是不赞成"台湾独立"的。就是投票给民进党参选人的选民也不一定都赞成"台独"路线，恐怕是多种因素在起作用。而整个选举期间民进党参选人的表现，更印证了这一点。他们为了赢得大选，不论在什么场合，都没有公开把"台独"路线作为竞选的纲领，反而一改常态，把自己伪装起来，大讲"善意和解、积极合作、永久和平"。在当选之后又表明了"三不"方针，即不推进（李登辉提出的）"两国论"，不以公民投票形式决定统独，不改变（中华民国）国号。这绝不意味着曾经高喊""台独"万岁"的民进党参选人自愿放弃了"台独"路线，而是迫于祖国大陆以及台湾民众的压力和大选的需要不得已而为之。从这些情况看，坚持"台独"的依然是台湾社会的少数，而不是台湾社会的主流。二是台湾大选的结果也确实告诉我们，坚持"台独"路线的民进党已经上台执政，而且赢得了39.3%的选民支持，这说明经过李登辉十几年的纵容支持以及一些台湾媒体的误导，台湾社会各种政治力量的对比已经发生了变化，赞成"台独"思想和意识的人有所增加。再从其他几组参选人的情况分析，除了李敖和冯沪祥公开提出赞成"一国两制"之外，其他三组都没有回应祖国大陆提出的"一国两制、和平统一"的基本方针，而是坚持"不独、不统、不对立"，"在国际见证下，签订30年互不侵犯和平协议"等等。民间情况也和政界相差无多，去年李登辉抛出"两国论"以后，台湾《联合报》做了一个调查，虽然有96%的被访人不支持将"中华民国"改为"台湾共和国"，但却有73%～75%的被访人希望"维持现状"，而且相当大的一部分人把李登辉的"两国论"就等同于"维持现状"。由此可见，目前的台湾社会主张"台独"的是少数，明确赞成统一的也是少数，而大多数民众愿意维持现状。可怕的是坚持"台独"路线的人已经掌握了主政权，在他们立足未稳之际，还要时不时地跳出来，到处散布"台独"言论，如果一旦站稳了脚跟，对主张维持现状这部分人的影响会有多大？如果我们不做工作或者做不好工作，随着时间的推移，台湾民众、尤其是台湾青年人很可能倒向"台独"一边。这给我们从事对台湾广播的同仁提出了严肃的课题，我们必须根据台湾已经变化了的情况，深入研究传播对象，找好对台湾广播的定位，有针对性地开展工作。

二、新时期对台湾广播的定位

对台湾广播是定向性广播，定向性广播就要根据传播对象的情况，有一个明确的定位，也就是要对传播对象、传播重点和传播范围做到心中有数。

1. 传播对象定位。对台湾广播的传播对象是非常明确的，那就是台湾民众（当然也包括台湾当局）。但是从传播角度来讲，台湾民众是一个大概念，他们受各种不同因素的影响，会有各自不同的想法，这几年台湾各种势力的变化和这次大选的情况都说明了这一点，因此我们要想搞好对台湾广播，必须摸清传播对象的基本情况。从籍贯上讲，台湾民众可以分为本省籍人和外省籍人，本省籍人是指1949年以前就生活在台湾的人，而外省籍人是指1949年以后从祖国大陆去台的人员及他们的后代。从政治倾向上分析，台湾民众可以分为赞成祖国统一的、赞成"台独"的和赞成维持现状的三部分。根据这次大选显示的资料和以前的调查，赞成祖国统一的和赞成"台独"的都是少数，而比例最大的是赞成维持现状的，而赞成维持现状的这部分人中多数是本省籍人员。他们之所以持这种态度，主要有两点，一是对祖国大陆的情况很少了解，二是被台湾媒体的歪曲宣传所误导。这部分民众人数最多，变数最大，如果我们的工作做得好，就可能倒向赞成统一的一边，否则就会被

"台独"分子所引诱。为此我们在传播对象的定位上应该明确这样的原则：把赞成维持现状的这部分人作为我们传播的主要对象，同时兼顾其他两部分人，以达到团结和分化的目的。

2. 传播重点的定位。对台湾广播历来是按照我们党和政府的对台方针政策而展开的，我们党和政府的对台政策经历了两个时期。一是坚持"一定要解放台湾"时期，二是坚持"和平统一、一国两制"时期，不管是哪个时期都还有一些具体的变化，比如坚持"和平统一、一国两制"，但不承诺放弃使用武力，这些都会随着两岸形势的变化而变化。当前对台湾广播的重点应该包括两个方面，一是加大反"台独"、反分裂的力度，二是加大做台湾人民工作、争取台湾民心的力度，这两个方面是相辅相成的，只有大力反对"台独"，彻底揭露他们分裂祖国的丑恶嘴脸，才能更好地做台湾民众的工作。当然在反对"台独"和做台湾民众工作方面要讲求方式方法，要注意传播艺术，要以理服人。

3. 传播范围的定位。1999年中央人民广播电台《空中之友》节目在台湾听众中做了一次听众问卷调查，在"最爱听什么节目内容"一栏中，排在前几位的是：两岸关系、对台问题评论、国际新闻、风光名胜、医疗保健、地方新闻、回答听众来信等，而两岸关系和对台问题评论的中选率远远高出其他几项，地方新闻的排序也很靠前，这说明台湾听众对两岸关系的动态、大陆的对台政策、祖国大陆的情况都很关心，回答经济建设、科技信息、历史回顾和文化动态的也占有一定的比例。这次调查为我们科学地定位对台传播的范围提供了依据。

对台湾广播既有别于对内传播，也有别于对外传播，在形式上它更接近于对外传播，而在内容上却有着明确的传播范畴。从以上调查看，台湾民众同我们的心态一样，收听外台的主要目的在于了解对方的情况，所以对台湾广播的重点是报道祖国大陆的信息和阐明中央政府的立场和态度，具体方面应包括：

（1）对我党和政府的大政方针，尤其是涉台方针政策的传播。对台湾广播传播党和政府的涉台方针、政策是毫无疑问的，因为它关乎两岸关系的发展和变化。而党和政府其他方面的方针政策多数也是台湾民众关心的，如关于经济建设的方针、关于民主和法制建设的方针、关于对外开放的方针等。这些方针政策的发布实行，直接关系到中国政治、经济和社会的发展，而祖国大陆的发展会影响到两岸格局和力量对比的变化，肯定是台湾民众所关心的。就是诸如党风廉政建设，"三讲"教育这些较为特殊的内容，在台湾也有一定的关注度。

（2）对台湾地区及国际上发生的重大事件的评论。作为台湾当局和台湾民众，当然关心发生在台湾地区及国际上的重大事件，这是了解信息的需要，但他们更重要的是想听到祖国大陆的评论和反应，想知道祖国大陆是怎么看的。如李登辉抛出"两国论"和台湾发生地震以后，那段时间台湾地区的听众就增加，他们迫切想从中了解中央政府的态度。

（3）从祖国大陆的角度播发发生在台湾地区和国际上的重要新闻。从我们的角度播发国际重要新闻覆盖台湾很容易让人理解，比如以美国为首的北约对南联盟的侵略，西方媒体和台湾媒体带有某种偏见传播新闻，台湾民众不可能从这些媒体中得到真实的情况，就需要大陆的媒体说明事实真相。而发生在台湾地区的重要新闻为什么还要向台湾广播？这也是为了说明事件的真相。台湾大选，国民党惨败，民众彻底看清了李登辉的丑恶行径，举行大规模的示威，要求李登辉下台，而被国民党控制的媒体在报道时很难客观公正，这个时候就需要祖国大陆的媒体以正视听。在这个方面应澄清一个基本的观点，对台湾广播决不等于广播台湾新闻。

（4）报道祖国大陆的发展变化和取得的成就。这些年两岸的交流不断增加，但在台湾当局的控制之下，能来祖国大陆的人数毕竟有限，很大一部分民众受台湾当局和媒体的欺骗宣传，对祖国大陆的认识还很不够，有些甚至是反面的。这就需要对台湾广播客观的、充分的、连续的进行报道，把祖国大陆的发展变化形象地告诉给台湾听众，只有更多地了解祖国大陆的真实情况，听众才能有一个正确的判断，才能够增进与祖国大陆的感情。

（5）报道海峡两岸经贸和文化等方面的交流与合作。这些年来台胞到祖国大陆经商办企业的多了，文化交流也有所增加，再加上旅游观光的，两岸的交流尽管受到了台湾当局的限制，仍然呈一种不断加强的趋势。报道好这些交流活动，有利于拉近两岸人民的感情，也可以通过这方面的报道，把祖国大陆对台湾同胞的深情传递过去。

（6）报道香港、澳门回归祖国以后的繁荣稳定，报道"一国两制"在香港、澳门的成功实践，让台湾人民从中理解"一国两制"在实现祖国统一方面的可行性和现实性。

（7）报道祖国的传统文化。人们最容易从文化方面找到认同，而祖国大陆和台湾的文化一脉相承，如果说台湾在与祖国大陆分治了50年之后仍然没有太大的距离感，就是文化的功劳。李登辉充分认识到了这一点，搞了个《认识台湾》的教科书，妄图从文化上把祖国大陆与台湾隔开。而我们却要下大力气报道祖国传统的优秀文化，讲明台湾文化就是中国文化不可分割的一部分。

（8）加强对台服务方面的内容。对台服务的内容随着时间的变化而变化，两岸交流初始，多是寻亲找友的，以后有寻医问药的。现在两岸交流增多，涉及的面扩大，服务领域要大大扩展，如法律咨询、知识讲座、旅游指南等等。

三、对台湾广播的报道方法

增强对台湾广播的针对性,除了吃透台湾情况、选准报道对象和内容之外,还有一个怎么报道的问题,采取什么方法和手段,也就是我们经常说的报道的艺术性。对台湾广播的目的非常明确,就是要通过我们的报道为抑制"台独"、争取台湾民心、实现祖国统一服务。但是达到这个目的要有主观努力,我们采取什么样的报道方法和手段也是至关重要的。它关系到是不是有人听,听得进去听不进去,也就是我们常讲的"能够入岛,但能不能入耳,能够入耳,但能不能入心"。因此,在确立了报道方针和内容以后,用什么样的形式表现就成了关键问题。总结对台湾广播多年的实践,结合现在的情况,我认为应采取这样三条措施:

1. 先入为主。这一点主要体现在新闻节目中,新闻报道必须争取时效,时效是新闻的生命,越来越多的人已经认识到,新闻正在从"新近发生的事实的报道"变为"正在发生的事实的报道",在信息接受这一点上,先入为主是永远存在的。而对台湾广播面临的情况非常严峻,且不说已经覆盖了台湾的境外媒体很多,光是台湾正式注册的广播电台就有152家(截止到1998年),再加上电视台和报纸,受众可以了解信息的渠道非常多。现在又多了一个第四媒体——互联网,几分钟更换一次的滚动新闻,信息传播非常迅速。在这样的情势之下,对台湾广播的新闻节目必须把时效放在最重要的位置,千方百计地争取第一时间播出,特别是发生在祖国大陆的新闻尤其要做到这一点。从目前看,在争取时效上我们应从几个方面努力:一是要有新闻敏感,树立抢新闻的意识,不仅要体现在采访上,也要体现在编辑和播出的各个环节,要时刻保持直播的姿态,节目布局也要符合直播的要求;二是扩大稿件来源,现在我们供稿渠道太少,可用的稿件也不多,这直接影响到我们对信息的了解；三是打破那些人为的条条框框，争取主动。

2. 现身说法。一方面让台胞现身说法，现在已经有了这样的条件，从台湾当局开放台胞到祖国大陆探亲访友以来，已经有360多万人次来过祖国大陆，还有一些台胞长期在祖国大陆做生意或者居住。这些台胞都可以成为我们节目的嘉宾，要让他们谈对祖国大陆的观感，让他们谈自己的亲身经历，谈他们对祖国统一的理解。这样做可以收到事半功倍的效果，我们说一千句也抵不上他们说一百句，因为台胞最相信的莫过于他们自己。

另一方面用香港和澳门回归以后的成功事例现身说法。香港和澳门在解决台湾问题上可以起到独特的作用，一是香港和澳门与台湾的联系比较多，容易沟通；二是香港和澳门的回归可以对台湾起到示范作用，实际上台胞很难从台湾的媒体中了解香港和澳门回归以后的真实情况，主要原因是台湾当局故意封杀这方面的消息。其实台湾民众非常想了解香港和澳门回归以后的情况，也想了解台湾与祖国大陆统一以后与香港和澳门有什么不同，这也是我们解释"一国两制、和平统一"方针的最好办法。现在国际上（包括反对我们的人）都承认我们在香港和澳门回归祖国以后履行了我们的诺言，保持了香港和澳门的繁荣稳定，我们应该大张旗鼓的报道，也可以让国际友人站出来说话，以此来影响台湾民众，这比我们空洞地报道"一国两制、和平统一"效果要好得多。

3. 刚柔相济。柔是对台湾人民的，要以我们的诚心和同胞之情，最大限度地争取台湾民心；刚就是要对台湾当局始终保持一定的压力。

台湾问题是中国的内政，是要靠海峡两岸的中国人来解决，但是在解决的过程中，会出现意想不到的困难和问题，事实上目前的台湾问题已经相当复杂了。面对目前"台独"势力已经上台的复杂局面，决不要抱太多的幻想，对"台独"势力的分裂言行，要理直气壮地予以批驳，要从政治的角度、民族的角度、国际法的角度对他们的所作所为进行解剖，让包括台湾人民在内的全中国人民认清"台独"分子分裂祖国的真实面目和险恶用心。同时要在军事传播方面加大力度，适当报道祖国大陆的军队建设成就，报道祖国大陆解决台湾问题的能力，报道我军的现代化建设等等，要给台湾当局一种军事威慑的压力。还要对祖国大陆增强综合国力做充分的报道，任何争端的解决说到底都要靠经济实力，有多强的经济实力，有多强军事能力，就有多大的发言权。在台湾问题上，不论是武力解决还是和平解决，都需要强大的经济和军事，应该说，我们的经济和军事实力越强大，和平解决台湾问题的可能性越大，解决台湾问题的时间也就越早。

四、需要处理的几个关系

1. 立竿见影与潜移默化的关系。多少年来，我们对对内传播的要求比较高，强调声势大，见效快，而对对台湾广播也这样要求肯定不行，事实上对内传播的效果也没有那么灵。对台湾广播开播46年，在台湾拥有一大批固定听众，从前不久的调查看，听众当中的本省籍人士还在增加，应该说这在整个媒体当中效果已经很不错了。但是对台湾广播不管目的性有多强，它也是大众传播，也要遵循传播的规律，也要受传播规律的影响和制约。试图通过几个重点报道或短时期的传播就想收到显著成效无疑是天方夜谭，也是违背传播规律的。尤其是对台湾广播面对的传播对象又是我们行政管辖不到的，不能同时既有行政命令的强制约束，又有信息传播的引导。对台湾广播对听众的作用是缓慢的，渗透性的，是靠不断的细无声的毛毛雨一点一点的浸润。因此我们的对台湾广播就要下长期的功夫，要有长远的战略眼光，具体讲就是对台传播要有规划，要有明确的思路和目标，并通过一个个不同时期的具体报道来实现。从目前看，在争取台湾民心方面有不利的一面，我们面对的是一大批台湾和国际媒体的竞争，尤其是由台湾当局直接操控的媒体，对台湾民众的蛊惑作用是很大的。但是我们也有有利的一面，一是我们的传播是实事求是的，而且祖国政府的立场得到了世界上大多数国家的认可；二是我们的方针和立场是一贯的，尤其是在成功解决了香港和澳门问题之后，实践已经证明"一国两制、和平统一"方针是正确的并且可行。因此对台湾广播要在具体的报道中始终坚持这条主线，一切为这条主线服务，决不能间断，这样才能不断强化台湾听众对祖国政府政策的理解，起到潜移默化的传播效果。

2. 主动与被动的关系。对台湾广播要想发挥重要的作用，必须采取主动的态度，始终坚持以我为主，不能被台湾当局牵着鼻子走，不管他采取什么花招，都不能让他干扰我们宣传的主线。我们要在坚持宣传"一国两制、和平统一"这条主线不变的情况下，对台湾当局制造的麻烦进行有理有据的批判，批判也是为着宣传主线服务的，决不能为了一个局部，放弃了主阵地，造成被动。要想始终坚持主动，就不能有太多的临时行为，今天一套，明天一套。坚持主动要取一种进攻的姿态，由我们来主导，这当然是在有针对性之下的主导，在摸清情况下的主导，在我们对情况进行了透彻分析之后的主导，也就是更有针对性的主导。如果对台传播以守势为多，哪出问题堵哪，肯定要被动，也很难形成以我为主的局面，所谓后发制人只能是不得已而偶然为之。

3. 台湾上层和民众的关系。处理好台湾上层和民众的关系是搞好对台湾广播的关键。我们必须按照中央确定的对台工作的重点，把寄希望于台湾人民、做好台湾人民的工作放在重要的位置，坚决扭转在实际工作中重视做台湾上层的工作而忽视做台湾普通百姓工作的偏向。尤其是在目前"台独"势力已经执政的情况下，他们为其"台独"路线服务，多次打出所谓的民意牌，声言统一与否要由人民决定。不管台湾当局是真也罢假也罢，但是在祖国统一的重大问题上，台湾人民的意愿是一个很重的砝码。因此，台湾当局同样在和我们争夺群众，由此可见，做好台湾人民的工作有多么重要。

做好台湾人民的工作，本身就是对"台独"分子的打击，如果我们把大多数的台湾人民争取过来了，不仅孤立了"台独"分子，同时也是对"台独"分子的一种压力，也可以促使"台独"分子转变。

在做好台湾人民工作的同时，我们当然也不会放弃做台湾上层的工作，但是我们工作的侧重点还是台湾人民。

4. 台湾和国际的关系。台湾很小，但国际背景却非常复杂，在对台湾广播中一定要考虑这一因素。台湾与祖国大陆的隔绝是内战造成的，解决台湾问题纯属中国的内政，但是国际上一贯对中国搞西化、分化的敌对势力，从来都没有放弃对台湾的控制，并以此为砝码牵制中国，一些"台独"分子也利用国际反华势力的支持，公开挑衅一个中国的原则。因此对台湾广播在反对分裂、争取民心的同时，也要对国际反华势力插手台湾进行坚决的反击。这也是配合争取民心的工作，不仅让祖国大陆人民了解国际反华势力的阴谋，更重要的是让台湾人民了解这些国家并非真心实意地对他们进行帮助，而是把他们一步步推向危险的边缘，一旦两岸发生激烈冲突，这些国家只会保护自己的利益，受伤害的依然是中华民族，这在历史上有过深刻的教训。现在，台湾有的领导人公然提出要国际上的某个大国介入台湾事务，企图把台湾问题国际化。他们的用意很明显，就是要把台湾问题搞复杂，为实行"台独"路线搭桥铺路。我们要反其道而行之，在充分阐明台湾问题是我国内政的同时,也用有利于我们的国际舆论制约国际上的反华势力,制约"台独"分子。

　　总之,对台湾广播的方针、任务和目的是非常明确的,这是我们搞好对台湾广播极为重要的基础和前提,但是对台湾广播涉及的面和面对的情况又是极其复杂的,对此必须加强对传播对象的研究,加强对新情况的研究,不断调整报道的形式和内容,才能更有针对性,也唯有如此,对台湾广播才能不断取得新的成果。

(撰写于2000年6月)

对台湾广播评论三原则

对台湾广播评论因其传播地域、传播对象、传播理念的不同，与对内广播评论相比，有着自身的特点。

对台湾广播是定向性广播，是专门对台湾地区广播的，台湾地区就那么大，围绕的问题比较集中，核心就是实现祖国统一，反对分裂和"台独"，所以对台湾广播定位非常明确。

对台湾广播既然地域性很强，由此也就确定了它的传播对象就是台湾民众。而台湾民众是不同于祖国大陆民众的：一是他们与祖国大陆被人为地隔绝了50多年，对祖国大陆的情况了解不多；二是他们受台湾当局的统治，虽然台湾是中国的领土，但祖国政府的行政命令不能在台湾执行。

因此，对台湾广播在传播理念上与对内广播是不完全一样的。对内传播的效果经常可以借助行政的力量，对台湾广播则不同，不管你是否愿意，传播和收听完全处于一种自由状态，传播与否是你的自由，而收听与否则是我的自由，不但没有行政命令的辅助，而且台湾当局的行政意愿常常是与我们传播的目的相违背的，不但不起好的作用，还会对我们的传播效果起破坏作用。

在这样特殊的情况之下，对台湾广播评论要想取得好的效果，必须在充分研究台情的基础上，严格遵循大众传播的基本规律，坚持以下三条原则：

一、观点鲜明，切忌模棱两可。观点要鲜明是指对一件事情有明确的态度，是赞成还是反对不能模糊不清，这一点与对内评论是有区别的。对内评论虽然大部分也讲求观点鲜明，但也经常出现这样的情况，随着社会需求的多元化，新出现的一些社会现象也呈现多个侧面，其是非曲直不好一概而论或一时而论，遇到这种情况，媒体往往是客观地把人们不同的观点都报道出来，不做定论。但是对台湾广播评论不能这样。我们常说对台工作无小事，对台湾广播都是在围绕着大事来做，它实际上牵涉的是统一还是分裂的大是大非问题，在这个根本问题上来不得半点犹豫和含糊，必须观点鲜明。

观点要鲜明和讲究传播艺术并不矛盾，但是有人经常把二者对立起来，一说观点要鲜明，似乎就不讲传播艺术了。在有些人眼里，观点鲜明成了"专横"和"客里空"的代名词，由此提出要善于把自己的观点隐藏起来，这肯定不适合于对台湾广播评论。如果人家听了半天，都不知道你说的是什么意思，持什么观点，还听你的干什么？

对台湾广播是特定意义上的对象性广播，就目前而言，对台湾广播与对内广播相比，具有更强的目的性，就是要让更多的台湾听众接受我们的观点，分化"台独"势力。如果我们把观点隐藏起来，让人家找不着，我们的目的怎么能达到？

事实上这些年对台湾广播评论正是因为鲜明地阐述了我们的观点和立场，从而发挥了巨大的作用，比如《"七块论"实质就是分裂论》《政治花招无益于两岸关系》等评论，都是开宗明义，彻底揭露了李登辉和台湾当局分裂祖国、破坏统一的丑恶行径，让越来越多的台湾同胞认清了"台独"的本质，明白祖国统一是历史发展的必然。

二、以事带理，有理有据。对台湾广播评论肯定也要说理，但决不能从说理到说理，要从台湾听众熟悉的事实或事件说起，从入事到入情，再从入情到入理，这样才会起到好的作用。因此，我认为对台湾广播评论最好的形式是述评和综述。

台湾社会呈多元化状态，有着不同的族群、不同的观念，上来就讲大道理，很难让人认同。如果由事及理，开口就讲事实，说理有根有据，循循善诱，效果就不一样。前不久，中央人民广播电台有一个参访团赴台，回来之后，分别做了几期节目，其中包括一位资深编辑的访台见闻，他使用自己的语言，边叙事边点评，现身说法。台湾听众说，这样的广播又实在，又客观，不容人不信。

对台湾广播是对象性广播，就其选题而言，相对还是比较集中的，这为搞好对台湾广播评论提供了条件，因为传播的范围越大，评论内容越难具体，越容易流于空泛。对台湾广播评论往往针对的是某一具体问题，而且可以佐证的事例又比较多，因此可以做到言之有物，以理服人。

言之有物，以理服人还可以避免大批判式的评论。在海峡两岸关系方面，台湾当局经常会散布一些恶毒的谬论，激起全国人民的义愤。比如李登辉抛出的"两国论"、台湾民进党有关"台独"的决议文等，对这些谬论的批驳，广播电台的评论要与民众的言论有所区别。民众的言论代表的是一些个体的观点，因而可以言辞激烈一些，说一点过头话也不要紧。而广播电台的评论就要体现一定的水平，它代表的是祖国政府的声音和立场，要恰到好处，既不能表达不到位，也不能说过头话，而且要有理有据，令人信服。

我们既强调评论观点鲜明的一面，但也坚决反对不讲传播艺术的做法。在对台湾广播评论写作中，应该注意克服"生硬"和"客里空"的毛病。常言道有理不在声高，调子高，嗓门大只能走向事物的反面，更何况我们面对的是对祖国大陆了解并不多的台湾同胞，细致的说理往往还不一定起到应有的作用，如果把说理变成了说教，效果就更差了。

三、语言平实，亲切自然。对台湾广播评论的语言是很需要讲究的，有了好的内容，如果不精心组织语言，也不会收到好的效果。

对台湾广播评论对语言有三个方面的要求：（1）语言要简洁明快，尽量不使用否定句式，让人一听就明白。从语言学的角度分析，人们对否定句的理解需要有一个过程，广播瞬息万变，听众哪有时间去仔细辨别，如果是否定之否定，听众很可能把意思弄反了，而对台湾广播涉及的都是重大问题，是非分明，如果让听众把是听成了非，把非听成了是，岂不糟糕？（2）尽量不使用强调和要求的语言。对台湾广播评论虽然具有引导的功能，但这个引导是由理来牵着走，不是用硬邦邦的说教引导。在对内评论中，我们经常可以看到"我们要、我们一定、我们必须"之类的词语，但是在对台湾广播评论中，这样的表述就不可取了。台湾民众常年处在复杂的舆论环境之中，台湾同胞对我们的观点本来就抱一种怀疑的态度，就是理解了我们的观点也不一定赞成我们的观点。我们应该用他们能接受的语言讲明我们的立场和观点，假以时日，潜移默化，功到自然成。（3）尽量使用有声语言。广播就是靠声音传播的，而声音中的典型音响是最具说服力的。在对台湾广播评论中，我们也应该倡导多制作带音响的评论，一是可以请一些研究台湾问题的专家点评事件，旁征博引，讲明道理。如果有条件还应该请一些台湾同胞上广播节目，让他们结合自己的经历发表看法，效果可能会更好。二是善于利用典型音响，让当事人讲话，或者巧妙地运用事件发生现场的音响，以增强评论的说服力，起到事半功倍的作用。

总之，对台湾广播评论不论是现在还是将来，都会在对台湾广播中占有重要的位置，因此，搞好对台湾广播评论是强化对台湾广播宣传的重要环节。

深化经济报道断想

党的十一届三中全会以后，党的中心工作转移到经济建设上来，新闻作为意识形态的一个组成部分，对已经变化了的客观现实必然要做出反映，因此，这几年中央台的经济报道数量不断增加，范围不断拓展，角度有所创新，涌现出了一大批深度报道。这些报道对展示经济新貌，揭示经济发展规律起到了很好的作用，应该说，如今经济报道已经成为新闻报道的一个重要方面。

既然经济报道已经成为新闻报道的主要内容，如何搞好经济报道就成了新闻界的大事。这几年，新闻界对此进行了可贵的探索，涌现出了颇有影响的《关广梅现象》《百万民工大流动》《我看林业这十年》等报道。虽然经济报道早已有之，由于受经济形势的左右和影响，加上对新时期经济报道特点的认识还有一个过程，因此经济报道仍然存在一些问题，归纳起来有：

1. 零打碎敲，形不成阵势，宣传效果不理想。改革开放使我国的经济工作和经济生活发生了巨大变化。农村实行家庭联产承包责任制以后，不断觉醒的农民从土里刨食的旧格局中解脱出来，走上了发展商品经济的轨道。城市工业推行多种改革措施，理顺了内部机制，工业规模不断扩大，基础工业不断加强，由此带来了人们生活的根本好转。这些我们在经济报道中都涉及到了，有些典型在一段时间内还进行了反复的宣传。但是也应该承认，新闻工作者和普通的群众都有一个感觉，那就是通过经济宣传还不能对现在的经济形势形成一个全面的、较为深刻的了解，其原因就在于目前经济报道零打碎敲，今天报道这方面，明天报道那方面，什么撞到门上就采什么，抓到什么就写什么，缺乏计划性，形不成宣传声势，也就没有深度。

没有形成宣传声势的另一个原因是报道方式问题。广播有传播及时、涵盖面广的优势，也有一听即逝的劣势，如果稿件缺乏新意和力度，播出时位置不突出，零打碎敲，又没有专门的经济节目，肯定不会给人留下印象，长此以往，经济报道即使有一定的数量，宣传效果也不会理想。

2. 缺乏深度报道，这也是新闻界经济宣传带普遍性的一个问题。我认为，经济改革已经进行了十几年，解放生产力、适应新的生产关系的大政方针已经出台了很多，虽然今后还会针对出现的新情况、新问题出台一些措施，但大部分会是怎么完善政策的问题，这几年的治理整顿、调整结构就属于这一类。那么，在稳步发展、求实苦干的时候，出深度报道就不如经济较为活跃的时期，这也是近几年经济报道平平的客观现实。

但是也应该看到，稳步发展也是在不断地触及矛盾、解决矛盾，进而求得更多经济效益。在矛盾产生、触及、解决的这一过程中，新闻也就产生了，而且往往是基层的新闻更鲜活，更有价值。这就要求记者沉下去，从宏观角度分析客观现实，写出具有新意的稿件，像《天津市色织工业公司实行一等品质量工资制》《天津市工业企业内部推行提高关键工序一次投入产出合格率》两组稿件，就是记者深入采访的结果。他们在最基层发现问题，又能从宏观把握，触及了多少年想解决而又没有解决的工资考核制度和忽视经济效益的问题，而这又是目前许多企业遇到的难题，因此稿件既具有新闻价值，也具有普遍的指导作用。

3. 缺乏典型报道。典型报道历来是既经济又出效益的一种宣传形式，典型来自于一般，又高于一般，具有自己的特点，因此，典型报道一直是新闻工作者所关注的，并且在实践中收到了很好的宣传效果，比如前几年中央台搞的《张兴让和满负荷工作法》《张世伦的群体经营工作法》等等。然而这几年，典型报道显得比较薄弱，几乎没有影响较大的，虽然有时对一个企业作了连续报道，也有一定的量，但就其本质看，只不过是一般的工作性报道，典型性不够。典型要有个性，能高屋建瓴，要有普遍意义，否则就会失败。

4. 经济报道依然存在"见物不见人"的现象。克服"见物不见人"的现象新闻界喊了多年，但就目前看还没有找到突破口。在经济报道中，怎么把人的活动纳入其中，同经验、事件结合起来，是很值得研究探讨的问题。谁都知道，经济工作其实质是人的工作，操纵经济活动的是人，照此而论，经济报道很容易同人连在一起，人的活动、人的情感、人的动机与目的，都可以从经济报道中展现出来。事实证明，过去有些报道已经达到了这个目的，人的作用都可以在经济报道中展现出来：比如五六十年代，新闻界报道了许多劳动模范，铁人王进喜伴随着石油会战应运而生，孟泰、王崇伦的出现也都是与经济发展密不可分的。这些先进人物以及普通的劳动群众，是经济工作的主角，报道他们，也同时报道了我们社会主义建设的新成就、新进展。因此，对经济工作和经济生活的报道完全可以从人开始，二者可以做到有机的结合，这样就可以避免经济报道枯燥乏味的弊病。现在经济工作已经成为党的中心工作，全国各行各业，各条战线都涌现出了一大批劳动模范。中央台从1989年开始，连续开办专题，如《奉献者之歌》《共产党员风采》等，这些专题在报道模范人物先进事迹的同时，也报道了各行各业的成就，收到了很好的宣传效果。

5. 经济报道距离人民的生活太远。经济包括的范围很广，人们每天的衣食住行无不归属于经济的范畴。但是，这些年从总体上看，经济报道不是离人民的生活太近了，而是太远了。尤其是对一些工厂经营管理等方面的报道，有时其指导价值只局限于同行业或局部，这样的报道没有新意，缺少新闻价值，人们自然就不爱听。所谓距离人民生活太远，并不完全是指对人民生活的具体方面报道少，而是指在进行报道的时候，心里有没有群众这个观念，是不是从人民关心的角度出发，如果没有这个观念，即使报道人民生活的某个方面，也不会令人满意。

怎样解决这些问题，搞好经济报道，见仁见智，我认为，首先要认清形势，了解我国经济工作和经济生活的发展状况，吃透中央的宣传精神，有针对性地、全面地进行宣传。

1. 加强经济报道的宏观指导。经济报道方面很多，范围也比较广，但是总领其要是党的经济政策。最近中央工作会议再次讨论了我国的经济问题，江泽民总书记把进一步搞好国营大型企业，提高经济效益放到政治的高度来分析。我们所谓加强宏观指导就是要求新闻工作者以中央的经济政策为依据，从宏观的角度透视经济问题，报道能够体现中央精神的有力事实。回顾这几年的经济报道，在这方面还有差距，分散报道多，给人以宏观指导的少，以至于使人对经济政策产生了种种疑虑，有些人把这几年出现的问题归结为治理整顿的结果，就是表现之一。加强宏观指导还包括通过报道，让人们基本了解我国经济发展的状况以及发展的趋势。这方面的报道也比较欠缺，以至于出现了端起饭碗吃肉，放下筷子骂娘的现象。解决宏观指导问题，就是要宣传中央的经济政策，充分体现中央的宣传精神，用以指导人们的经济工作和经济生活，使人们较为全面地了解我国的经济形势和状况。

2.加强经济报道的计划性。由于经济工作、经济生活涉及的面很广，先报道什么，后报道什么要有计划，否则就会打乱仗，经济工作是这样，经济报道也是这样。党的十一届三中全会以后，党的中心工作转移到经济建设上来，这是总的方针，但是各个时期又有所侧重，经济报道就要根据这个侧重进行组织。国家进行治理整顿，压缩基本建设投资，以实现供需基本平衡，经济报道就要有清理基建投资，压缩楼堂馆所以及压长线保短线的内容。事实证明我们的经济报道已经这样做了。从今年的情况看，中央台组织了几次比较大的宣传战役。三、四月份的以报道煤炭战线为内容的大型报道《煤海之魂》，植树节前后为纪念全民义务植树十周年而组织的各地植树造林报道，以及西藏和平解放四十周年成就报道，模范共产党员的报道，国庆报道和搞好国营大中型企业的报道，都是根据中央的有关精神，有计划、有组织地进行的。这些宣传战役由于配合了当时的中心工作，报道准备工作充分，很受欢迎。

3.开辟经济专题，增加报道的份量。从目前看，中央台的经济宣传主要是新闻节目，有些专题节目只是从某一方面涉及到了经济问题，而更多的经济工作和经济生活没有一个合适阵地把它们反映出来，这也是经济宣传不深不透的一个原因。针对这一薄弱环节，今年以来，中央台在重点新闻节目中连续开辟了几个经济专题，其中挂牌的就有三四个，11月份开始播出的《搞好国营大中型企业》的报道，就是在一段时间内连续介绍全国大中型企业的典型，形成宣传声势，这对于表彰先进、督促落后都会起到好的作用。

新闻方面这样，在专题方面，中央台在这次调整节目时，决定开辟《经济板块》，目的很明确，就是要加强经济宣传，其具体宗旨是：宣传经济政策，报道经济成就，研讨经济现象，传播经济信息，沟通产销关系，指导人民消费。目前这个板块正在紧锣密鼓地筹备。

选准主题，深入采访，既有针对性，又有可听性。经济是个大范畴，搞好经济报道既要有内容上的优势，又要有形式上的优势。所谓内容上的优势是指经济内容广泛，尤其是经济现象表现在人们工作生活的各个方面，因此可报道的东西很多；所谓形式上的优势是指经济工作和生活的表现形式多种多样，我们可以充分利用广播的音响优势，反映经济问题，搞好经济报道。有了客观优势，还需要记者深入基层、深入生活，针对人们关心的一些经济问题、经济政策和经济形势，搞一些有深度、有思想、有见解的报道，并在此基础上，力求更活一些，形式多样化，既有思辨性的经济新闻分析，又有较为活泼的特写、见闻，既有文字稿，又有音响作品，真正做到针对性强，又能吸引听众。

深化经济报道涉及的方面很多，以上只是择其要而言之。我国经过三年的治理整顿，调整改革，今后的经济必将在比较协调的基础上有更快的发展，因此，经济报道必须适应变化了的情况，真正做到提高宣传质量和艺术，增强宣传效果。

（撰写于1991年11月）

经济板块节目特征与经营艺术

经济板块节目对中央台来说，是一个新的领域，应该说，中央台对怎样办好经济板块节目还没有一套现成的经验可以遵循。从今年1月1日起，中央台的经济板块与其他几个板块节目同时出台，经过几个月的苦心经营，知道了其中的艰辛，也找到了一点节目经办的ABC。

一、经济板块节目的构成

有人说经济板块有点像经济台的微缩版，这话有道理，但不全对。世界上的各种事物都不是静止的，而是以某种互相关联的运动形式而存在的。所以说，你中有我，我中有你，没有什么奇怪。从这个意义上说，把经济板块说成经济台的微缩版也不是没有道理的。然而，经济板块无论从时间上，还是从内容上都无法与专门开办一套节目每天播音十几个小时的经济台相比，经济台可以有大量的文艺性节目穿插其中，节目与节目之间也可以是一种松散的联系，从目前看，经济台大多数刚办几年或正在试办，在脱去了过去广播电台呆板的外衣以后，宣传过于随便，再加上有的主持人素质较差，一时还达不到出口成章的水平，常听到经济台的主持人不时口吃、说车轱辘话现象。

中央台的经济板块鉴于此，不仅充分考虑了它的合理构成，同时对设立的新主持人节目又要求不能太随便。正像北京经济台一位同志所说的那样，中央台的经济板块节目层次较高，适应面比较广，主持人素质较好，但也还存在着离听众太远，针对性较差，放不开的缺陷。从这段话中不难看出，中央台经济板块节目与其他经济台相比因所处位置不同而存在的差别，就像人一样，不同地位，不同身份，其特征也大不一样。

承认了经济板块与经济台的"你中有我，我中有你，你不像我，我不像你"这样一个现实，那么开办经济板块首先遇到的就是节目的构成问题，也就是由哪几部分内容组成这个板块。

从目前经济板块的实际情况看，经济新闻（特指消息）、经济专题、服务性内容、文化性内容都有，但深入分析一下，中央台的经济板块实际上可以划分为两大类，即新闻性内容和非新闻性内容。因为文艺性内容只散见于一两天的节目之中，且量很小，显然构不成一个方面，至于间奏、小音板之类的文艺性内容，在节目中的作用也许不小，但仍附属于某些具体的栏目和稿件。

相对于过去的节目，四十五分钟的时间容量似乎大了很多，但如果同经济台相比则显然属于精制的微缩品，而经济报道的重点是经济新闻和经济专题，经济板块恰恰抓住了这一点，形成了自己的特征。

二、经济板块节目的特点

一个节目诞生以后，首先要有别于其他节目，这个区别就构成了节目本身所具有的特点。除此之外，节目各个组成部分的鲜明特色，又使节目本身所具有的特点更加突出。比如经济板块的宗旨是宣传经济政策，报道经济成就，研讨经济现象，传播经济信息，沟通产销关系，指导群众消费。这个宗旨就限定了经济板块是从事经济宣传的阵地，这就是板块自身所具有的特点。作为经济板块节目的各个组成部分，如新闻、专题、服务性内容，应该在遵循整个节目特点的前提下不断出新。几个月的实践可以用这样几句话概括：新闻以信息量大取胜，专题以深取胜，服务性内容以实取胜，整个节目以活取胜。

新闻历来是信息传播的利器，经济板块中经济新闻原计划发十分钟，这个思路还是按照过去新闻节目的面貌设计的，但是节目一运行发现，经济板块中的新闻倾向于简短，少的几十个字，长的也不过二百字，最要命的是现在的经济新闻好多不像新闻，如果按设计编发十分钟新闻，只好人为拉长，给人以拖沓之感，因此在我们实际经办节目时，也就自然而然地缩短了新闻的时间，但由于精心挖掘了新闻中的有用信息，也就是把最有价值的新闻集纳到一起，时间虽然短了，信息量反而大了，真正发挥了点睛的功能。

这些报道是建筑在广泛运用材料的基础之上，听众可以从中获取许多有用信息。比如谈股票和股市的报道，人们可以了解到我国上海、深圳的股市情况，可以了解到前一段股票价格情况，参与股票交易的都是什么人，以及如何看待并正确对待股票投资的风险性等等。由此可见，新闻性专题在观察敏锐、分析深刻的前提下，还要有一定的信息量，否则就会削弱它的价值。

专题是经济板块节目的重头戏，专题可以分为新闻性专题和非新闻性专题，它们的表现特点就是"深"，通过一定的深度报道确定整个经济板块的品位和层次。新闻性专题紧紧地围绕当前出现的新情况、新问题，通过分析探讨，找出解决问题的办法，这部分内容就是要说深说透，从微观说起，能宏观把握，既要具体，又要有一定的政策水平。经过几个月的实践看，经济板块做到了这一点,一些新闻性专题报道,比如《住房制度改革以后》《江苏省从产值考核到效益考核的转变》《有奖销售面面观》《广货北伐的启示》《从居民储蓄看社会分配》《进口产品的假、冒、伪、劣现象》等等,这些都不是一般的经济问题,而是关系到国家宏观经济管理和老百姓切身利益的大事,涉及面广,有一定的分量,又都是大家关心的问题,所以很受听众欢迎。另外,非新闻性专题与新闻性专题在经济板块中是加强和补充的关系,这种加强和补充有时针对某些具体的问题或稿件,像经济板块中对三峡工程论证的报道就属于这一类,由新闻性专题开始,发了上、下两篇关于三峡工程论证始末的综述,而后不断深化,接连发了全国人大常委会委员楚庄对三峡工程考察后的意见,水利专家严恺对三峡工程生态方面的看法,前后几篇步步加强、互相补充,具有一定的宣传力度。但是对大部分报道而言,加强和补充整体上的考虑,是指某一阶段,在确立了报道思路以后,为深化主题所做的一种配合,它可以加强报道的分量,加深听众的印象,收到更好的效果。

服务性内容是经济板块不可缺少的一部分,它的量不多,但内容包罗万象,从衣食住行到购物,可以说只要与人民生活沾边,又属于经济的范畴,都可以成为入选经济板块的对象。对服务性内容,我们把握住这样一点,就是"实"。它既包括为听众提供实实在在的服务,还要具备实用的特点。比如,我们讲了怎样选购洗衣机、电冰箱、家庭电脑的知识,现在服装流行什么款式以及怎样储蓄能得到更多的利息等等,这些与人们的生活密切相关,几乎涉及到每一个人。尤其是购置高档耐用消费品,对大多数家庭来说还算个大事,增加一点购物的常识,对消费者很有好处,这就把经济宣传与人们的生活联系起来了,离群众就近了。

当然,中央台的经济板块在服务方面绝不可能同某个地区的经济台相同,地区经济台可以针对性更强一些,地区特点更突出一点。比如北京经济台就可以在市场信息中播出一些商场的商品供应情况、交通情况等等，而且可以很具体。中央台的经济板块不行，它面向全面，要有全局意识，所以多数是普遍适合的内容，如果以后通讯条件允许的话，中央台经济板块也可以把全国各地大商场的供求信息纳入其中，使其针对性更强一些，这是后话。

就整个节目而言，我们认为要突出一个"活"字，活才能感人，活才能吸引人。怎么才能做到活，涉及的问题很多：稿件质量高不高，节目有没有起伏，衔接是不是巧妙，间奏乐使用是否得当，语言有没有新意等等，总之一句话，节目到底怎么办才能收到最佳效果，的确是一个大课题。

三、经济板块节目的经营艺术

经济板块节目每天播出时间为45分钟，同过去设置的节目相比，时间长、容量大，因此组合技巧就显得非常重要，也是节目成败的关键之一。

经办节目就如同做菜一样，首先要有充足的原料，在此基础上，经过选材、组合，巧妙的串接，最后才有可能形成高质量的节目。

由于节目的时间长、内容多，所以首先遇到的就是节目的整体设计问题，也就是整体节目以什么样的形式出现。这里就有一个内在的联系问题，节目时间越长这个问题越突出，节目内容越多越丰富，这个问题就越尖锐。道理很简单，45分钟的节目可以发排近一万字，这一万字分属于各个栏目，如果相互没有一种内在的联系，就是一盘散沙，硬凑是凑不到一块的，其结果就会是杂乱无章。

经济板块到底应该是一种什么样子，经过一段时间的实践，我认为最好是"倒葫芦式"，前面一段围绕一个中心展开，这个中心可以称为大话题，其他栏目要围绕在它的周围，与它既有关联，又能引伸开去，运行自如。后面一段围绕一个小中心展开，这个中心可以与前面的中心有间接关系，也可以没有任何关联，而是靠它周围的一些栏目与前面的话题或栏目连接，做到自然而现。由于前面是大话题，分量就重一些，后面是小话题，在其周围的多数应该是一些轻松的稿件，这样整个节目既有重头戏，后半部分也言之有物，且活泼自然，整体节目虽然内容比较多，因为有了内在的联系，仍然是活而不乱，杂而不乱。

有了节目的整体设计，还要注意选材和组合，在确立前后两个话题以及选择其他稿件时，不要使用前后矛盾和相互排斥的内容，要发挥节目组合的优势，使整体效果大于各个稿件之和。

经济板块节目的经营艺术还应该包括稿件之间的连接技巧和间奏乐的使用。对稿件间的连接技巧以前我们探讨较少，过去的节目一般一次只有一个或两个内容，容易串连；板块节目不同，不仅要考虑稿件之间的连接，运用一些巧妙或简洁的语言，使之自然而然地过渡，还要考虑整个节目前后的呼应，争取保持统一的风格。间奏乐的使用也是板块节目的特点之一，是机械地放在稿件与稿件之间，还是根据节目的内容，成为节目的有机构成，其效果大不一样。这是一种专门的学问，如果有条件的话，我认为板块节目应该有一名文艺编辑，负责整个节目的音乐设计。当然，经济板块节目在音乐方面表现为什么形式比较难以把握，只要大体上听着舒服就行了。

从事件性新闻的把握
看我国社会主义新闻报道的规律

    我国社会主义新闻理论在长期的实践中不断发展，但其基本原则是一贯的，如新闻的党性原则、以正面宣传主为的原则、实事求是的原则等等，这些原则在新闻工作中的运用，形成了我国社会主义新闻报道的规律，而这些规律在事件性新闻的报道中表现得特别突出，因此，对事件性新闻能否准确把握，是对新闻工作者的重要考验。本文将根据自己的经历，谈谈在事件性新闻的把握方面如何认识和运用社会主义新闻理论。

    据《新闻学大辞典》定义：事件性新闻是以一个独立的新闻事件为核心而展开的新闻报道。它十分强调新闻的时效，其新闻价值与生命力同及时性密切相关，要求迅速地反映新闻事件的发生、发展。它要求记者有高度的新闻敏感，闻风而动，快速准确地把握事件的个性特征和本质，迅速简明地加以报道，必要时可以采用连续报道。

    从以上定义可以看出，事件性新闻是对事件进行的报道，而事件大都是突发性的，因此，记者就要在很短的时间内准确地了解事实，做出判断，进而迅速地加以处理。然而由于事发突然，有时又比较复杂，对事件进行准确把握就没那么容易，这就需要记者具备较高的政治素养和新闻理论功底。我认为，要想报道好事件性新闻，就要全面地理解和掌握社会主义新闻理论和原则，具体讲要从这样几个方面入手。

1. 宏观把握（体现以正面宣传为主的原则）

所谓宏观把握就是舆论导向的把握。一个国家甚至一个地区几乎每天都会发生许多事件，然而并不是每一个事件都能够报道，且不说那些与全局关系不大的事件，就是事关全局的事件，也需要加以分析，能不能报道的标准就是看它报道以后对社会是起积极的作用还是起消极的作用。就以自然灾害为例，像我们这么大的国家，每年都会发生一些，比如1991年，在安徽、江苏、湖北等省区就发生了比较严重的水灾，当时的新闻媒体都作了报道，引起了党中央和全国人民的关注，有钱的出钱，有力的出力，支援灾区，很快重建了家园。然而就整个报道而言，在宏观把握方面也出现了一些问题，有的地区为了多得到中央的支持，让新闻界尽量把本地区的灾情说多一些，说重一些。从这几年对水灾报道的情况看，宏观把握的失误主要表现在对整体的把握上。到了雨季，一说有灾，你那里有，我这里也有，似乎全国到处受淹，而到了秋天，又到处唱喜歌，你那里丰收，我这里也丰收，对这种前后矛盾的报道，受众很有意见。

因此，对事件性新闻进行宏观把握是非常必要的。事件性新闻因其可听性强，影响大，在引导舆论方面起着重要的作用，既不能对事件做片面的报道，也不能夸大其词。目前，我国有的企业由于种种原因，经济效益不好，出现了下岗职工，这确实是客观存在的，如果我们在报道时不加分析，不作区别，连篇累牍，就会给人全国到处是下岗职工的印象，就会造成人们的心理恐慌，增加不安定因素。

对于可能造成消极影响的事件性新闻，宏观把握上一定要严，少报或者不报。记得有一年，我国在不长的时间里连续出现了几起

214

空难事件，重大的几起都报道了，有几起损失不大的就没有报道，这就是宏观把握，因为在一段时间里过于集中报道同一种事件，或者曝光某一个行业，会产生很深的负面影响。

2. 事实把握（体现实事求是的原则）

新闻的生命就是真实，而事件性新闻就更要讲真实，不仅要做到客观真实，而且要做到本质的真实。

一般来说，事件性新闻的特点之一就是突发性。发生得快、消失得也快、变化得也快，这就需要记者深入全面地了解情况，准确地把握事实，否则就有可能出现偏差。大家也许对前几年某地发现外星陨石的新闻记忆犹新，当时有好几家新闻媒体对此作了报道，说这一发现对研究天外星体具有重要意义，然而时隔不久却发现这是一则假新闻。今年三月，发生在河南省西峡县的一宗公案成了不少媒体报道的内容，说的是一位叫王树彬的观众买了一张《天煞——地球反击战》的电影票，当地的"奥斯卡影楼"因为观众太少而没有放映，王树彬告到县法院，影楼败诉，不得不为他单独放映了这部进口大片。这同样是一则假新闻，幸好被中央电台法制组的同志堵住了。

对事件性新闻的事实把握确有一定的难度，尤其在时间紧、发稿急的情况下，谁都不愿落后。但是只要细心，时刻保持警惕，还是可以避免假新闻出现的，对外星陨石的报道多请教一些专家，就不会让它出笼。而发生在西峡县的公案，经过新闻界的共同努力，终于摸清了假新闻的制造过程，并有可能永远堵住来自这个地方的假冒伪劣品。

事件的发生和发展大都有一个过程，以连续报道形式出现的事件性新闻同样要注意真实。像飞机失事后，对死伤人数的报道就容易出问题，开始的报道可能对情况摸得没那么准，报道的伤亡人数多，而后面经过核实后的伤亡人数反而少了，这就很容易让人产生疑惑。还有对事故原因的报道，现在的记者就聪明多了，没有十分的把握，就说一句"事故的原因正在调查之中"，这样就不容易失实。

3.时间把握（体现新闻的社会效益优先的原则）

一般说来，事件性新闻是很讲究时效的，要求及时报道，慢了就成了旧闻，就失去了新闻的价值。比如今年11月8日长江三峡截流，这样可以提前预知的事件，不仅要及时报道，而且要作现场的连续报道，否则就失去了意义。

但是事件又是多种多样的，很多是事故或灾害，有的是人为的，也有自然发生的，而这些事故又都比较复杂，所以什么时候报道有个时机问题。时机把握得好，宣传的效果就好。一般来说，对于人为事故的报道应该谨慎一些，而对于自然发生的灾害可以在弄清情况的前提下尽快报道，尤其是比较大的自然灾害，更应该如此。对1987年发生的大兴安岭火灾的报道就证明了这一点。大兴安岭火灾实际发生于1987年的5月6日，而我们得到消息已经是5月8日凌晨了，经过近两天的蔓延，已经形成了宽40公里、长100多公里的特大火灾，沿途损失惨重。对这样一场大火的报道就应该快，谁都知道这样大的山火捂是捂不住的，报道以后反而可以得到全国甚至全世界的关注和支援。

4.范围把握（体现新闻的特殊性原则）

事件都是在一定的范围内发生、发展和变化的，如果不做报道，只有事件发生所在地的人们知道，其影响就比较小。而事件发生以后，考虑到导向、稳定等多种因素，并不是对所有较大的事件都做报道，也不是都在相同的范围内报道，因此这里就有一个范围把握问题。

对范围的把握最终取决于社会效益，这对我们这些从事新闻工作的同志并不陌生。前几年在北京建国门附近发生了一起歹徒持枪向行人和公共汽车扫射的事件,结果只有北京的新闻媒体做了报道,而全国性的新闻媒体都没有报道,因为这起发生在北京的事件,事发不久就彻底解决了,所以只向北京的受众报道,让他们了解就可以了,没必要向全国的受众大肆宣扬。

同样,对于发生在少数民族地区的事件,也要区别对待,这里不仅有个范围问题,还有个民族政策问题。比如今年上半年,新疆地区先后发生了几起暴力事件,中央的新闻媒体就没有一起一起报道,而是就打击暴力犯罪进行了综合报道,而新疆当地媒体的报道就宽得多了。

总之,对事件性新闻的分寸把握,可以综合体现社会主义新闻的规律,这对进一步认识社会主义新闻理论,做好新闻工作具有现实意义。

几起事件性新闻的追述

洒勒山

对一般人来说，洒勒山是一个很陌生的名字，然而1983年3月8日，历史却把它浓重地写上了一笔。这一天洒勒山一声爆响，总量六千多万立方米的山体突然下滑，甘肃东乡族自治县三个生产队的人员和财产遭到毁灭性袭击，损失惨重。事件发生以后，中央人民广播电台（以下简称中央台）驻甘肃记者和正在那里参加活动的中央台记者迅速了解情况，向台领导做了汇报。台领导指示他们密切注视情况，反馈信息，怎样报道再定。

时间到了深夜十二点左右，编辑部的电话铃突然响了起来，打来电话的正是前方记者，他们简要介绍了一些情况，并传来了第一篇稿件《洒勒山山体大面积滑坡造成严重灾害》。记者鉴于下午的请示情况以及事件的重大，希望编辑直接向吴冷西部长请示。当时对灾害性报道控制比较严格，但决不是绝对不报，怎么掌握，各有各的见解。我认为像这样的重大灾害，应该报道，这不仅是新闻规律的要求，也是体现党和政府对灾区关怀的极好时机。

这时已经是深夜两点了，我把电话打到吴冷西部长的家里，叫醒了已经入睡的吴部长，向他讲述了洒勒山山体滑坡的情况，并向他说明了稿件的内容。他听完以后，非常果断地同意播出。第二天早上《新闻和报纸摘要》节目播出了这条消息，它比任何新闻单位都快，发挥了广播的优势。消息播出以后收到了很好的效果，当地群众拉着记者的手说，真没想到中央这么快就知道了我们的事情，对稳定人心起到了应有的作用。

第一条消息的播出，也为展开这个系列报道奠定了基础。可以说，如果不具备新闻的敏感性，就有可能扼杀了这条消息，自然也就不会产生这个系列报道，也就没有后来的积极效应。

火光的折射

小的火灾也许没那么大的影响，但像最近发生的深圳清水河和北京隆福大厦这样的大灾就不可等闲视之了，不过还好，这两起火灾几乎都没有什么阻碍就公开报道了。如果在往前追溯到1987年的大兴安岭火灾，可没有这么简单，当时的报道是费了好大的周折才得以播出的。

5月8日凌晨四时，沈阳军区作战部的张荣祥、耿伟同志从千里之遥传来一条惊人的消息：5月6号，大兴安岭发生特大山火，由于遇到了大风，火势迅速蔓延，大火已经烧毁漠河县城，截止到发稿时，大火正以宽四十公里、长一百多公里的势头向塔河逼近，损失惨重。由于条件所限，大火一时还无法控制。

稿件传来了，用不用、怎么用引发了编辑部的一场争论，且不说以后发生于请示之间的周折，光编辑部就有两种意见：一种认为，大兴安岭这样的林区发生火灾影响固然很大，但报道毕竟属于限制的范围，可先看一看再说，万一报道了，上面追究下来责任就大了；另一种认为，自然灾害不报道不等于没有发生，关键在于采取什么态度对待它，是渲染灾情还是从救灾的角度报道，一正一反效果大不相同。以往的经验告诉我们，如果采取后者是会起到很好的作用的。

讨论的结果是主张发稿的意见占了上风，然而接下来的请示却又出现了一连串的戏剧性场面：电话接通了林业部，找到了当时值班的副部长，我们与他核实情况后了解到大兴安岭确实发生了特大火灾，并有愈燃愈烈之势，他们准备在8日上午向党中央和国务院汇报，并希望先不要报道。当时我也陈述了报道的理由，一是这么大的火灾，不光国内可能知道，国外也会通过卫星侦察到，捂是捂不住的。而且损失那么大，死了很多人，应该公诸于众。二是报道以后还可以得到全国的支援，得到中央和国家的重视，只会有好处不会有坏处。这位部长也觉得有道理，所以最后达成了这样一个协议，可以发消息，但要简单一些。我们尊重他的意见，之后在请示了主管新闻的台长以后，在早上的《新闻和报纸摘要》节目中发了一个简讯，这条消息的发布早于任何一家新闻单位，为全国人民和中央及时提供了信息。

这次报道的轰动效应，连我们也没有预料到，林业部部长杨钟、副部长董智勇，连同黑龙江的一些领导干部被罢免。近日偶然翻阅一本杂志，看到一篇文章，写的就是因那场大火而下台的人的近况，有的心态逐渐平衡了，有的调换了工作，有的还在到处奔走，试图为自己洗清一些什么。

洪水是经常都要来的

对于洪涝灾害的报道，新闻界接触的并不少。正像有人说的那样，洪水是经常要来的。今年也不例外，先是浙江、福建被淹，继而又扩大到江西、安徽、山东、内蒙古等省区，对于这方面的报道，有一个不成文的规定——从严掌握。

　　回首往事：1982年，四川遭洪灾，突破了禁区，报道以后，得到了全国人民的支援。1991年，安徽、江苏、湖北等省区洪涝成灾，报道以后，引起了中央和全国的关注，有钱的出钱，有力的出力，支援灾区很快重建家园，恢复了生产。由此可以看出报道的效果。

　　今年又遇到了类似的问题，控制很严。浙江、福建洪涝成灾的稿件传到编辑部以后，我们遵守规定向有关部门请示，迟迟没有决断，出于以前报道的经验，我们很谨慎地发了个简单消息，事后证明我们做对了，因为总书记等党和国家领导人都发去了慰问电。接下来的报道就好一点，归于正常了。可见关键在于开头的那一搏。

　　这几次事件报道给人一个启迪，那就是如何当一个合格的编辑。我认为，编辑除了将原稿进行加工以外，更重要的是辨别稿件的价值。做到这一点，需要有一定的政策水平，需要有新闻敏感，还要掌握一些常识。政策水平能使编辑对稿件做出舆论导向正确与否的判断，新闻敏感能使编辑对可能产生的效果作出灵敏的预判。一个国家乃至一个地区，不可能不发生一点天灾人祸，何况我国地域如此之大。怎样对待灾害性报道，中央历来就有规定，不能无选择地都报，也要对有重大影响的灾情做适当的报道。洒勒山滑坡、大兴安岭火灾以及时常出现的洪涝，都是关系到许多人生命和财产的大事，能不能报道，怎样报道，有一个度的把握，需要从宏观上去分析，如果不是大量地、纯粹地、简单地报灾情，而是有选择地、从救灾的角度、从鼓舞士气的方面进行报道，就是帮了忙，就会起到正面报道的作用，这几次报道正是遵循了这一原则。

　　当然，掌握一定的常识还可以使编辑衡量出稿件的重要与否，比如大兴安岭火灾，绝不等同于一把小火，无论从政治影响还是从生态角度分析，都是重大的，也是出人意料的。总之在事件性新闻的考验面前,光靠勾勾改改是不行的,这里有政策观念上的问题,有向党向人民负责的问题,有大胆突破的问题,有学识问题,有新闻敏感问题,缺一不可。世上没有超人,但可以积累经验,选择正确的一条路。

(撰写于1993年8月)

热点问题报道的辩证法

热点问题的报道早已有之，过去只是很少用这个提法，比如对双城堡火车站野蛮装卸的报道，对大兴安岭发生特大山火的报道都属此类。由于过去没有专门的话题类节目，因此也就不像现在这样引人注目。

改革开放以后，通过实事求是和解放思想的大讨论，再加上新事物、新思想和新观念的不断涌现，新闻界也进行了深刻的思考和探索，新闻改革的步伐越来越快，力度也越来越大。就广播电视而言，改革的成就主要体现在三个方面：一是广播电视主持人的出现；二是广播电视节目向专门频道发展；三是广播电视开始有了专门的话题类节目。

话题类节目的出现是有其社会根源的。其一、社会变革到今天，经过了无数次风风雨雨，人们的思想日益成熟起来，不仅对社会的洞察力更强了，对一些问题的承受能力也更强了，这构成了话题类节目产生的基础。其二，越是变革的年代，经济和社会多元化，热点话题就越多，这样创办话题类节目就有了现实条件。其三，政治氛围的宽松也为话题类节目的出现提供了可能。

话题类节目的应运而生确实是重要的突破，我认为这多少预示了我国新闻改革和发展的深度，因为新闻就是要回答受众最关心的问题，报道新发生的事件，否则就失去了生命力。

正因为热点问题是人们所关注的，对热点问题的报道就要格外慎重，因为这有一个导向问题。应该说，任何报道都有导向问题，但不同的报道在导向方面所起作用的大小是不一样的，热点问题的报道在引导舆论方面的作用是非常重要的，原因很简单，关心的人越多，报道的影响越大。

党中央对我国的新闻报道提出了很高的要求，江泽民同志"以科学的理论武装人，以正确的舆论引导人，以高尚的精神塑造人，以优秀的作品鼓舞人"的四项任务讲得更清楚、更明白，就是要求我们正确引导舆论。热点问题的报道怎样在引导舆论时保持正确的方向，这是搞好热点问题报道需要回答的课题，也是容易出现偏差的地方，因此我认为对热点问题的报道要讲究辩证法，至少要处理好这样几个关系。

1. 多与少的关系

热点问题的报道分为褒扬性报道和批评性报道。怎样处理这两类报道的关系，就涉及到了多与少的矛盾。就我们国家来说，社会的主流和本质是好的，经济不断发展，社会比较稳定，可歌可泣的人和事不断涌现。当然一个社会有一个社会的问题，我们国家也不例外。我们的话题类节目是抓住一些阴暗面不放，还是全面地、客观地反映社会全貌，效果大不一样。我们的节目褒扬和批评的比例应该同社会的真实存在相一致，大量的应该反映社会的进步和人们的高尚情操，同时也要对个别的阴暗面进行揭露和批评，而揭露和批评的目的还是为了推进社会进步，这样才能从量的把握开始，使宣传有一个比较合适的度。

热点问题的报道多与少的关系主要看社会效果，我们不能走两个极端，既不能说正面宣传越多越好，揭露性报道越少越好，也不能将二者颠倒过来。首先要从整体上进行把握，要坚持以正面宣传为主的方针，正面报道和批评性报道要有一个适当的比例，不能所有节目一哄而起，批评报道铺天盖地。在对批评性报道的处理上，也不能纯粹为了揭露而揭露，为了批评而批评，要从批评揭露开始，引出正面的宣传效果。

在把握好总体宣传效果的基础上，就某一种事件的报道可以打歼灭战，这就是我们常用的连续报道，这种形式往往给人的印象比较深，对事物的剖析比较透，取得的战果也比较显著。像《新闻纵横》关于北京一日五游的报道，关于岳阳市九名弃婴食用米粉中毒死亡的报道等，都采取了连续报道的形式，步步深入，确实显示了威力。

2. 表象与本质的关系

一般说来，热点问题多数是较为复杂的问题，是多个矛盾的集合体，从不同的角度出发可以得出不同的结论。要想了解到事件的本质，就必须剥去表面的假象和伪装，做细致地调查分析。比如对经济热点问题的报道，我们是着重从服务于我国经济发展的大局出发，多做解疑释惑的工作，还是抓住经济工作中的个别问题，对现行的经济政策指手划脚、说三道四。再比如对计划生育问题的报道，我们是抓住这一工作当中出现的偏差大做文章，还是多从宏观角度宣传计划生育的重要性和必要性，这里确实有一个表象服从本质的问题。

在理论上我们每一个同志都会赞成抓住本质进行报道这个观点，而在实际工作中，往往就缺乏细致的工作态度，搞批评报道时只听单方面意见，或者先入为主，拿着观点找证据的现象时有发生，这样的报道十之八九会出偏差。比如某新闻媒体对电信工作的批评，就只听了联通一家的说词，自然就有人提出为什么不让电信也陈述他的理由呢。这样的报道让人觉得有失公允。

处理好表象和本质的关系，就能够解决新闻报道上深与浅的问题。我认为，凡是能揭示事物本质的报道就是"深"，反之，报道的只是事物的表象就是"浅"。

3. 快与慢的关系

热点问题的报道其中很大一部分是突发性事件的报道，而对突发性事件的报道就有一个快与慢的问题。以往我们对突发性事件的报道多数情况下遵循的是宁慢勿快的原则，就以今年5月8日以美国为首的北约袭击我驻南联盟大使馆的报道为例，北京时间当天早上6点多钟被袭击，8点多钟收到我驻外记者发回的报道，而我们最早的报道时间是12点，虽然比事件发生已经晚了半天，但应该说这次报道还是比较快的。而在几年前，天安门广场的爆炸事件我们是在三天以后播发的。相比较而言，这次报道在发稿的时效上有了很大进步。即便如此，我们的报道时效仍然不能令人满意。像袭击我驻南使馆这样的事件可以说世人震惊，我们不报道，不等于人家也不报道，在我们沉默的时间里，西方的媒体已经把"误炸"之说传的满天飞，这对我们来说是很被动的。

由此我认为，关乎到我们国家切身利益、荣誉地位、观点立场等的突发性事件，不管发生在国内还是国外，我们的反应一定要快，哪怕先做一个简单的报道和表态，也要争取主动，占领舆论的制高点。

当然，对有些突发性事件的报道就要慢，比如小行星撞击地球、天降陨石、发现野人等报道，不能听风就是雨。小行星撞地球不要说是假的，就是真要发生，报道之后只能引起更大的恐慌。至于天降陨石、发现野人等事件，要有科学的观念，等专家有了鉴定结果以后再报道也不晚。

4. 集中与分散的关系

热点问题比较敏感，对热点问题的报道同样敏感，特别是批评性报道，如果在较短的时间内，集中地批评某个行业或某个部门、单位，那么给这个行业或部门的压力就太大了，恐怕也很难做到公正。因此处理好集中与分散的关系是对被报道单位或个人负责的表现，虽然我们的报道本身是真实的，但广播电视的放大效应会把被批评对象压得抬不起头来，从结果上看并不一定起积极作用。比如《新闻纵横》在几天之内对某个县级市进行了两次批评，这种较为集中的报道马上就引起了这个市以及上级部门的不安。客观地说，这个县级市发生的应该批评的事远不止这些，批评也没有失实，但这个县级市值得褒扬的事情也多得是。就整体工作而言，他们在全省还排在前面。可是我们播发的是批评报道，只讲一个方面，这种在短时间内比较集中的批评放在哪个单位头上也受不了。

当然，舆论监督是新闻媒体的一种职责，监督就意味着批评，如果都不让批评，监督就成了一句空话。这里的关键是要掌握好批评的分寸，要在处理好分散与集中关系的同时，采取积极的、善意的态度，决不可图一时之快。

5. 客观报道与宣传效果的关系

新闻应该是对客观现实的报道，但新闻是有其阶级和社会属性的，热点问题的报道选择什么不选择什么，出发点放在什么地方，会产生不同的宣传效果。在我们这样一个大国，如果每天戴着有色眼镜，专门寻找阴暗面，可以编发几个、甚至十几个小时的节目，可是这样做反映的绝不是全局的真实、本质的真实。党中央对我们的要求是以正面宣传为主，正确地引导舆论，因此，我们报道的出发点应该是有利于大局、有利于稳定、有利于发展，也应当做到本质的真实，以取得更好的宣传效果。

基于以上认识，热点问题的报道正面宣传时不要拔高，搞批评报道时也不要抓住一点不及其余，关键是要把受众引导到正确的思路上来。要想做到这一点，首先我们搞报道的记者素质要过硬，要提高对事物的认知能力，要提高对局势的把握能力，要提高对受众的引导能力，决不能做只强调局部的客观报道，不计报道后果，应该提倡一切从报道效果出发，坚持实事求是原则，把热点问题的报道搞好。

热点问题的报道涉及面广，有时表现的形式也很复杂，把握起来有一定的难度，我们不光要处理好以上几个关系，还要从宏观上坚持以下三个原则。

1. 实事求是原则

真实是新闻的生命，热点问题的报道尤其要真实，而且要做到本质上的真实，这就是我们常说的实事求是。准确地说，正面报道的失实现象比批评性报道要多得多，但暴露出来的失实报道反而都是批评性报道，这只能说明正面报道失实没有人找后账，而批评性报道哪怕只有一点点失实，也会被人追着不放。

追着不放不是一件坏事，我们对别人进行舆论监督，同时也要接受别人的监督，以免出现失实报道。就广播而言，为了做到报道真实，一要有认真负责的精神，要透过现象看本质；二要充分利用广播音响的优势，用事实说话，用真实的音响说话。

用真实的音响说话，也是为了使我们的报道经得起时间和社会的检验。大家都知道，近几年来，涉及到新闻方面的诉讼越来越多，因失实而败诉无话可说，可我们也应该防范那些无理取闹的人，用音响播出或者留着现场采访的音响无疑是一个好办法。

2. 服务大局原则

我们不是生活在真空，我们的新闻从属于政治，那么新闻就要服从和服务于国家的大局。现在我国的大局是什么，是发展经济，是建设社会主义精神文明，热点问题的报道就要围绕这个大局进行。目前我国正在加紧建立社会主义市场经济体制，在这个过程中，要进行金融体制改革、财税体制改革、投资体制改革，要搞好国有大中型企业，完善社会配套功能，还要深化农村改革，建设社会主义精神文明等等，我们的报道就要从这些方面入手，多帮忙，不添乱。对那些方向正确而尚有不足的改革措施，就不能过多地发难。比如为实现费改税而拟定的公路法草案，因对非机动车用油的补偿问题，在人大常委会没有通过，我们决不能因此抓住不放，进而否定公路法草案，影响改革的进程，这就是服务大局。

3. 稳定社会原则

改革会解决一些老问题，但同时也会产生一些新情况：比如有些大中型企业由于缺乏活力，经济效益不佳，职工的工资不能按时发放，这对同在一家企业工作的双职工户的生活会产生很大影响；再比如为了理顺价格，物价的变动也使一些低收入户的生活水平有所下降；还有的地方农民负担过重等等。对这些问题的报道就要讲究艺术，不能只是问题的简单罗列，搞得人人自危，要充分地考虑社会稳定因素。对一些非常敏感的问题，要有选择地报道或者不报道。如果因为某些报道引发了社会不稳定因素，影响了安定团结，就不仅仅是报道问题，而成了政治问题。有一个道理很明显：只有社会稳定，经济才能发展；只有经济发展了，人民的生活才会不断提高，这也充分地体现了唯物辩证法的思想。

辩证地处理好几个关系，坚持热点问题报道的原则，热点问题的报道就能沿着正确的轨道不断发展，就会取得良好的社会效益。

信息传播要坚持有用有效原则

广播具有多种功能，如果仅从大众传媒这个角度看，其主要功能有二，一是信息传播功能，二是娱乐功能。然而在这两大功能中，信息传播占有相当重的分量，因为它包括了作为广播主体的新闻。新闻节目传播信息最为直接，而且传播的大都是时效性较强的重要信息，所以凡是有新闻节目的广播电台都把这类节目放在第一位经营。正因为如此，以传播信息为主的新闻节目自然备受听众关注，像中央人民广播电台的《新闻和报纸摘要》《全国新闻联播》等新闻节目，在多次的听众调查中，其收听率都位列前一、二名。

然而，1998年出版的《中国广播电视年鉴》刊载了国家体制改革委员会社会调查中心就中央人民广播电台节目所作的听众调查，其结果多少有点出人意料，一向位居收听率榜首的《新闻和报纸摘要》却在听众对节目的喜爱程度方面让位给了《天气预报》节目，细想也不奇怪，对听众而言，《天气预报》传递的信息比《新闻和报纸摘要》传递的信息具有更强的接近性和实用性，因而也就更加为人们所关注。

政治经济学理论强调，每一种商品都具有使用价值和价值，不经过人类劳动加工的东西即使对人们有使用价值，也不具有价值，反过来说，如果不具有使用价值的东西肯定也没有价值可言。

虽然信息和一般的商品不同，有它的特殊性，但它也具有价值。

信息是一个大概念，它分为新闻信息和非新闻信息，新闻信息价值的大小是与时间新、内容新、传播快、事件重大成正比的，而非新闻信息则不同，它是以使用价值的大小来决定价值的大小的，也就是说它的使用价值越大，价值也就越大。

信息传播在广播中主要体现在新闻节目和信息类节目中，前者以传播新闻信息为主，后者以传播非新闻信息为主，也有相互交叉的情况。因此，一些从事新闻研究的同志对新闻节目现状提出质疑：一是有的人根据实际运作，把新闻节目传播的信息通通归为新闻信息；另外有的人又根据西方传播学的理论审视我国的新闻传播，认为我们的新闻节目太不规范，把非新闻信息也当作新闻播出了。

其实，持上述两种观点的人都犯了简单化的毛病，前者把新闻信息同非新闻信息混淆在了一起，在他们看来，我国的新闻传播不是新闻节目兼有新闻信息和非新闻信息，而是根据我国的特殊情况，新闻节目传播的都是具有中国特色的新闻信息。而后者在分清了新闻信息和非新闻信息的基础上，硬要把西方的传播方式方法套在我国新闻传播的脖子上，不允许新闻节目传播非新闻信息，这显然也是不符合我国新闻工作的实际的。

解开这些疙瘩，要从实际出发，本着实事求是的原则，既不要硬凑数，也不要不承认现状。那么我国的新闻节目为什么也要传播非新闻信息呢？这要从对人民广播发展的认识中找答案。人民广播诞生于战争年代，从一开始就带有强烈的宣传色彩，当时人们把广播视为鼓舞群众、瓦解敌人的武器。中华人民共和国建立以后，广播电台作为喉舌的性质没有变，宣传的作用没有变，在这个指导思想下，广播节目，不论是专题节目、还是新闻节目都有着中国自己的特色，这就是我们的新闻节目不仅包括对重大事件的报道，也包括一些部门和单位的工作性、程序性、经验性报道的根本原因，而后一类的报道在西方的新闻中确实是没有的，可它在我国却起着沟通情况，教育、鼓舞全国各族人民建设两个文明的作用。

新闻信息与非新闻信息在走向市场的过程中，表现形式也不同，新闻信息在传播过程中是无偿的，谁听说过收听新闻节目要交费？但在得到新闻信息时是需要付出成本的，采访要有花费，使用其他新闻媒体的新闻信息也需要付费。而非新闻信息就不同了，首先非新闻信息可以分为两大类，一类是在新闻节目中播出的，这类信息不但在收听时不用交费，而且在得到时成本也很少，因为这类信息的作用多在于宣传，发布者巴不得多一些人受教育；另一类就是收费信息了，这类信息不论是获得还是发布都是有偿的。

正视现实并实事求是地看待这个问题，对于我们办好新闻和信息类节目非常有意义。一是新闻节目要尽量选用新闻信息，尤其是担负对外宣传任务的新闻节目，通过电波向特定地区或全世界广播，如果我们的节目选用过多的非新闻信息，把宣传意图赤裸裸地写在脸上，缺乏宣传艺术，就会引起听众的反感，就会在众多媒体的竞争中败下阵来。二是选用非新闻信息要精，确有新意和较高的价值。如果说新闻信息具有比较广泛的传播效果的话，那非新闻信息就要强调地域性和针对性，因为非新闻信息对某一个地区或某一个人群来说比较重要，比如最近新闻媒体报道的企业典型就属此类，它对于同类企业和被报道企业所在的地区是相当重要的，可以起到鼓舞士气、传播经验的作用，当然在全国范围内也有一定的宣传效果。如果我们把它无限制地夸大就会让人觉得荒谬，因为身处异国他乡而与其毫无关联的人是不会注意的，所以这些信息很少在其他国家产生反响。

其实，新闻信息和非新闻信息在新闻和信息类节目中的少量交叉并不要紧，关键是我们经办的节目既要有比较高的收听率，又要在听众中享有较高的喜爱度，因此信息传播必须坚持有用、有效和扩大信息含量的原则。

坚持有用原则就是坚持价值论原则，播发的信息要具有较高的价值和使用价值，有用才会有人收听，才会吸引更多的听众。当然信息的有用不像物品那样直接，食物可以充饥，煤炭可以取暖和发电，布料可以蔽体和御寒，但有相当多的实用信息是可以转化为生产力的，是可以产生效益的。新闻信息实用性虽然没那么强，但它可以让人了解国内外发生的大事，扩大视野，增加知识，这对一个人的学习、成长和工作都会起到一定的作用。

坚持有效原则就是坚持舆论引导功能，任何媒体的信息传播都有一定目的，都会有很强的针对性和指导性，包括那些自喻为客观公正的西方媒体也不例外。坚持有效原则主要体现在稿件的取舍上，我们对每天收到的稿件必须做到有所选有所不选，尤其是当越来越多的外电稿件可以直接接收的时候，稿件选择就显得更为重要。同时，对事件报道的角度也是坚持有效原则的一个方面，提倡什么反对什么都会在信息传播过程中得以体现。

坚持扩大信息含量原则就是要把节目办得丰富多彩，让听众在有限的时间得到更多的有用信息。扩大信息含量不只是简单地增加稿件的长度和条数，而是要增加稿件所包含的信息量。稿件无论多少和长短，信息量大，就是好稿、好节目，没有有用信息，节目就失去了价值，像有些会议报道除去时间与以前不同，其它都是老掉牙的内容，了无新意，何谈信息含量。而有的稿件就同时包含着多种信息，有表面信息，有隐含信息，有时寥寥数语，句句都含信息，像这样的报道人们就肯听、爱听，效果自然就会更好。

（撰写于1999年4月）

233

信息量是新闻竞争的核心

有人说现代媒体的竞争主要是新闻的竞争,而新闻竞争的核心又是什么?是时效,是深度?我认为,现代媒体新闻竞争的核心是新闻信息量的竞争。

如果我们回顾一下新闻改革的历程,对这一点的认识就会越来越清晰。中国新闻改革始于1978年之后,政治和经济的活跃,为新闻改革提供了丰富的资源。因此在我们的新闻改革中,首先是报纸新闻版面的增加,电台和电视台是新闻次数的增加,从过去每天几次增加到每天十几次,甚至几十次。新闻的信息量较之以前有大幅度提高,至少是新闻播出的条数增加了,内容丰富了。

但是已经把视野拓宽到国际空间的受众仍然感觉不解渴,就连从事新闻工作的人也不太满意。这里的原因至少有二,一是由于我国新闻体制的问题,有时真正的新闻不让报道或限制报道,而发出去的报道又价值不高;二是新闻总是停留在浅层次上,不能满足受众对信息量的需求。

由此新闻工作者开始考虑新闻媒体信息量——受众知情权——媒体权威问题。我国新闻媒体的权威到底表现在哪里?关键还是个信任问题,解决这个问题就是要满足受众的知情权,而满足受众的知情权就要让他们能获得他们应该知道的信息。

对于媒体而言就是要增加新闻的信息量，因此，许多电台和电视台解放思想，设立新闻频道，一时不能设立专门新闻频道的，也拿出一个频道以新闻性节目为主，这样不仅可以争取第一时间播出，抢夺先机，而且大大拓展了新闻报道的空间，新闻的信息量成倍增加。

《北京青年报》现象突出地代表了这一时期媒体的走向，如果我们仔细观察一下《北京青年报》就会发现，它的发家史没有什么奇特，就是靠增加信息量，满足受众的知情权。

什么叫新闻信息量？新闻信息量就是指附着在新闻载体上的有用信息的多少，这里至少有这么几层意思：一是这里的信息是指新闻信息，非新闻信息不包括其中，所以强调附着在新闻载体上；二是它必须是有用信息，也就是说它对受众而言要有价值，是一个完整的信息；三是有量的要求，而这个量与新闻条数不是绝对的成正比，也就是说新闻的条数多不一定新闻信息就多，反之，新闻的条数少也不一定代表新闻信息就少。

这样我们就可以走出误区。大家可能还有印象，新闻改革之初，为了丰富新闻内容，曾经提出"短些、短些、再短些"，这个总的原则是没有错的，但有些人把这个论点发挥到极致，出现了一句话新闻。事实证明，一句话新闻多数情况下会舍掉很多的有用信息，让人听起来总有话没说完的感觉。

首先应该弄明白一个概念，新闻信息不等于一条新闻。好的新闻一条之中有多个信息，没有价值的新闻信息量可能是零。因此新闻的条数多不等于信息多，关键看每条新闻中所包含的信息量。当然，如果用最少的字数传递最多的信息，那肯定是上佳的选择。

就一个具体的新闻媒体而言，信息量增加有两个方法：一是扩大独家新闻的数量。独家新闻就意味着在共有信息之外多于别人的信息量，如果受众总是在这家媒体中获得新的而且是其他媒体

235

没有的信息,无疑会对这家媒体产生依赖性,这种依赖性就是信任。因此,现在新闻媒体都在千方百计采访独家新闻。

二是采用"集束报道"的方式。战争年代有人发明了集束手榴弹,把每一个威力有限的手榴弹捆在一起,让它们发挥1+1>2的效果,这次对9·11美国受袭的报道实际上采用的就是这一招。

"集束报道"以前也有过,多数使用在事件性报道之中,这种报道方式的好处是显而易见的,报道的信息量可以发挥到最大。像我们对美国受袭的报道,在收集了所有这方面的信息之后,编排一个长达5000多字的综合板块,有美国受袭的基本情况和总统及其他政府要员的讲话,有我国领导人给美国总统的慰问函,有世界各国政府首脑的反应,还有美国受袭建筑的背景资料和美国历年受恐怖袭击的记录等等,这种集束式的报道不仅为受众提供了有价值的新闻信息,而且编织成了一个富含多种信息的开放网络,因此信息量是随着受众的思考而不断增大的。

事件性新闻可以采取"集束报道"方式,日常报道能不能也这样做?日常报道之所以不像事件性报道那么引人注目,原因恐怕与我们的报道方式有关,我们没有把一些不显眼的信息变为有冲击力的集束群。比如我们经常对改革开放以后我国经济的发展进行报道,但人们总感觉我们在这方面的报道还很不够,原因就是我们零打碎敲,都把信息给分散了,因此不能给受众留下深刻印象。如果我们也通过整合,以集束的方式奉献给受众具有穿透力的信息群,相信情况就会大变。

其实这些方式的改变并不难,网络就是我们的榜样。网络在非常短的时间内拥有那么多的用户,除了极具个性化的魅力之外,恐怕就是它具有分门别类集束信息的优势。

因此,新闻的竞争归根到底是信息量的竞争,在这个竞争面前,媒体自身的优势并不起什么作用,关键看谁的头脑更聪明。

从宏观的角度写典型

1993年2月中旬，我和柴增禄同志到江苏华西村采访，历时一个星期，写出了一组共五篇报道，播出以后，得到了听众的认可，我们一颗悬着的心终于落了地。

一、沉到底层找真金

我们接受这个任务之初，心里的确没底。尽管华西是个老典型，各家新闻单位报道的也不少，可华西的精神到底是什么？这是牵涉到确定一个什么主题的大问题。因此，一开始我们只是根据以往的一些印象，搞了一个非常主观的计划，五篇报道的格局就这样定下来了。

我们来到华西以后，华西的同志又给我们提供了许多材料。应该说，我们手头的素材并不少，但我们仔细研读以后发现，可用的并不多，怎么办？我和柴增禄同志商量后决定，先看看华西村的全貌，有一个感性认识，这样看下来收获果然不小。接着我们又相继开了几个座谈会，走访了一些村民，慢慢地我们的思路明晰了，报道的主题和各篇的内容一起向我们走来。

华西的面积只有0.96平方公里，但他们却在这有限的土地上创造了令人叹服的业绩，他们的发展代表了中国大多数人、大多数地区的方向，而且与我们发展的时代非常吻合。改革开放、发展经济、精神文明、共同富裕，在华西每一个方面都体现得很充分，因此我们借用了李鹏总理为他们的题词，把这次报道的总题目定为《中国农村的希望》，同时根据我们了解的情况，五篇报道的布局为：第一篇着重写华西改革开放以来物质文明建设的成就；第二篇着重报道他们在建设物质文明的同时，决不放松社会主义精神文明建设；第三写华西人致富以后不忘国家、不忘集体、不忘左邻右舍的品格，这一篇既可以说是前两篇的续写，也可以说它是前两篇的延伸，因为做到这一条，既要有经济实力做基础，也要有精神文明做保证；第四篇着重从人才方面去写，谁都清楚，两个文明建设的关键还是人才，否则就无从谈起；第五篇写华西的班子，充分说明正确的方针、路线确定之后，干部就是决定的因素。可以说，五篇既有分工，又有联系，这也是根据广播的特点制定的，既独立成篇，又紧紧围绕着一个大的主题。

有了骨架，还需要有血有肉。肉从哪里来？我们看了大量现有的材料，我们也翻阅了其他新闻单位的报道，然而我们发现，这些材料太陈旧了，而那些公开的报道也都是翻来覆去的几件事，只有向现实要素材，向华西的群众要素材，才是唯一的出路。我们找来华西群众和干部，甚至找来华西邻村的人，他们讲了许多鲜活的事情：华西的四次创业；1991年遭水灾后不但不要别人支援，反而拿出几十万元帮助他人；华西"小才大用"的人才观；华西村党委保持艰苦奋斗精神的责任书以及党委成员自愿放弃承包奖金等事迹都是其他新闻单位从来没有报道过的。有了主线，再加上这些骨干事例，我们心里才有了底。由此我想到，以前总是听别人讲要用脚去写新闻，这一次我真正懂得了它的含义，只有沉下去，才能淘到真金。

二、用宏观意识去粗取精

通过第一轮的采访，我们确实得到了许多素材，然而一篇报道并不是素材的堆砌，它需要去粗取精，尤其是报道一个基层的典型，如果就事论事，很容易停留在低水平上，这就需要从宏观上去把握，从全国的角度去衡量。比如第一篇写华西的四次飞跃，完全可以从过去的贫穷写起，到现在的富裕为止，从数字到数字，也能成为一篇成就报道，可是这样就显不出华西人的创业精神、艰苦奋斗精神以及与整个改革开放的联系。我们采取一开头先描述华西这几年变化的事实，紧接着话锋一转，写道："对华西人来说，社会主义给他们带来的这种幸福是一次时代的巨变！"只这一句就把华西的变化与整个时代的变化连结在一起了，有了时代的变化才派生出了华西的变化，华西的变化不是孤立的一地之变，而是我们社会主义中国大地上变化的一个缩影，这样写才能显示出华西的意义。

再比如第三篇《华西人的品格》主要写了华西人一不忘国家，二不忘集体，三不忘左邻右舍，这就很有现实意义。改革开放以后，确有一些富裕了的人或团体，不是扶危济贫，而是为富不仁；还有一些人钻国家的空子，偷税漏税，一味崇尚金钱。在这个时候宣传华西的三不忘精神针对性就很强。

强调宏观意识，并不是讲大话、讲空话，而是要用事实去体现报道意图。而对事实的判断也要有宏观意识，有些事实确实很感人，但它有地区性，有狭隘的一面，这就不能用。比如我们在采访时，听到了这样一件事：华西村的一个村民儿子不幸早亡，中年丧子，夫妻自然很悲痛。吴仁宝听说以后，就把自己的第四个儿子送到了这家，给这个村民做儿子，以后孩子长大了，又成了这家的女婿。把自己的儿子送给别人，在我国农村确实很难，可这样的做法在一些知识层次较高的人眼里，尤其是在城市，是难以理解的，没有普遍性，所以这个事例我们没有选用。这样用宏观意识去把握整个报道基调的例子很多，无非想说明一点，写报道眼睛不能只盯住一点，要着眼全国，要有针对性，在这个大前提下，再抓住报道对象的特点，才能收到好的效果。

三、搭架子与写作技巧

五篇的格局确定之后，接下来就是搭起每一篇的架子。第一篇写华西物质文明建设的成果，着重在一个"变"字上，要体现华西的巨变，我们经过仔细筛选，决定以华西的四次飞跃为主线，展示华西社会主义新农村的形象。第二篇写华西精神文明建设，我们考虑，如果只讲一般的思想政治工作，极有可能和其他类似的报道相差无几，华西是一个先富起来的典型，而先富起来的地方在建设社会主义精神文明方面应该有她的独到之处，我们在采访时发现，华西的精神文明建设从富裕以后的查赌开始，一步步深入。因此第二篇开头就用了一个举报赌博的例子，接着写华西为禁止封建迷信和提高村民素质而创办精神文明公司，最后写了华西的文化建设，这样就比较完整了。第三篇写华西人的品格，我们想只要把华西一不忘国家，二不忘集体，三不忘左邻右舍的事迹勾勒出来就能说明问题，而这篇的关键还是不忘左邻右舍，所谓风格也从这一点上体现。我们采取了借他人之口说华西之事的形式，现身说法，这样让人感觉更真实。第四篇写华西的人才观，一开始还真理不出个头绪，突然有一天我听华西人讲他们都是小才大用，如果不注意就会把这句话当作一个谦词，可我们一分析觉得这里面大有文章，它包含着几个意思，一是让人才发挥到最大限度，不埋没人才；二是要让人才在干中学，学中提高。因此我们抓住这点作为这一篇的主线,又挖掘了几个动人的例子,形成了一篇很厚实的稿件。第五篇写华西党委一班人,这也是很难出新意的,最后我们确定,以吴仁宝为主,以其他人为辅,既写吴仁宝,又突出集体的智慧。

写任何一篇稿件都要讲究文眼,画一个人画好了眼睛就成功了一半,写文章也是如此,所以我们在这次采访中格外重视起好每一篇的题目,也就是文章的标题。成稿与制定的计划相对照,每篇的题目都有改动,第一篇计划叫《华西巨变》,成稿改成了《四次飞跃,华西巨变》,突出了华西的创业精神和发展速度。第二篇关于精神文明的稿件,想了几个题目都不好,不是平了,就是俗了,后来想到它紧跟着第一篇物质文明建设的稿件,物质文明不是让人生活富有嘛,精神文明也是让人在精神上富有,因此第二篇的题目也就有了——《华西村的又一个富有》。第三篇写华西的三个不忘,一开始起了个名字叫《华西人的追求》,觉得不太合适,追求什么,怎么追求,不太明确,它的三个不忘讲的是一种精神,一种风格,因此最后定题为《华西人的品格》。第四篇的题目正如上面所说的那样,了解了华西的人才观,就基本上确定了题目,但是怎么说更生动形象,也费了一番思考,同时为了不和上面几篇格式类同,这篇的题目定为《小才大用说华西》。第五篇开始想以《坚强的战斗堡垒》为题,可是又觉得太陈旧,似曾相识,结果套用了一个电影的名称,叫做《吴仁宝和他的助手们》,虽然缺乏创新,但基本上表达了稿件的主旨。

《中国农村的希望》这组稿件播出以后,听众给了不少赞扬的话,但我们心里清楚,回过头去看一下,仍有许多缺憾,比如因为采访时间匆忙,稿件有的地方还不够简练,有的地方衔接不够自然等等,这些只好等以后再次采访的时候加以注意了。

通讯写作中的几个问题

通讯写作比起一般的消息来，要复杂得多，而广播中短通讯的写作就更不容易，本文不想就如何写好通讯作全面的阐述，只就通讯写作中的几个问题谈点个人看法。

一、关于宏观意识

不管是人物通讯的写作，还是事件通讯的写作，都要把人、事、情有机地结合来，通过对人物或事件的描写，刻画出人物（包括群体）的个性特点，或展现一个事件的概貌，使主题在饱含感情的笔端不断升华，达到一个新的高度，这是通讯写作中的上品。前不久，甘肃记者站廖永亮采写的《石头洼的变迁》就具有上述特点。他根据石头洼村更名为牛村的事实，叙述了石头洼村党支部和村民委员会在扶持村民养牛致富方面的一些感人事例，进而阐述了一个对全国有普遍意义的道理，即石头洼村的干部们扑下身子真心为群众着想，因而密切了干群关系，在这里干部已不再是讨人嫌的逼账者，而成了可亲可敬的致富带头人。

在这篇通讯中，人们可以觉察到记者的宏观意识是多么的强烈。他将石头洼村的变化放在全国的大环境中进行观察，从中发现了它的价值。目前，由于种种原因，有些地方的干群关系还比较紧张，采取什么办法缓解或解决这个矛盾，大家都在进行有益的探索。《石头洼的变迁》就抓住了这个实质性的问题，从描写村干部带领群众致富开始，把落脚点放在了干群关系上，向人们展示了一种因为干部作风转变而建立起的亲密的干群关系，针对性比较强，又有一定的高度。

通讯写作中的宏观意识是指记者是否能够把采访到的素材有意识地放在全国这个高度来衡量，甄别其有无价值，或价值大小。这一点很重要，如果记者有宏观意识，他的价值取向就很明显，也很得当，写出的通讯具有典型性，就有高度、有意义。否则，写出的通讯只能是事迹的堆砌，平淡无奇、一盘散沙。四川站陈汝平采写的《成昆铁路通车20年回顾》，从字里行间，从磅礴的气势中，人们不难发现，他紧紧地抓住了自力更生、艰苦创业这个主题，不管是写外国专家对成昆铁路的死亡预言，还是写中国人筑路的事迹，都是为这一主题服务的，而这一主题在目前的情况下有着非常重要的现实意义。

这篇通讯的成功，依然得益于记者的宏观意识。假如记者只是从成就到成就，讲一段铁路的发展史，必然要失败。这样的例子很多，归其一点，就是记者只起到了一个蜜蜂的作用，采到了蜜，却没有把蜜提炼加工而成精品。

宏观意识是政策水平和全局观念的综合体现，记者采写的人物、事件总是归属于一个局部地区或单位，在一个地区有宣传价值的人物或事件，放在全局，就不一定还有意义或价值。因此，加强平时的政策学习，掌握全局的情况，是采写通讯时能够体现宏观意识的必要前提。

二、关于开掘要深

通讯写作中容易出现的另一个问题就是，开掘不深，流于表面，展现在听众面前的是一堆死材料、死数字。比如采写人物通讯，绝不能只限于把人物的事迹写出来，还要善于挖掘人物事迹背后的思想活动，也就是不光要写出他做了什么，还要阐述他为什么这样做，表面的东西虽然清晰可见，但缺乏神韵。只有内心的活动才闪烁着耀眼的火花。黑龙江记者站李毅采写的《矿工世家》叙述了流传在黑龙江鸡西矿务局的一个佳话，在父亲的带动下，兄弟四个子承父业，先后下井挖煤。这篇通讯第一稿并不理想，主要问题就是开掘不够深，只讲了事情的发生过程，没有说明为什么发生。记者根据编辑的意见写出的第二稿就生动多了。父亲是一名老矿工，他经历了新旧时代两重天，深切感受到了新中国对工人的关怀，感受到了党的温暖、组织的温暖和煤矿的温暖，这个认识是从一件件具体的事情中得来的，包括煤矿全力挽救他的生命这样令人难忘的大事。兄弟四个对煤矿的认识是从这里开始的，并在后来的工作中逐渐加深这个认识，以后又把这个认识变成了自觉的行动，终于诞生了一个矿工世家。记者正是按照他们思想发展的路子步步深入，找到了他们行为的源动力，通讯中的人物因此再也不是模模糊糊的影像，而成了活生生的人。

开掘要深，是指记者在采访中，不仅要了解事物的现象，还要抓住事物的本质，即透过现象看本质，这样写出的通讯才有深度。前不久，我们在十点新闻中找出了十篇专题通讯，包括重庆市保证居民粮食供应、杭州煤气供应的分析、福州城市建设的进展、山西太原的环保事业、西海固地区的变迁等。这几篇通讯谈的都是和人民生活密切相关的事，记者通过对无数个表面现象的分析，喻示出了这样一个道理：党和人民政府在财力和物力并不充足的情况下，想方设法，为改善人民的生活尽心尽力。这几篇通讯提纲挈领，都抓住了事物的本质，大家普遍反映写得既扎实又有深度。

开掘要深并不是写作的手法问题，而是个认识问题，只有具备了敏锐的观察能力、思维能力和综合能力，才有可能不断对事物加深认识，才有可能写出具有深度的通讯。

三、关于细节描写

细节描写是通讯写作中不可缺少的一部分，它在表明主题，展现人物性格，增强通讯的效果方面有着重要的作用。通讯《爱的奉献》报道的是牡丹江市社会福利院护理员齐艳华的事迹。齐艳华身材苗条、皮肤白皙、性格文静，而她的工作却是护理35个智障人员，这对一个年轻姑娘来说是相当严峻的考验。作者没有全面铺开描写齐艳华与35个被护理人员相处的艰难境况，而是抓住了最能说明问题的两个细节，展示了齐艳华所从事的工作的困难程度。比如齐艳华做了充分的思想准备，可出现在她眼前的情景仍出乎她的意料，院子里乱得像猪圈，几个被护理人员正在为抢一件东西嗷嗷厮打着，齐艳华推开房门，一脚踩在一堆粪便上。再比如，"一次在回家的车上，一位男同志指着齐艳华的衣服说：'同志，你这儿有个虱子'"。这两处细节描写，事情都不大，但对一个年轻姑娘所处的环境和对她的考验，描写得活灵活现。假如只是用一些笼统概括的语言，绝对不会出现这样的效果。在这篇通讯里，还有一处细节描写也很感人。在齐艳华做了大量工作以后，被护理的这三十五个智障人员开始有了规律的生活，在长期的相处之中，他们也对齐艳华产生了感情。为了说明这一系列的变化，通讯用了这样一个细节："一次院里分苹果，齐艳华外出开会，这些人就给她留着，等她回来时苹果都烂了。"要知道，留苹果的是一群什么样的人，而现在他们发生了什么变化，只这一个细节就全说明了。可见细节的作用是很大的。

细节描写是指记者把采访中所获得的特定情节，用白描的手法使之跃然纸上，为说明主题服务的一种手段。这种手段应该是通讯写作中的常用方法，能够用较小的笔墨，展现非常动人的场景，以达到烘托主题的作用。细节描写得成功与否，取决于采访得深入与否。不是所有的人都能把握住时机，不漏过与主题有密切关系的细节，有的记者往往会把一些动人的细节认作是皮毛小事，无关紧要，很快就把它们忘掉了。因而他们写出的通讯缺乏形象性，无非是把事件的发展过程机械地复述一遍，空话多，概括性的语言多，没有特点，显得干干巴巴，平平淡淡。

四、关于人物语言

语言是心灵的展现，刻画人物的性格和展示人物的心灵都离不开语言。因此，通讯写作中对人物语言的运用就显得非常重要。

处理好通讯中的人物语言，要从采访一开始就着手进行，只有了解了被采访对象的性格特征，了解了被采访对象的语言特点，在通讯写作中才能做到水到渠成，合情合理。但是，有的记者并没有遵循这样一个采写过程，等到写作通讯时，需要人物开口，却不知道怎么说，更不知道这个人物的语言特点，只好按照作者自己的主观想象勉强加上几句，这样写出的人物语言肯定会南辕北辙，风格不一。因此在人物语言的写作上应遵循这样几个原则：

（1）要符合人物的特性。常言说"百人百姓百脾气"，每个人都具有不同于他人的个性，而这个个性往往表现在语言和行为上。因此了解一个人的个性可以从语言和行为开始，同样，只有真正掌握了人物的个性，才会更好地表现人物的语言。一般说来，工人心直口快，因此从他们口里说出来的语言就又直又冲，像"空喊主人翁十次，不如真正当家作主一回"这样的语言就符合工人的身份，如果换成文绉绉的语言，就很不协调。通讯《我愿当一辈子采煤工》中有两段很精彩的话，当时德乐由庄稼汉转为采煤工后，家里人很不情愿，娘说："在矿下是四块石头夹块肉，那活儿没法干。"时德乐经过再三考虑，是这样回答的："开井就得有人干，你不干，我不干，还能烧大腿。"这两段话很典型，非常符合人物的特性。时德乐的娘为了劝他不要干采煤工，语言中规劝带着吓唬，但更多的是心疼。时德乐作为一个采煤工，他知道国家需要煤，可如果都不当矿工，人们烧什么，语言既耿直又坚硬，更透着一种为国分忧的责任感。

（2）要符合人物的身份。每个人除了有不同于他人的特性外，因各自所处的环境、从事的工作、知识水平不同，确定了各自的身份。身份不同，说出的话有相当大的差别。同样是说党的政策好，工人和农民说出的话就不一样，文盲和知识分子说出的话也不一样。杨锦礼是个种粮专业户，他是这样说的："咱丰收了还不是靠党的政策，不能忘了国家，多认点定购粮是应该的。"而领导着一个企业的经理崔秀镇又是一个表达方式："没有国家的好政策，我们就一事无成。"前者的话显得淳朴厚道，后者的话显得成熟真诚，这里因身份不同而表现出的语言差别一目了然。

从事的工作不同，对语言的运用也不同。有这样一段话很能说明问题。我国云南有一个锡矿，每年因氡子体污染患肺癌的工人就有六十多人。周恩来总理生前曾语重心长地对专家说："你们去看看锡矿患肺癌的工人，救救他们。"周恩来总理是很注重与同志交往的分寸的，很讲究语言艺术。周恩来作为国家总理，关心工人群众的生命，他完全可以用命令的口气讲话，但是谁都知道，周总理对专家是非常尊敬的，加上他和蔼的为人，用这种语言和语气是非常符合他的身份的。

从事同样工作的人，由于地点和知识水平不一样，说出的话差别也很大。程阿沛和杨锦礼一样，都从事粮食种植，但程阿沛是一位担任着村党支部书记的种粮人，他对种粮的认识是"我种粮不是为了赚钱，是想让大家明白，种粮同样有前途"。而杨锦礼这个地地道道的农民对种粮的认识就更实在了，"咱丰收了，不能忘了国家，多认点定购粮是应该的"。

（3）要符合时代特色。挖掘人物的时代特点，最简捷的办法是从人物语言入手，人物语言最容易体现时代特色，俗话说"一个朝代说一个朝代的话"就是这个道理。有些记者在采写人物通讯时，对人物语言的处理，总是从高大全着眼，超越时代，超越现实，让人物说一些调子高的话语，否则就觉得不足以表现人物的先进性。张玉兰是一个普普通通的挡车工，她对待工作认认真真，兢兢业业，她的出发点是"和老工人相比，我对国家的贡献还太少，只有努力多干一点才是"。像张玉兰这样的同志在我们国家很多，也很实在，具有鲜明的时代特色，如果离开她的思想水平，离开她的生活时代，设计她的语言，既不符合她的身份，也没有了时代气息，只会让人觉得虚假。在对全国劳动模范、重庆市下水道疏通工孙春明的语言处理上，记者就犯了超越现实的错误。孙春明钻出下水道，满身污泥和粪便，路过的行人说："这活真不是人干的"，但孙春明却说："如果能换来下水道畅通，换来人们干净的生活环境，再脏再臭我也愿意去做。"这段话应该说很有气魄，也很有思想，但我们认为不符合当时的情况，因为孙春明说的这段话一是不能同上面那句话相衔接，二是不符合当时所处的环境。孙春明从下水道钻出来，浑身污泥和粪便，不可能仔细梳理自己所回答的话，这段话一看就是记者为了追求宣传效果事后加工的。因此，在播出时，编辑根据上文作了变动，改成了"是活就得有人干，要不满街流脏水，谁也生活不好"，这样改也不一定就完全符合当时的情况，但至少接近了现实，上下文的衔接也比较顺了。

符合时代特色要求记者对人物语言的处理必须同当时的环境相一致。人的思想、语言、行为首先会打上时代的烙印，也会随着时代的发展而有所变化。二十世纪五、六十年代，人们的思想很淳朴，所以便有了铁人王进喜那种"拼命也要拿下大油田"的豪言壮语。进入八十年代，人们的思想和五、六十年代相比有了很大的不同，变得比较现实。就是经历了五、六十年代的人们，随着时间的推移，思想在变，语言也在变。因此符合时代特色、符合实际应该成为处理人物语言的一个基本要求。

（4）人物语言的运用要准确得当。通讯中对人物语言的运用，除了要符合上述几个要求外，还要注意准确得当，切忌词不达意或无限夸大。一位女学生脸上长了酒刺，不知道用什么化妆品好，她找到模范营业员王巧珍，记者在描写王巧珍安慰女学生时用了这样的话"您不要着急，您的痛苦就是我的痛苦，我有责任帮助您满足对化妆品的要求"。且不说王巧珍是否会讲这样的书面语，单就"您的痛苦就是我的痛苦"一句而言，也不太确切得当。因为王巧珍无法把女学生的痛苦转移到她的身上，变成她的痛苦，王巧珍只能帮助女学生摆脱痛苦，所以编辑在编稿时改成了"您的痛苦我非常理解"。

在同一篇稿件中，还有一处因用语不太准确得当而造成无限夸大的情况。王巧珍在下班后，主动上门为一位顾客退钱，这样的事并非王巧珍份内的事，完全可以不管，但她处处为他人着想，很认真的做了，自然她也得到了顾客的表扬。这封信用了这样的语言："你让王巧珍给我退回的不只是这几元钱，从这件事中我亲身感受到了党的温暖，社会主义制度的优越。"也许顾客真这样写了，但在通讯写作时记者应该加以甄别，把这件事抬高到这样不适当的地步，未免太过了。

　　通讯写作中对人物语言的处理，有许多可以遵循的规则，如果处理得好，可以起到画龙点睛的作用，否则，为了让人物开口而说话，只能是败笔。

把握听众心理　办好广播节目

　　衡量广播工作的成败得失,以什么为标准?从现实的情况看,不外乎以下三种:一是来自领导机关和领导同志的评价,这是至关重要的。一个节目、一篇稿子得到了领导机关或者领导同志的好评,就意味着至少在政策口径方面得到了认可,导向上不会有大的问题。二是来自专家的评价。节目和稿件的优劣在业务方面是有客观标准的,而来自于专家的评价就确定了节目和稿件质量的高低。三是来自听众的评价。中央台前几年曾经搞过一次听众最喜爱的节目评选,尽管在竞争的公平性方面颇有议论,但我认为这仍然是一次很有说服力的举动,它毕竟对我们节目的影响程度从受众方面得到了印证,而且这种评价不受任何人的左右,比较客现。听众的评价实际上是一种综合的评价,也许听众本身并没有意识到,但他们的评价包括了业务和社会效果等各个方面,当然也包括了报道的导向。

　　关于广播电视的任务,中共中央在批转广电部党组的《汇报提纲》的通知中有明确规定:"广播电视是教育、鼓舞全党、全军和全国各族人民建设社会主义物质文明、精神文明的最强大的现代化工具。也是党和政府联系群众的最有效的工具之一。"简而言之,广播电视都要通过现代化工具来影响听众和观众,其效果如何，关键在于我们是否能够影响听众或者观众，如果听众或者观众根本就不听广播，不看电视，我们节目的内容教育性再强，鼓舞性再强，也不会起到任何作用，这里的关键是要让听众打开收音机，收听我们节目，吸引他并最后对他能有所影响，做到了这一点，才能完成党交给我们的任务。所以我认为，我们办节目或写稿件最重要的是学会换位思考，多从听众角度想一想，只有把握准了听众的心理，才能谈针对性。

1994年10月，根据中央台节目调整总的思路，创办《九州巡礼》节目。在这个节目的创办过程中，我们发动大家反复讨论，最终形成统一意见：到听众中找定位，充分把握听众的收听心理，社会效果要靠可听性来体现。因此，我们在节目中突出了《最新报道》《百姓心里话》《公仆话筒》《特色人物》《新闻故事》等栏目。《最新报道》以记者口播或现场录音报道的形式比较快地播报发生在各地的新闻事件；《百姓心里话》为百姓提供发言的机会，让老百姓讲实话，讲心里话；《公仆话筒》则要针对百姓的问题谈解决办法或思路；《特色人物》一改过去好人好事式的报道方式，而着重报道那些在某一个方面有特点的人物。

在节目创办初始，我们还开设了《明星企业》和《名牌产品》两个栏目，后来由于中央台的整体考虑并转了。当时我们要求，经常报道的东西也不能走老路，过去对企业的宣传，避讳介绍企业的情况，基本上是千篇一律，报道的内容毫无特点，而且离听众很远。这些年大家普遍感到企业的报道难搞，其关键就在于没有从听众的角度出发，没有从实际出发。企业都各有特色，为什么报道时都变成一个样？听众不大关心与他无关的事，比如企业的精神文明建设、经常性的技术改造等等，他们想了解的是我们国家的大中型企业在我国国民经济当中所处的地位，发展规模、发展方向、发展前途、效益如何。而企业的这些情况不要说一般人不了解，就连我们从事新闻工作的同志也未必了解多少。报道这些企业就像是在介绍知识，而知识的吸引力是难以想象的。

把握听众心理，从听众的角度出发办节目，决不是迎合听众，更不应该把新闻的党性和人民性对立起来。在我们这样一个社会主义国家，党的利益和人民的利益从根本上讲是一致的，按照一般的逻辑来讲，我们的节目体现了党的方针政策，坚持了实事求是的思想路线，也就同时体现了人民的愿望。但在实际的操作过程中，往往有偏差。因为每个人所处的时间、地点、地位不同，对问题的看法也不尽相同，这就是为什么有时领导满意，听众不满意，有时听众满意，而领导不满意的原因。比如，对社会阴暗面的报道，我们这样一个大国，每天都会发生一些负面的事情，但它与我国经济和社会的发展成就相比，与每天出现的好人好事相比，是少数，是枝节。我们的听众散落在各地，他对当地的微观情况知道得多，对阴暗面的东西印象深，尤其是对尽快改变社会治安现状反应敏感，因而他们希望通过较多的揭露以引起上层的重视而使问题尽快得到解决。可领导机关和领导同志多是从全局出发，要求新闻单位反映全局的情况，这就是出现差异的根本原因。在这种情况下，同样需要研究把握听众心理，我们通常所说的度就是研究了听众心理以后出现的结果。

当然听众的心理是多方面的，有积极的一面，也有消极的一面。新闻工作者就是要鼓励积极的，引导消极的，要考虑听众的需求，又不能一味迎合。广播电视有教育和鼓舞全党和全国人民的作用，有不断提高全民族文化素质的作用，因而我们不能传播痞子文化，也不能传播封建迷信和伪科学，更不能保护落后和宣扬泄劲情绪。作为国家电台，为听众服务和准确全面地反映社会现实都是我们的责任，这两者是完全可以统一起来的。所以，我们一要胸中有全局，正确引导舆论，二要心中有听众，把握听众的脉搏，真诚地为他们服务。

关于主持人和主持人节目
几个问题的思考

主持人和主持人节目产生以后，实践的丰富使得研究不断深入，同时也出现了一些带有争议的问题，见仁见智。我曾经主办过主持人节目，个中体会也有一二，写出来就教于同行。

一、主持人节目的分类

主持人节目出现以后，为主持人节目做一个科学的分类很有必要。如何为主持人节目分类，以什么标准为主持人节目分类，在对主持人节目的指导上大有裨益。比如，我们可以从节目的内容方面去划分，可以分为新闻类主持人节目、专题类主持人节目、文艺类主持人节目、服务类主持人节目等。如果从形式方面去划分，可以分为综合性主持人节目、单一性主持人节目等。这些划分完全是从节目本身去考虑的，应该说意义也是很大的，它可以在经营节目时分清侧重点，也可以很容易地确定一个节目的方针，有利于实际操作。但从对主持人节目的研究方面去考虑就显得太简单了，主持人节目毕竟同其他的节目有所不同，我们不仅要研究主持人节目，同时也要研究主持人本身，所以分类就要既考虑主持人节目，也要考虑主持人，那么这个分类用一种什么标准，我认为应该从主持人与节目融合的程度方面划分，按照这个方法，可以分为完全主持人节目、不完全主持人节目两类。

完全主持人节目是指主持人在主持这个节目时起着决定性的作用，也就是说节目完全是在主持人的操纵下运作的。具体来说，节目由某个人确定主题以后（这里的某个人既可以是节目的负责人，也可以是某个编辑，当然也可以是主持人本身，最好是主持人自己），先由主持人写出主持提纲，编辑根据这个提纲进行采访或者寻找材料，组成一次节目，结果是这样的：在节目直播时，主持人根据自己的提纲和编辑记者提供的采访素材，完全自主地进行调动，这时编辑记者提供的素材已经变成了主持人自己的东西，这就是完全的主持人节目。当然由主持人主持的电话热线、即兴采访等就更是完全由主持人操纵的了。

不完全主持人节目是与完全主持人节目相对应的，如果说要给它下一个定义的话，那就是主持人与节目的融合比较少，主持人在节目中不起决定性的作用。通俗一点解释，就是主持人参与的成份不很多，比如中央台的几个文字板块和有的文艺板块就属于这一类，串联的味道浓，主持的味道不足。

如此说来，为什么还把它归为主持人节目，还称节目的串联者为主持人？我历来认为，不管主持也罢，串联也罢，包括会议的主持者，大型演出的报幕员，都可以叫主持人，因为他确实起到了主持的作用，没有他的串联和导引，会就没法开，演出的节目就显得散，尤其是广播，没有人从中串联，那是不可想象的事。另外从节目的表现方式也可以大致划分出什么是主持人节目，什么是播音节目，所以我认为提出这样的怀疑是没有必要的。

二、主持人的分类

做这样的分类也许是自讨苦吃，就目前而言，在我国的广播电视节目中主持人不说多如牛毛，数量也很可观，一个人一个风格，怎么分类？但是这个苦我还想吃，因为它涉及到一个大问题，那就是到底是主持人的风格决定主持人节目的风格，还是主持人节目的风格决定主持人的风格？因此这个分类也不能说完全没有用。

不管节目主持人多么多，口音多么复杂，如果从风格上去划分，也不外乎这么几种：欢快型的、庄重型的、深沉型的等；如果从主持人本身的特长去分类，可以分为：善解疑释惑的、善说理的、善抒情的等等。除此以外，每个人还有快慢之分，这些就构成了主持人的风格和特点。

三、主持人节目风格与主持人个人风格的关系

上面我们对主持人节目和主持人分别做了分类，有些分类一看就知道是从风格的角度去划分的，这样就顺便带出来一个问题，在主持人节目的运行过程中，到底是节目风格决定主持的风格，还是主持人的风格决定节目的风格？也就是以谁为主的问题。我曾经看到过一些文章，他们认为既然是主持人节目，尤其是完全主持人节目，主持人参与的又比较多，因此主持人的风格表现得比较突出，节目的风格就会受主持人风格的支配，如果遇到节目的风格与主持人的风格相差较大时，节目就会迁就主持人的风格。

这种看法到底有没有道理？弄清这个问题要从主持人节目的实际出发，我曾经办过一个时期的《经济生活》节目，这个节目设主持人。在制定节目方针的同时，节目的内容决定了这个节目是节奏比较快，既庄重又活泼的形式，在我们选定了节目主持人以后，

也曾经分析过，是更多地发挥节目本身的风格，还是更多地发挥节目主持人的风格。最终的实践证明，起决定作用的还是节目的风格，也就是说，不管主持人是快是慢，是严肃还是活泼，个人的风格必须要服从节目的风格。我们都看过中央电视台的少儿节目，主持这个节目的几位主持人都表现出了更多的童心，既活泼又可爱。设想一下，如果这个节目让一位深沉持重的主持人来主持会是一种什么效果，不用说也可以想象得到。

由此我想，是否可以这样说，在一般情况下，节目的风格起决定作用，主持人的风格居于次要的地位，当然主持人个人的风格可以在不违背节目风格的前提下，充分发挥，以达到最佳的效果。

既然如此，在实际工作中，我们就可以按照这样的规律寻找合适的主持人，力争主持人的风格与节目的风格相一致，取得更好的整体效果。

四、哼哼哈哈与主持人节目的亲近感

主持人节目是在原来节目的基础上发展而来的，因此有对过去节目的继承，也有对原来节目的反思。如果仔细想一想就会发现，继承多表现在内容方面，而背叛则表现在形式方面。过去我们的节目较为严肃，一板一眼，不多一个字，也不少一个字，有人把它归结为太死。主持人节目出现以后，首先在这个方面作了较大的改变，语调变柔了，播音变的较为随便了，节目中哼哈等语气词频繁出现。最近我偶然收听北京经济台的一个节目，内容不错，就是一会儿一个"那么"，听起来不很舒服。由此我想到，主持人节目到底应该是个什么活法，亲近感从何而来？我认为，在节目中人为地添几个哼哈或者口语词是起不到这个作用的，反而会把节目的内容搞乱，影响收听效果。我在经办一个主持人节目时，也曾经遇到过

257

类似的问题，比如人为地将一句话分成两句说，不该停顿的地方停顿了等等，就很影响收听情绪，因为它并不是情之所至、有感而为。由此可以说，主持人节目的亲近感来自于与听众的交流，来自于真情实感，并不是几个语气词所能代替的。当然适当运用一些语气词也会增加节目的活跃气氛，但不起决定性作用。反而由此应该吸取一点教训，主持人要注意提高自己的素质，扩大知识面，克服哼哈现象，减少车轱辘话，做到主持更流畅、更自然。

五、主持人节目发展趋向

从现在来看，主持人节目还没有发展到顶峰，空间还比较大，这可以从各地兴办的经济台看出端睨，这只是主持人节目数量上的增加，从质量方面看，主持人节目还需要不断提高。我认为，现在完全主持人节目还太少，多数是先写稿子，照着稿子通俗地念一下，只不过人为地添了点广播特点罢了。主持人节目要想有质的飞跃，节目主持人的素质要想有个大的提高，不在完全主持人节目上下功夫是不行的。当然完全主持人节目也不可盲目发展，这样的节目毕竟需要大手笔，需要一个业务能力强的采编班子，同时也需要一个好的客观环境。进一步说，什么类型的节目适合于搞完全主持人节目，我个人认为，服务性的、综合专题类的、新闻时事类的等都可以，这里有个循序渐进的过程，不盲目发展，但一定要不断向前迈进。

（撰写于1993年5月）

录音报道面临的问题及对策

　　录音报道在广播中占有重要的地位，因为它集中体现了广播的优势和特点。我国几代广播工作者经过艰苦的努力，创作出了很多录音报道名篇。就是现在，从事广播的人也还在孜孜以求，不断推陈出新，新的优秀音响作品不断问世。

　　广播的历史本来就不长，作为广播报道形式之一的录音报道，历史就更短了。尽管如此，广播工作者在录音报道领域的探索是很丰富的，也经历了由运用简单音响到使用复合音响的发展过程。然而随着历史的发展和社会的进步，广播在经受着考验，录音报道也在发展中不断变化，新的时期会遇到新的问题，同样也会伴生解决问题的方法和对策。

　　录音报道受外界条件的制约比较明显，风雨雷电等自然环境都会产生影响。除了这些恒生不变的自然现象之外，历史发展产生的变化对录音报道的影响就更不能忽视。科学技术的发展会提高工业和农业生产的效益，改变生产的方式，给人们的生活带来方便，也正是科学技术的发展，使录音报道面临着从未有过的困难。（1）一些体力劳作过程中产生的音响正在逐步消失。比如打夯的声音、拉纤船夫的脚步声、劳动号子等，这是社会进步产生的结果，现代生产方式替代了原始劳动，一些因原始劳动产生的音响也就不可能存在了。而这些音响很长一段时间内在我们的录音报道中占有很重要的位置。（2）单一音响环境增多。现代化大生产，高塔林立，机器轰鸣，如果拍成画面很壮观，而要在广播中用音响表现出来却很困难，声音单一，没有层次和变化。我去过几个大型化工厂、化肥厂，机器发出的声音完全是一样的，根本没有特点，而且这种声音也很不好听。与此相反，一些高科技的企业，比如生产肝炎疫苗的企业，已经完全是计算机控制，车间和控制室几乎没有任何声音，如果用录音报道的形式报道这些企业可以说是近乎于无计可施。（3）噪音增加。我们很不情愿承认的现实已经摆到了眼前，汽车强烈的刹车声、电锯切割钢筋的声音、大型机器发出的巨大轰鸣声等等，这些扰民的声音无论如何也无法进入我们的录音报道之中。噪音的增加减少了乐音存在的空间，同样也为我们搞录音报道增加了难度。（4）场景的相对扩大造成了音响的失真。特定的地点和环境容易制作出优秀的录音报道，这一点已经被我们在标准的录音间制作的作品所证实。然而音响的采录必须在室外进行，而以往的生产空间相对比较集中，在有限的时空里录制音响容易驾驭，也可以取得较好的效果。现在情况大不相同，比如水电建设工地，绵延几十公里，空旷而纵深，如果想用话筒收录其中的音响，即使排除自然现象的干扰，也容易出现音响的失真。再比如码头，一眼望不到边，不同工种作业产生的声音混杂在一起，要想在这样的大场景下得到真切音响很不容易，往往录下的声音是混浊一片的，分不清是什么地方和什么行业。有一次，记者从石油钻探工地采回的钻机声也是这样的效果，从头至尾一个频率、一个声调，完全失去了它的典型性。

　　既然现代化大生产给音响的采制带来了一定的困难，那么录音报道的发展是否就停滞不前了呢？广播的实践对此已经做出了回答。录音报道非但没有减弱，反而得到了加强，仅以中央台为例，音响作品几乎每天的节目都有，每年带音响的作品几乎占获奖稿件总数的一半。在中国新闻奖和中国广播奖的竞争中，广播送评的稿件音响起着关键作用。

音响作品对于广播这么重要，而现实又给录音报道出了一道难解的问题，广播工作者只有以变应变才能巧做文章。

一、善于发现音响

在采制录音报道时，有的音响是一直存在的，而有些音响则是时隐时现的，也就是说有的音响是阶段性的，如不注意就很难抓住。1994年，新闻编辑部组织采制了系列报道《农村新貌》，其中有一篇反映的是陕西省礼泉县袁家村如何实现共同富裕。记者来到袁家村一看，从村容村貌到村民生活，确实是很富裕的。但从广播的角度出发搞一篇录音报道，其具有的音响同其他地方没什么两样，都是鸡鸣犬吠、拖拉机和汽车的轰鸣。如何才能用音响表现出这个西北农村独有的特点，以区别于南方和山东的农村？在采访中，记者偶然发现，这个村定时播放广播，而每天的广播必放一段西北人特别喜爱的地方戏——秦腔。记者马上意识到用这一音响做背景，将会产生很好的宣传效果，既能说明被采访的村庄处于祖国的大西北，同时也能衬托出袁家村富裕祥和的气氛。

善于发现音响不等于强做音响，它利用的是现有的客观存在的音响，而且是当时当地的。有的记者在采访中，为了追求播出效果，违反录音报道的原则，故意强做音响或者移花接木，这些是不可取的。

二、巧借音响

现实环境音响的匮乏，有时需要记者灵活应变，在这种情况下，可以用借音响的办法进行变通，扩大一点视野，也许就有音响为我所用。系列录音报道《建设中的国家重点工程》是1993年中央台的重头戏，其中有一篇《献上一片真诚的爱》，描写的是兰州生物制品研究所生产乙肝疫苗的情况。这个生产车间从事的高科技项目均是计算机控制，车间几乎没有任何声响。在这样声音单调的环境中搞录音报道，难度就可想而知了。然而记者在交待了这些特殊的情况以后，没有只拘泥于这片小场景之内，而是跳出车间借音响，他发现院内有运送疫苗的汽车，就在汽车旁边采访主管生产的副所长，而汽车的轰鸣声和汽笛声作为背景音响都成了录音报道不可缺少的组成部分，大大地丰富了报道的内容。二是借用历史音响。一般说来，录音报道反映的是一个特定的时空，较少纵论和横写，但是古往今来，凡大家超乎寻常的神来之笔往往是打破了条条框框的，录音报道巧妙地借用历史音响就属此类。录音报道《隔河岩新曲》在借用历史音响方面进行了有益的尝试。隔河岩是我国重点水电工程，国务院总理李鹏曾到工地视察并给予建设者很高的评价。在报道采制过程中，记者不仅充分展示了隔河岩水电工程的建设成就，而且巧妙地运用了李鹏同志的讲话录音，可以说衔接自然，使报道增色不少。

三、尽量缩小采访范围，突出典型音响

现代生产方式造就的大场景，确实为音响的采制平添了几分麻烦。然而事物有时就是这样耐人寻味，当音响短缺时，需要扩大一点视野借音响，而要在特大场景中采制录音报道时，又需要化整

为零，尽量在较小的范围内完成采访，这样既可以避免音响失真的可能，音响的典型性也会更强。京津塘高速公路的采访就曾经遇到过这样的难题，通过录音将140多公里长的高速公路展现在听众面前是很困难的，记者深知这一点，因此把采访的范围缩小，将北京收费站收费人员及司机的对话、采访工程监理和通车等几个典型音响用于报道之中，以点带面，在看似单调的题目中融入了丰富的内容。

在突出典型音响方面，这些年来还比较欠缺，有些录音报道中的音响成了可有可无的点缀物，在表现主题方面不起什么作用，只是图一个表面的热闹。之所以出现这种情况，原因有两个：一是把录音报道简单地理解成了有响就行，没有认识到音响在表现主题、深化主题方面的重要作用。广播录音报道中的音响是整个报道的重要组成部分，是不可缺少的，如果去掉音响，就不成其为一篇完整的东西了。二是因为没有认识到音响的重要作用，对音响在谋篇布局中的位置没有考虑，所以在采制音响时不研究、不分析，胡乱在什么地方采录一点是不可能得到典型音响的。典型音响不是什么地方都有的，必须在特定的时间、特定的范围内寻找，这里仍然有一个对较大场景中众多音响分析、筛选的过程，不断缩小范围，最后采到理想的音响。

四、善于运用特殊音响场景进行报道

本文对特殊音响场景的探讨，仅限于音响单一或基本无声两种类型，余者不及。在音响单一或基本无声的场景中搞录音报道确实是一种挑战，一般说来，遇到这种情况是不宜搞录音报道的，但有时是整个报道的要求，为了统一风格，也要用心为之。当然也有奇迹出现。再以对兰州生物制品研究所乙肝疫苗生产车间的报道为例，记者了解到现场音响既单一又基本没有的情况后，很感为难，但他灵机一动，这样的场景不正说明了高科技的成果吗？因此记者在低沉而单一的音响衬托下，说了这样一段话："乙肝疫苗属于医药学高科技领域，生产过程采用物理化学的提取方法，因此在这里听不到机器的大声轰鸣，显得比较安静。"这样的一种音响环境，配上一段这样的文字，简直是天衣无缝，应该说起到了此时无声胜有声的效果。

五、重视采访中的人物对话

人物对话分为两种，一是被采访者之间的对话，二是记者与被采访者之间的对话。不论哪一种对话，在录音报道之中都起着深化主题的重要作用。

人物之间的对话是录音报道中的常见音响形式，它既可以在表意方面直奔主题，做到用比较简洁的语言，表达比较丰富的内容，同时也可以起到起承转合的衔接作用。人物对话在形式上又比较活泼，是人物激情宣泄的依托，最容易出现"神来之笔"。因此，搞好人物对话设计和采访至关重要，尤其是当遇到了前文所讲的困难时，人物对话就成了整个报道中的重要音响，所以，人物对话的好坏决定了整个报道的优劣。

人物对话既是录音报道的常见音响形式，也是最不容易搞好的地方。采访人物需要事前做大量的案头工作，记者提问要讲究艺术，要有内涵，要善于引导和启发被采访者，不着边际的瞎问或者越俎代庖都是败笔。同时，人物要真正对起话来，否则就显得很沉闷。

人物对话作为录音报道最常见的音响形式，充分说明了它的重要程度。从录音报道的发展来看，人物对话在录音报道中的作用会越来越大,尤其是在时间紧、任务急的时刻,这种形式会使用得最多、最普遍,同时也会取得比较好的效果。

(撰写于1996年8月)

用"三个代表"重要思想指导广播创新

党的十六大把"三个代表"重要思想同马克思主义、毛泽东思想、邓小平理论一道确立为我们党的指导思想,这是我们党在指导思想上的一次与时俱进,也是我们党理论创新的伟大成果。广播工作是党领导的思想文化战线的重要组成部分,必须用"三个代表"重要思想来指导广播实践,不断创新,勇于改革,永续发展。

一、广播创新是"三个代表"重要思想的要求

"三个代表"重要思想最突出的一个特点就是与时俱进、不断创新,它提出,中国共产党始终代表中国先进生产力的发展要求,代表中国先进文化的前进方向,代表中国最广大人民的根本利益,其最根本的就是要保持党的先进性,它既是对马克思主义的继承,也是对马克思主义的发展,是指导建设有中国特色社会主义的最高纲领。广播工作作为党领导的思想文化战线的重要组成部分,贯彻"三个代表"重要思想就是要在坚持党的方针路线的前提下,根据形势的发展和变化,不断改革创新,使广播不断发挥更大的影响力。

广播工作不仅要以"三个代表"重要思想为指导,同时作为党

的思想宣传阵地，更肩负着传播先进文化的重要任务，完成好这个任务，不能机械地理解，而是要生动地、有创造性地工作，不断增强广播传播的效果，吸引更多的听众，而要想达到这个目的，没有内容和形式的创新是不行的。

有家晚报在刚刚复刊的时候，很受读者欢迎。若干年过去了，虽然这家晚报的发行依然比较好，但跟刚刚复刊的时候相比，读者显然少了。原因不是这家报纸的质量不如以前，而是创造力不够。读者水平随着时间的推移提高了，自然也要求报纸的水平随之提高，而提高水平的关键就在于创新。广播更是这样。在电视和平面媒体的激烈竞争中，广播已经不占多少优势了，如果再没有创新，固步自封，听众只会越来越少，影响也只会越来越小。因此，贯彻落实"三个代表"重要思想，传播中国的先进文化，就必须不断创新，用人民群众喜闻乐听的内容和形式，扎扎实实地为听众服务。

二、广播创新的着力点

广播创新是"三个代表"重要思想的要求，也是当今时代发展对广播工作提出的要求，同时也是广播发展规律的要求。广播创新有着丰富的内涵，但从认识论和方法论的角度分析，应从以下几个方面着力。

1. 观念的创新

人的行为总是受思想支配的，有什么样的思想就有什么样的行动，而思想首先是表现在一定的观念上，所以"文化大革命"结束以后，最重要的是解放思想，更新观念。广播创新首先是广播观念的创新，是对广播发展规律的不断再认识，是对不断变化着的客观情况的再认识，观念变了才可能产生新的行动。1982年，中央人民广播电台对台湾广播创办了一个新的节目《空中之友》，这是一个从内容到形式都有创新的节目，从内容上说，它改变了以往对台湾广播训斥式的宣教，改为以说理和服务为主；从形式上说，它改变了以往那种高调大嗓门的播音，变之以优美的主持人方式。从静态的角度看，这只不过是出台了一个新节目，今天看这个改变似乎没什么了不起，但在当时的思想观念下，这无疑是一次思想的大解放，它表现出了广播人创新的思维和观念。

1978年党的十一届三中全会以后，我国的政治形势和经济形势都发生了巨大的变化，尤其是解放思想的大讨论，使广播人的思维和观念发生了很大的变化。而这时的两岸关系也出现了一丝松动的迹象，两岸有了相互交往的愿望。中央人民广播电台对台湾广播正是在这样的大背景下，经过长期的积累，特别是观念有了更新，为适应新的两岸形势的需要，果断地开设了全国第一个主持人节目《空中之友》。正是这个节目扩大了中央人民广播电台对台湾广播在台湾的影响，徐曼、冬艳成为最受台湾听众欢迎的主持人。

观念创新是创新的先导，任何创新都是从观念开始的，有了认识，认识清楚了，行为就有了方向，创新的实践才有了可能。

2. 理论的创新

从观念的创新到具体的实践，只是完成了创新的第一步，如果想把创新不断地深化和扩大，就必须进行理性的思考，也就是毛主席所说的从感性认识上升到理性认识，上升到了理性认识，也就发现或接近了事物发展的规律，反过来就可以对实践进行普遍的指导。

这些年广播的发展充分说明了这一点，广播频率的专业化、主持人节目的普及、广播经营的规范化管理等等，都经过了摸索、总结的过程，现在已经成为发展广播的成熟理论。

理论创新是创新的升华，是理性的思考，对广播实践具有指导意义，没有理论指导的实践肯定是盲目的。仍以中央人民广播电台对台湾广播为例,《空中之友》的辉煌只是一个节目的成功而已,如果想让对台湾广播在争取台湾民心方面发挥更为广泛的作用,就必须从根本上进行优化。因此,对台湾广播的从业人员结合入岛听众调查的结果,经过了两年多的理论思考,得出了这样的结论:对台湾广播是向特定地区、特定对象广播的大众传播,也就是说中央人民广播电台的对台湾广播在强调对象性的同时,必须按照大众传播的规律来办。根据大众传播规律,结合两岸的特殊形势以及听众的需求,对台湾广播必须增加新闻传播和文艺传播的分量,新闻传播可以树立中央人民广播电台对台湾广播的权威性,而文化传播可以遏制台湾当局推行的所谓文化"台独"。有了这样的理性思考,实践就有了明确的目标,因此把中央台第五套节目确定为新闻频率,第六套节目确定为方言、文艺频率的规划就自然而然地产生了。

3. 体制的创新

体制创新是创新的保证。在创新的过程中,以体制的形式将创新的内容和形式确立下来是非常必要的,当然也是最困难的,因为它涉及到改革的深层次问题。但是创新最终没有体制的保证是很不彻底的,所以体制创新是巩固观念创新和理论创新成果的关键。安徽小岗村可以有土地承包,但如果没有把"家庭联产承包责任制"变为一种体制作为国家的政策,小岗村的承包就存在着很大的不确定性。

广播创新也是这样,你可以有观念的创新,也可以有理论的创新,但如果没有体制的创新,观念和理论的创新都是不确定的。广播频率专业化是广播改革创新的巨大成果,它的产生为听众带来了好听的节目且方便了听众的收听,是符合广播规律的重大改革。但是广播频率专业化的改革必须有体制上的保障,也就是说广播频率专业化也必须在体制上有所创新,所以中央人民广播电台在推行频率专业化改革的时候，明确提出了两句话，第一句话叫做"频率专业化"，第二句话叫做"管理频率化"，这样频率专业化的改革就有了制度上的保证，频率总监有了相应的人、财、物的权力，这个权力不是临时的和随意的，不是不确定的，而是作为一种制度，一种体制固定下来了，它不受任何个人的干扰。

广播体制创新的难点在于要不断打破旧的体制，而这个过程一定是利益再调整的过程，突破了难点，体制创新就前进了一步。其实观念创新、理论创新和体制创新是一个有机的整体，缺一不可，观念创新是先导，理论创新是升华，体制创新是根本、是保障。广播工作就是在观念、理论和体制的创新中不断发展的。

三、广播创新的重要原则

广播工作作为党的新闻事业的重要组成部分，观念创新、理论创新和体制创新必须在坚持马克思主义新闻观的基础上进行，在符合党的新闻工作原则和新闻规律的前提下进行，在继承新闻工作的优良传统的基础上进行。

1. 创新不能损害广播的喉舌作用

广播是党和人民的喉舌，肩负着重要的宣传任务，广播创新可以在传播的内容、形式等方方面面着手，可以不断丰富传播的内容，可以变换不同的传播方式，但是广播在宣传党的方针政策，反映人民呼声，抵制有害传播方面是不容改变的，决不能借创新的名义动摇或改变广播喉舌的性质。

2. 创新不能一味迎合

广播是要为听众服务的，但同时也要处理好普及与提高的关系，为听众服务不是一味的迎合，广播创新不能脱离先进文化，滑向庸俗，广大的听众也不欢迎低级趣味的东西。广播创新必须在牢记目的的基础上进行，尤其是对台湾广播，反对"台独"，争取民心，实现祖国的完全统一是我们的目标，任何改革和创新都不能丢了这个根本。

3. 创新不能割断历史

创新本身就具有改革性，不改变旧的东西怎么创新？只有改变旧的东西，不断创新，广播事业才能发展。从一个民族一个国家来讲，创新是一个民族进步的灵魂，是一个国家兴旺发达的不竭动力。就广播事业来看，不创新不改革也不能发展，这些年广播发展的实践再一次证明了广播创新的重要性。但是广播创新跟其他创新一样，不能割断历史，广播工作不是无源之水，也不是无本之木，是经过几代广播人的不懈努力才取得了今天的成就，没有前人的成果，广播不可能达到现在的高度，只有站在前人的肩膀上，不断开拓进取，广播创新才能不断取得更大的成绩。

（撰写于2003年9月）

落实科学发展观
不断增强对港澳广播的针对性和有效性

2012年11月8日，胡锦涛在十八大报告中指出，科学发展观是中国特色社会主义理论体系最新成果，是中国共产党集体智慧的结晶，是指导党和国家全部工作的强大思想武器。科学发展观同马克思列宁主义、毛泽东思想、邓小平理论、"三个代表"重要思想一道，是党必须长期坚持的指导思想。

既然科学发展观已经作为我们党的指导思想，那么做任何工作都要遵循科学发展观的要求，根据不同的情况，制定符合实际、能产生正能量的工作思路和体制，使各项工作取得更好的成果。中央人民广播电台对港澳广播近几年就是在科学发展观的指导下，立足港情、澳情，不断深化节目改革，始终把发展放在第一位，始终以听众的需求作为基本出发点，取得了一个又一个成绩。从2009年开始，对港澳广播每年都要制作几组大型广播节目，其中2010年制作的大型广播特写《历史的回响》应澳门教青局的请求，已经成为澳门大中小学的课外辅导教材。2011年11月7日，香港特区政府批准在香港电台数字广播频道中开播了一套由中央人民广播电台制作的广播节目。

对港澳广播近几年的发展是在科学发展观的指导下，不断深化对港情、澳情的认识，不断增强节目的针对性和有效性的过程。

一、节目改革：坚持"听新闻、品文化"的宗旨

针对港澳的发展变化，加强港澳与内地的沟通和交流，激发港澳听众爱国、爱港、爱澳的热情，为香港和澳门的繁荣稳定提供舆论支持，自2009年7月以来，对港澳广播以"听新闻、品文化"为节目宗旨，不断改革创新，致力于打造内涵丰富、形式时尚的广播节目。7月15日，对港澳广播对两套节目进行整合，倾力打造新闻性节目《新闻空间》。改版后，对港澳广播的节目内容更加丰富，节目可听性得到了很大提高。调查统计显示，对港澳广播节目改版后的市场收听率由改版前的不到3%上升至6%以上。

2010年1月1日，对港澳广播又进行了全新改版，加强了两套节目中新闻和文化的传播。改版后的节目在整体设置上，更多地体现了港澳与内地交流融合的实际情况。事实证明，这种针对性很强的改版完全契合了港澳的实际情况，受众反响良好。对港澳广播节目在基本保持原有受众的前提下，通过提高节目品味，重点影响对象区域内有话语权的人群，得到了中央和港澳方面的好评。在中宣部2010年3月2日的《内部通信》上，刊登了一篇标题为《中央人民广播电台华夏之声全新改版，加强新闻和文化的传播力度》的文章，该文指出，"华夏之声的节目改版定位明确，收听效果明显，提升了对港澳广播的舆论引导力和社会影响力"。这是对华夏之声节目全面改版的最好肯定。

时任香港特区行政长官的曾荫权和时任澳门特区行政长官的何厚铧先后接受了对港澳广播记者的独家专访。在采访中，两位行政长官都对对港澳广播的节目内容给予了充分的赞扬和肯定，认为对港澳广播在为增强港澳与内地的交流、交往方面提供了强有力的舆论支持。

二、重点突出：打一仗进一步

在对港澳宣传中，对港澳广播坚持"以业务带队伍，靠管理上水平"，除了保质保量完成中央的重大报道外，积极策划、组织独家重点报道，在宣传党的方针、政策，展现香港、澳门保持繁荣稳定，加强港澳与内地联系等方面采制和播出了一系列具有对港澳广播鲜明特色的节目，举办了一系列具有对港澳广播特色的大型活动，扩大了影响。

1. 制作大型系列报道《腾飞粤港澳》。2009年，对港澳广播与香港电台、澳门电台等10家电台联合制作并共同播出了庆祝新中国成立60周年系列报道《腾飞粤港澳》。这次报道，对港澳广播积极实践了中央电台"内合外联"的方针，积极拓展了与港澳电台在广阔领域合作的可能性，由此打破了传统报道形式，也丰富了自身的新闻资源。节目制作后，分别在华夏之声、香港电台、澳门电台播出。

2. 制作大型节目《历史的回响》。《历史的回响》是对港澳广播2010年重点推出的大型节目，共20集，每集30分钟。《历史的回响》以中国170年近现代史中的历史事件为主线，以港澳及珠三角地区为背景，深刻揭示了中华民族百年强国梦、盛世中华情的主题思想，节目主题鲜明、制作精良、生动感人。节目制作后，分别在华夏之声、香港电台及珠江三角洲地市台播出。

3. 制作大型系列报道《透视9+2》。2010年下半年对港澳广播推出大型系列报道《透视9+2》，该报道通过记者的实地走访，用见闻式、目击式等报道方式全面介绍泛珠区域合作以来港澳与内地泛珠9省区在经济、社会、文化等领域的合作，客观展现香港、澳门回归祖国以来中央政府给予港澳特区的大力支持和港澳与内地的不断融合。与此同时，该组报道多角度真实记录内地与港澳的相互融合，向港澳同胞介绍内地的新变化，特别是展现了泛珠区域合作开展以来，各种便利化措施为更多准备来内地投资兴业的港澳人士提供的重要契机。

4. 制作大型专题节目《共赢之路》。2011年，对港澳广播开始制作大型专题节目《共赢之路》，全面报道从中华人民共和国成立到改革开放，直到回归后的今天，港澳在祖国经济发展中的重要作用，更展现了祖国内地发展壮大后对港澳两个特区的有力支持。让听众通过节目在不断的思考中认识到港澳与内地的合作共赢。

以上四组报道举全频率之力，有70%以上的同志参与了采编播创作，业务得到了提高。在2008年对港澳广播提出"以业务带队伍"之后，2009年，组织制作《腾飞粤港澳》，让大家了解深度报道怎么做；2010年，策划制作《历史的回响》，让大家了解如何做广播特写；2011年，开始制作《共赢之路》，让大家涉猎思辨性报道；2012年，对港澳广播又开始制作《融合》，让大家尝试情景再现的手法；2013年，规划了一组评论节目，让大家从理论高度审视新闻。这种由浅入深、逐步递进的方式，目的就是锻炼队伍，出人才，出成果，全面体现以人为本的思想。

三、扩大交流：大众传播+人际传播

对港澳广播坚持走出去方针，与港澳媒体及港澳特别行政区驻北京办事处都建立了长期的节目合作关系，同时注重与港澳相关机构的交流，并与港澳相关机构进行互访，达成多项合作意向，提升了对港澳广播在港澳和海外的舆论引导力。

1. 建立港澳听众间的人际传播

港澳听众联谊会是对港澳广播与港澳听众交流的重要形式，自2005年到2012年已举办了8届。在听众联谊会上，对港澳广播的

编播人员通过与港澳听众的直接交流,了解到了港澳听众的所思所想、兴趣爱好、收听习惯,对于调整节目方向,制作对象性节目有着风向标的作用。同时,来自港澳的听众代表通过面对面的交流,也了解了中央人民广播电台对港澳广播的节目情况,有了认知,就可能推广,而人际传播的效果将更扎实,更牢固。

2. 建立港澳媒体间的人际传播

《魅力中国》和《华夏掠影》(2010年1月1日改为《华夏新闻空间》)是对港澳广播代表中央人民广播电台与香港电台普通话台长期合作的两个节目,合作形式为对港澳广播提供内容,香港电台负责播出。另外,香港青年协会每天都在其电台同步播出对港澳广播的《新闻空间》节目。通过《魅力中国》《华夏掠影》在港澳媒体的播出,借水行舟,实现了在海外其他华语电台的落地,扩大了中央台对港澳广播的国际影响力。

中央人民广播电台从2010年起还邀请港澳媒体老总、记者到内地进行采访。这项活动已经坚持了三年,2010年去内蒙古采访,2011去贵州采访,2012走进山东。每届都邀请15家左右的港澳主流媒体的老总、记者参加,通过采访,让他们亲身感受内地的发展和变化,把他们的感受告诉给受众。仅以走山东为例,采访团先后赴济南、潍坊、济宁、泰安,对社区建设、高新企业、蔬菜基地、文化建设进行采访,发稿100多篇。在采访过程中,中央人民广播电台对港澳广播还与香港媒体共同合作完成了《城市新跨越》潍坊站的直播。

3. 建立与港澳知名人士的人际传播

对港澳广播与港澳特区政府相关机构交往密切,每年都派出多批次的记者前往采访,同时也多次邀请港澳政经届人士访问中央人民广播电台。2010年2月26日,全国人大常委会委员、香港立法会原主席范徐丽泰做客中央人民广播电台,接受了对港澳广播记者的专访；2010年3月9日，澳门全国人大代表团来中央人民广播电台访问，探讨与对港澳广播合作的新方式、新途径；2010年5月26日，香港财经事务及库务局局长陈家强来中央人民广播电台访问，就香港与内地经济合作发展以及香港如何应对全球金融危机等重大问题接受了记者的专访；2011年3月8日、9日，全国人大香港和澳门代表团部分代表分别到中央台指导工作，在肯定对港澳广播工作成就的同时，探讨更加广阔的合作领域。

对港澳广播的人际传播是对大广播的延伸，也是对大广播的有效补充，扩大了人脉，也有了更多的合作机会。

对港澳广播近几年的实践，坚持以人为本，出了人才，出了成果，实现了和谐发展，既有日常节目的不断改版，也突出了重点，制作播出了一大批有影响的节目。当然，对港澳广播目前也还面临着更大的考验，香港之声作为数字广播，是一项广播领域的新技术，发展规模和发展前景都有待实践检验。香港和澳门的情况也会不断的发展和变化，对港澳广播如何适应这种发展和变化，需要做出科学的判断。因此，深入落实科学发展观，研究港情澳情，不断增强对港澳广播的针对性和有效性，是我们不懈的追求，也是推动对港澳广播事业发展的强大动力。

论外交和对外传播

一个国家的外交和它的对外传播是紧密相连的，一般来说，有什么样的外交政策，就有什么样的对外传播，它们就好像并行的两条铁轨一样，既谁也离不开谁，也从不会合并成一条线。

一、外交方针和政策决定对外传播

每个国家根据自己的情况制定外交方针和政策，强国的外交通常是主动的、主导的、攻击性的并带有一定的霸权主义色彩，美国就属于这种类型；中等国家的外交通常是独善其身，中国奉行的就是这样的政策；弱国的外交肯定是保守的、防御性的、被动的和无奈的。

一个国家的外交总是基于国家的最高利益而展开的，这一点与对外传播是非常一致的，在某种程度上讲，对外传播也是外交的一个组成部分，所以说，一个国家的外交方针和政策决定它的对外传播方向。原因有三：一是政治体制的保证，在国家利益方面，通常是没有什么可讨价还价的，许多国家的法律都有规定，损害国家利益是要追究法律责任的，而外交总是反映一个国家的最高利益，所以对外传播必须按照外交的方针和政策去做；二是国家的荣誉感，也决定了对外传播要遵从国家外交的方针和政策；三是个人利益的驱使，国家的利益决定个人的利益，国家强大了，个人才能气壮。

在外交决定对外传播这一点上，不管是标榜新闻自由的国家还是其他国家都无一例外，美国的情况也是这样，在对外传播方面，从来是只有比外交做得更符合国家的利益，从没有唱过反调。由于美国的外交是主动出击型的，就决定了美国的对外传播也是主动出击型的。像美国之音除了英语节目以外，光是针对中国就办了汉语节目、藏语节目等等，同美国妄图对中国进行西化分化的外交战略形成了有力的配合，有时甚至起到了外交和战争无法起到的作用。

中国的对外传播在这一点上表现得更加鲜明，我们的对外传播就是要围着国家的外交转，而且口径非常严格，澳门回归的报道就是证明。由于我们在外交上要体现与葡萄牙的友谊，所以把这次报道的基调定为中国和葡萄牙共同庆祝澳门回归，以示与香港回归的区别。外交上的这一方针，就决定了对外传播的口径，不但"殖民地"不能说，连"殖民统治""侵略""400年的屈辱"、"沧桑"都不能提了。我们可以事后检讨这样的外交政策是否恰当，但在当时是没有讨价还价余地的，原因就在于外交决定对外传播，即使有问题也要这么做。

二、外交不等于对外传播

外交的方针政策决定对外传播，但外交不等于对外传播。从范围上讲，不是所有的外交活动都是对外传播的内容，有些外交活动做了就行了，比如围绕以美国为首的北约空袭我驻南斯拉夫联盟大使馆而进行的外交活动肯定不少，但是有的可以报道，有些就不能报道或没必要报道。反过来讲，对外传播的内容也不完全是外交活动，有些内容还属于为外交服务的范畴，有些内容就是客观的传播，如对国际上发生的与我无关的一些事件的报道就属此类。

由此可见，对外传播是为外交服务的，要达到外交的目的，但它又不等于外交，这就给从事对外传播的人提供了发挥主观能动性的用武之地。比如我们在对台传播方面，虽然不是对外传播，但始终要坚持党和国家的一贯方针和政策，那就是台湾是中国的领土，台湾问题是中国的内政，解决台湾问题的方针和政策是在坚持一个中国的前提下，实行"和平统一、一国两制"。在涉及到以上方针政策的时候，对台传播是决不能走样的，如果有人想利用台湾问题分裂中国或搞"台独"，我们在对外和对台传播时就要给予坚决的反对，表明我们的观点和立场，因为这不仅是中国政府的立场，也是全中国人民的立场。

在坚持这些方针政策的基础上，我们的对外和对台传播可以遵循新闻的客观规律，充分发挥从业人员的主观能动性，以取得最佳的传播效果。比如我们在对台传播时，除了传播党和国家的方针政策以外，还要进行多角度、多侧面的配合，有关两岸关系的报道，祖国大陆发展变化的报道，两岸交流活动的报道，祖国传统文化的报道等等，都可以对拉近两岸同胞的亲情起到潜移默化的作用。

这些报道的内容并不都是外交直接关注的方面，但它确实为我们的外交服务，是围绕着外交而进行的，所以说外交政策决定对外传播，但外交并不等于对外传播，对外传播是为了达到外交目的而实施的一种新闻手段。

三、对外传播会对外交有一定的影响

外交政策和对外传播作为有密切关联的两个部分，既表现出外交决定对外传播的一面，反过来对外传播也会对外交有一定的影响，这在新闻相对自由的国家表现得更充分一点。前不久，日本记者发表了一篇关于日本在对待中国台湾态度方面的报道，其中说道，一些日本内阁成员从感情上慢慢与台湾拉近了距离，这有所谓的对台湾进行殖民统治的情结，也有受日本右翼势力影响的原因，但更重要的是受日本一些主要媒体报道的影响。日本右翼和对台湾殖民统治情结的影响是暂时的、间断的，而日本媒体的报道是连续的、激发式的，久而久之，这些人的思想就发生了变化，一旦时机成熟，这些大权在握的人就有可能改变国家的政策，进而影响国家的外交。事实上，当传播对当权者和民众施加的影响达到了被认可的程度，就意味传播已经达到了目的。

美国的传播同样影响着美国的外交，美国政府屡屡对中国人权施压，不能说没有美国传媒的"功劳"。在美国媒体的传播中，很少中国维护人权的报道，多数是所谓的践踏人权的记录，长久的、大量的这类报道肯定会影响到对中国并不很了解的政府官员和议会议员，自然也会影响到美国的外交政策。正是由于这个原因，美国又在人权方面掀起了一股反华浪潮。

我们的对外传播在影响外交方面没那么明显，这同我们的国力和外交政策有关。一般来说，国力比较强的国家，采取主动出击式外交的国家，媒体对国家外交的影响就比较大，由于它的国力强大，在世界上想说什么就说什么，想怎么说就怎么说，说错了别人也拿它没有办法，像里根当政时期，就敢拿攻击前苏联开玩笑。从现实看，把媒体的意见作为一种外交参考，也不失为一个好的渠道。当然，媒体在弱国影响外交就微乎其微了，每天处于防御状

态，生怕祸事撞门，哪里还敢让媒体乱说？媒体都规规矩矩，哪里能来影响？

四、正确处理外交和对外传播所遇到的问题

1. 尽量将外交和对外传播拉开距离

虽然外交和对外传播是密不可分的，但二者毕竟不是一回事，外交需要谨慎，而对外传播需要放得开一点。对外传播说一点超出外交范围的话应属正常，比如我们的媒体在对台传播上就应允许普通百姓说点带火药味的话。如果我们尽量将外交和对外传播拉开距离，不给人媒体代表国家的印象，上述做法就更没有问题。

2. 当出现问题时应首先检讨外交

由于外交决定对外传播，当出现问题时，首先检讨的应该是外交政策，比如在澳门回归报道方面我们坚持的口径是否合适，要在外交政策上找答案。当然媒体也有过火的时候，这种情况大多不会出现在我国，而是出现在西方一些国家之中，偏颇的、片面的、甚至虚假的报道，也会把外交搞得一塌糊涂。

3. 对外传播要为外交补台

外交比对外传播回旋的余地小得多，许多时候外交遇到困境，如果有传媒的帮忙，可能会化险为夷。另外对外传播的从业人员与有敌意国家和地区媒体人员的交往也比外交人员容易得多，在这种时候，如果发挥出应有的作用，也会对外交工作有所帮助。

新闻作品的著作权问题

关于新闻作品的著作权问题，我国著作权法第五条规定：时事新闻不适用于本法，除时事新闻外的其他新闻作品，如一般的消息、通讯、评论等享有著作权。1992年，第七届全国人民代表大会常务委员会第26次会议决定，中华人民共和国加入《伯尔尼保护文学和艺术品公约》，伯尔尼公约第二条第八款规定："本公约的保护不适用于日常新闻或纯属报刊性质的社会新闻。"从以上规定可以看出，一是我国的著作权法是保护日常新闻作品的，但不保护时事新闻；二是伯尔尼公约不适用的范围广泛，而我国著作权法不适用的范围比较窄。到底哪一个更符合实际情况，或者说更符合中国的实际情况？我个人认为，伯尔尼公约更为恰当。

首先，我国著作权法对时事新闻的不保护是符合我国的实际情况的。有人将时事新闻概括为如下几类：（1）关于国家之间外交、政治、经济、文化交流的新闻；（2）关于世界各国和联合国主要领导人事更迭的新闻；（3）关于全球性或个别地区重大自然灾害、恶性事故案件的新闻；（4）关于我国党政军机关重要活动的新闻，如法律、方针、政策的制定与颁布；（5）国家经济、政治生活中带倾向性的问题与事件的新闻；（6）关于全国性物质文明和精神文明建设方面的重大新闻等。

　　我认为对时事新闻做以上几个方面的概括是比较全面的，从时事新闻所包括的内容分析，他们具有这样的特点，一是题材比较重大，二是大都比较敏感。这样的新闻在我国现行的体制下，一般是由国家的官方通讯社——新华社发布，这其中当然包括一些由新华社记者撰写的稿件，而更多的是由官方提供的，只不过通过新华社这个渠道发布出来，因此很难说这些作品的著作权就是新华社的。即使是新华社记者撰写的，也有官方提供的一个蓝本，基本上没有什么创作。如果官方允许其他新闻媒体派记者采访，或者将蓝本传给别的媒体，各家都会撰写出自己的稿件，自然也就不会发生著作权的问题。尤其是在我国现行的新闻体制之下，不是别的媒体不愿意采访，而是官方指令一家采访，其他新闻媒体都统一用新华社的通稿，在不平等竞争的情况之下，如果对这样出炉的作品给予著作权保护，那是不能让人服气的。退一步讲，如果将来放开了，没有了主管部门的指令，说不定媒体还不会使用这些稿件呢。

　　其次，我国著作权法中规定的对一般消息、通讯和评论等的保护我认为应区别情况而定。一是媒体使用这类作品的目的是非赢利性的。从著作权法的角度理解，这种行为属于合理使用的范围。我国著作权法明确规定：合理使用已经发表的作品可以不经著作人许可，可以不支付报酬。就是根据这一条，中央人民广播电台使用了大量的新华社的新闻作品，使用了大量的国际台的新闻作品，因为中央人民广播电台使用这些作品的目的是为了取得社会效益，而非经济效益。假如著作权法对此不予保护，会不会损害著作权人和单位的利益呢？回答是不会的，因为事实上哪家媒体都不会拿这类根本不能赚钱的作品用于赢利目的。二是媒体使用这些作品是受众的要求。越来越多的人承认，受众有知情权，公民有享受信息服务的权利，其他新闻媒体使用这些作品是为了公民的利益，是为了全社会的利益，也就是说公民和受众要求新闻媒体为他们服务，这是媒体的责任。三是这也包括了双方自愿的原则。就以中央人民广播电台来说，使用最多的是新华社和首都报纸的新闻作品，从电台的角度看，使用这些作品丰富了中央台的节目，扩大了为听众服务的面。

事实上，在这些年的运作过程当中，一直有人想从著作权法方面做点文章，得到一些报酬，但都没有成功。当然，应邀专门为一个部门、一个单位制作的新闻作品，我认为还是应当受到著作权法的保护，就像我们平时订购商品那样，不仅应该收费，恐怕费用还会高一点。这在著作权法中应该有所体现，但表述上要严谨一些。

新闻作品和文学作品确有不同之处，文学作品在创作方面体现得更充分一点，自己的东西、个性化的东西比较多；新闻作品也有创作，我们通常讲的找角度、组织材料和语言都属于创作，但这个创作基本上是依照事实而做的，不能有对事实的超越，只能在一个圈内迂回，不能跳出圈外。另外，新闻作品和文学作品的传播内容和传播方式也不一样：新闻作品主要是传播信息，是被人们称作的"易碎品"，传播方式是开放式的，它的目的性更突出、更直接；而文学作品传播的是人物形象和情节，传播方式基本上是定向性的，作品的影响比较长久。

与此有关的一个问题需要弄清楚，那就是从事新闻研究的人把报告文学和杂文归入新闻作品之中，而从事文学研究的人却把报告文学和杂文归入文学作品之中。其实报告文学和杂文与一般的消息、通讯和评论是有很大区别的。我认为，报告文学和杂文更接近于文学作品，面对著作权法，将其归入文学类显然更合适一些，因此著作权法应该对它们进行保护。

现在看来，我们在实际运作过程之中，对著作权法是有争议的，不该保护的保护了，该保护的反而没有保护，有些新闻媒体使用还没有超出保护时限的艺术作品根本没有按照著作权法付酬。另外，我国的著作权法也有与实际相脱离的地方，像上面讲到的对一般消息、通讯和评论等的保护就过宽了，既然在实际当中做不到，倒不如取消这一规定，让著作权法更符合实际，也更有权威性。

五四时期报刊宣传
对思想解放发挥重要作用的原因

五四时期的报刊宣传在解放人们的思想、推动新文化运动中发挥了巨大的作用，为无产阶级和中国共产党走上政治舞台提供了理论和思想上的准备。然而，历史既有其必然性，也有其偶然性，为什么历次的变革和维新都没有取得成功，而五四时期的报刊宣传却能发挥出如此巨大的作用？这是有其历史和社会的原因的。

一、五四时期的报刊宣传适应了人们冲破长期以来半封建半殖民地禁锢的要求

中国社会从1840年以来，进入了半封建半殖民地的状态，中国人民不仅受到封建统治阶级的压迫，而且饱受帝国主义的欺凌，在近80年的水深火热的煎熬中，人们进行了多种多样的反抗，有的想利用统治者本人进行改良，有的揭竿而起，但都因和者寥寥而惨遭失败。每一次失败之后社会变得比以往更加黑暗，也有更多的人认识到了革命的必要性。

力量的凝聚，终究要汇成一股不可抵挡的历史潮流，在此千钧一发之时，以《新青年》《湘江评论》为代表的进步报刊相继问世，介绍国外的新思想，发表时论，它适应了社会的需要，把思想上志同道合的人聚集在这杆大旗之下，它启迪了还未觉醒的人们，使他们相继加入到反帝反封建的行列。

这里还有一个重要的原因就是俄国十月革命的胜利，既为世界革命提供了榜样，也增强了无产阶级的信心。在国内有强烈要求、国外有成功先例可以借鉴的情况下，报刊的宣传作用是不可估量的。

二、尖锐的、对立的观点相互碰撞是人们提高认识能力的需要

五四时期的报刊宣传虽然一直贯穿着反帝和反封建的主线，但也经历了无数次的干扰和曲折，无政府主义的泛滥，关于主义和问题的论战，都是思想理论界的一次次碰撞。值得庆幸的是，五四时期的报刊界有着百家争鸣的民主气氛，当胡适的《多研究些问题，少谈些主义》发表之后，李大钊为驳斥胡适而写的文章却能在由胡适任主编的杂志上发表，充分体现了五四时期所提倡的兼容并包的思想。

理论思想界的争鸣，其实不是一件坏事，所谓明辨是非，如果没有非存在，何来明辨是，只有是非并存，才能认清是非。在中国几千年的发展史中，言禁开放、较少禁锢之时，就是思想解放、社会进步之时，春秋战国如是，盛唐也如是。及至宋元以后，思想禁锢，言路不畅，社会处于压抑之中，国力日衰，民不聊生，这样的社会，怎么能不受外人欺负？

五四时期的报刊宣传之所以能畅所欲言，有腐败的统治者无暇顾及的原因，更重要的是被禁锢了几百年的中国知识分子觉醒了，有着"天不要怕，鬼不要怕，死人不要怕，官僚不要怕，军阀不要怕，资本家不要怕""试看将来的环球，必是赤旗的世界"的气魄，还会惧怕思想和理论上的争论吗？

尖锐的、对立的观点的争论，非常有助于人们对问题的认识，因为争论的过程也是人们认识问题的过程，他们会在去粗取精、去伪存真之中提高自己的觉悟，甚至加入到革命战斗的行列。只有一种声音，是一种灌输，对受众而言，反而不如让其在不断甄别中自动接受的效果好。五四时期的报刊宣传是这样，以后的宣传也应该是这样，这不是哪个人的意志，而是受众的要求。

三、人们需要摆事实、讲道理

五四时期的报刊宣传最突出的特点是摆事实、讲道理，所以那时的报刊宣传作用非常大，因为受众乐意接受事实，乐意接受科学的道理。

五四时期的报刊宣传摆事实、讲道理集中体现在对国外情况的报道和对时事的评论上。

对国外情况的介绍，使人们认识了中国以外的事情，认识到了世界上强国如林，认识到了落后就要挨打，认识到了要想富强就必须走俄国式的革命道路。

对时事的评论，有助于提高人们的思维水平，激发人们的斗志。时评就像一面面旗帜，聚集起一股股力量，加入到改造社会的大潮之中。

五四时期的报刊宣传实际上是顺应了新闻规律，从人们最乐意接受的角度出发，尤其是宣传的又是人们最关心的民主与科学，所以效果非常之好。新闻的基本规律是时时起作用的，我们今天办广播，办报纸都要遵守这些规律，新闻媒介的主体是新闻，而新闻之中最主要的是消息和评论，把这两块办好了就成功了一半。

五四时期的报刊一改传统的传播弊端，在传播方式和传播范围方面有了历史性的突破。白话文和标点符号的使用，不仅仅是文字上的改革，更具有革命的性质。

历史上的几次大变革，包括康梁的维新变法，之所以失败，其根本原因是没有找到可靠的力量。社会的进步只靠一两个人是不行的，只有动员全民参加才能成功，而五四时期白话文的使用就起到了关键的作用。一是语言的障碍消除以后，民主与科学的思想可以让更多的人了解，再也不只是文人圈里的事了；二是当贫民和无产者了解了运动的性质以后，这些最具革命性的群体将发挥出比文人更大的力量，再也不是纯粹的文人造反了。

五四时期报刊宣传的白话文运动，正是大众所期盼的，它标志着几千年文白隔离的愚民政策的消亡，人民大众真正走上了社会政治舞台。正因为有了人民大众的思想解放和积极参与，中国的革命事业才能蓬勃开展起来。

台湾广播状况及特点

　　2001年2月12日至21日，中央人民广播电台赴台参访团对台湾的广播媒体进行了为期10天的访问，先后走访了台湾中国广播公司、"中央广播电台"、复兴广播电台、正声广播公司、台中广播电台、好家庭电台、大众广播电台等十余家广播媒体，从总的情况看，台湾的广播媒体已经进入平稳发展的阶段，主要表现为节目稳定、收入稳定、人员稳定。

　　台湾现有注册登记的广播电台121家，还有几十家地下电台。从电台的性质上分，台湾电台可以分为官营电台、党营电台和民营电台，如中国广播公司属国民党党营事业，"中央广播电台"、复兴广播电台、警察广播电台等属于官营电台，而飞碟联播网、大众广播电台、台中广播电台、好家庭电台就属于民营电台。从资金来源上分，可以分为商业电台和非商业电台，像"中央广播电台"、复兴广播电台、汉声广播电台、警察广播电台都是由台湾当局全额财政拨款的，属非商业电台；而像中国广播公司、大众广播电台、好家庭电台等就属于商业电台，这些电台是要靠自己的经营收入而维持运转的。从传播对象分，"中央广播电台"是对祖国大陆、亚洲地区以及欧美广播的，而其他电台均是对台湾岛内广播的。从发射功率分，可以分为大功率、中功率、小功率电台，5000瓦以上的为大功率，

3000至5000瓦的为中功率，3000瓦以下的为小功率。大功率电台多数是那些实力比较强、覆盖全省和对境外广播的电台；中功率电台覆盖一定的区域，如台北、台中、台南、高雄等地区；小功率电台多数是社区电台，只针对某一个社区广播。

台湾的广播媒体发展比较平稳，这也是经过了激烈竞争之后的结果，主要表现在三个方面：一是广播媒体的大户已经确立了自己稳固的地位，短时间内不会大起大落；二是电台之间的专业分工基本确定，各有特点，各有所长，除了几家综合性的电台以外，专门的音乐台、资讯台、服务类电台也已经丰满了自己的羽翼；三是实力较弱的电台通过策略联盟，你情我愿联合起来做大自己，抢占一定的份额。

在台湾，广播电视从业人员的收入相差并不悬殊，经营比较好的电台人均收入比二流电视从业人员还要高，所以经常听到电视和报纸的从业人员跳槽到广播的案例。

从我们接触到的情况看，台湾的广播具有以下几个特点。

一、新闻仍然是所有广播电台最重视的领域。有实力的广播电台大都设有新闻频道，一般的电台也都设立新闻节目，而且投入比较多的人力、物力。ACNIELSEN2000年第四季度的收听率调查显示，中广新闻网的收听率只占总数的5.5%，排在第5位，也排在中广的流行网和音乐网之后，但中国广播公司仍然把新闻网作为最重要的频道，从业人员最多，资金投入也最大。中广领导层从不讳言中广对台湾社会的教化作用，而这个作用主要是通过新闻网体现出来的，其他专业频道也都设有新闻节目。不光中广重视新闻，大部分的台湾电台都重视新闻，就连非常专业的以音乐台自居的大众广播电台，每天也播出几次新闻。

二、频道专业化。台湾的广播媒体不仅仅在自己电台内部实行频道专业化，就整个广播界来看，专业化分工也比较明确。现在台湾的广播频道可以分为新闻频道、文艺频道、服务频道、对象频道（即闽南话与客家话广播频道）等，文艺频道又包括了流行音乐频道和综艺频道。经过多年的磨合，各专业频道在各地的分布基本上比较合理，几十家中功率以上的电台形成了既相互竞争，又相互依存的格局。

三、经营成本低廉化越来越明显。商业电台精打细算，目的就是为了生存，因此越来越多的电台以直播的节目形态为主。这样的节目形态最节省人力和物力，一个主持人加一个资料提供者，就可以支撑起几个小时的节目，没有采访，最多和听众进行一些简单的电话交流。连中国广播公司这样的大台，除了新闻频道以外，其他频道也基本上采取了这种形式，所以像中广这样一个拥有七套节目、九个分台、集采编播和发射于一体的单位，其工作人员只有500多人。即便这样，他们还一再重申，人太多了，还要裁减。由此也带来了一些问题，几家广播媒体的负责人感言："这种直播节目文化品味越来越低，很难出好节目。"面对市场竞争的压力，这也是无奈之举。

四、强调名人效应。这是两厢情愿的结果，一方面名人要不断地扩大知名度，需要进军影响力大的媒体；另一方面媒体也要靠名人吸引更多的听众。陈京是台北广播公会的负责人，也是闽南话有名的主持人，在几次最受听众欢迎的主持人评选中都名列第一，他和他的兄弟在中广宝岛网和乡亲网中买断了几个时段。翁浩然夫妇在嘉义市经办云嘉广播电台，但他们为了进入全岛性的电台，进一步扩大影响，也在中广包了时段。这些包时段的主持人分为两类，一类是电台的正式工作人员，这种类型的主持人很少；另外一类是社会上节目制作公司的主持人，他们所有的待遇都由节目制作公司承担。台湾还有一个名人现象值得重视，那就是广播电视的Call-in节目。所谓Call-in节目也就是我们常说的热线直播节目，台湾把Call-in节目归为政论性节目，也就是由有一定知名度的主持人与来宾和听众一起探讨问题。台湾的Call-in节目始于二十世纪九十年代初期的地下电台（非法电台），成为另类言论的发声管道。随着地下电台合法化，Call-in节目由广播发展到电视，一度非常流行。然而，现在有越来越多的人开始反思，有些政治人物摇身变为Call-in节目的主持人，把自己的见解强加在节目之中，没有满足民众知情的权利，而成了少数特定民意的传播管道。事实上，台湾对各电台公共议题谈话节目的统计分析表明，如今台湾广播节目开放Call-in的比例在日趋减少。

五、多种经营，收入可靠。台湾除了少数官营电台以外，大部分是商业电台，商业电台的经费就要靠自己筹集。因此多数的商业电台虽然以广播为主，但都搞多种经营。中国广播公司已经涉足娱乐业、房地产业，现正开发旅游业，其广播以外的收入已在总收入中占很大比例。由于收入来源比较可靠，资金较为充裕，除了维持广播的发展外，广播从业人员的收入与电视、报纸的从业人员基本持平，有的还好于电视和报纸的从业人员，因此广播队伍比较稳定。

六、广播技术比较先进，在台湾中功率以上的电台基本上实现了自动化播出和发射。仅以中广为例，在新闻采编播方面，实现了一条龙自动化作业。采访的记者可以通过电脑将新闻稿或音响传到中广内部的网上，编辑在网上就可以进行编辑，组合节目，播音员只要在播音间的电脑上就可以调出要播节目的内容，整个过程已经不再需要纸张了。新技术的应用大大节省了人力，并且还在不断延伸，包括对数字广播技术的研发等。

七、台湾中功率以上的广播电台基本体制是大而全、小而全，采编播和发射全有，而且自成体系。社区电台由于覆盖面小，大部分只有一个发射台。覆盖全省的电台基本上采用两种体制，一种是总台之下设若干个分台，像中国广播公司、汉声广播电台、正声广播电台、复兴广播电台都是这样，由于分台是隶属于总台的，分台除在总台允许的特定时段经办少量的地方节目外，都会无条件转播总台的节目，虽然这些台的发射总功率总共也不超过1000瓦，但这些电台的广播在台湾各地都听得很清楚；另一种是电台之间联播的形式，其合作方式多种多样，有的是买断时段或整个频道，有的是等量交换，我播你多少节目，你也播我多少节目，由于有合同或利益的约束，一般合作都比较好，像飞碟联播网、大众广播电台都属这种体制。

台湾广播电台经历了复杂的发展过程，从限制到开放，从少到多，尤其是商业电台的大量出现，电台之间的竞争从无序到有序，还是有一定规律可循，也有自己的特点。加强对台湾广播现状和特点的研究，对搞好我们的对台湾广播会有一定的帮助。